Sword Art Online Alternative

GUN GALE ONLINE X

FIVE ORDEALS

時雨沢恵一
KEIICHI SIGSAWA

イラスト／黒星紅白
KOUHAKU KUROBOSHI

原案・監修／川原 礫
REKI KAWAHARA

SECT.1 第一章　彼女のステップ・ステップ

第一章「彼女のステップ・ステップ」

2026年8月29日。土曜日。

小比類巻香蓮《こひるいまきかれん》が西山田炎《にしやまだふぁいや》に盛大《せいだい》にフラれ、カラオケボックスで喉《のど》が千切れんばかりに神崎《かんざき》エルザの歌を連続で歌いまくったあとのこと。

「ふはひい……」

「無茶しすぎだぜコヒー。でも……、オマエ……、スゲエ格好良かったぜ？　惚《ほ》れ直したぜ。スッキリしたか？　吹《ふ》っ切《き》れたか？」

「ぬはふう……」

「おう、そうか。よくやった。よし、飲め飲め！」

横に長い部屋の一番端《はし》には、疲労困憊《ひろうこんぱい》でソファーで反り返って座《すわ》る香蓮《かれん》がいました。隣《となり》には、親友の額に冷たいおしぼりを載《の》せて、口にアイスティーのストローを運んでいる美優《みゆ》がいました。

そして、美優《みゆ》の脇《わき》、部屋のほぼ中央に、大きめの帽子《ぼうし》を被《かぶ》った神崎《かんざき》エルザと、スーツ姿の阿《あ》僧祇《そうぎ》豪志《ごうし》が座っていて——、

「え、エルザさん！　わ、私達《わたしたち》から、し、質問いいでしょうか！」

「いいでしょうか！」「お願いします！」「どうか！」「ぜひ！」「プリーズ！」

さらに向こうには、つまり部屋のもう一つの端には、元気よく手を挙げている、女子高生達《たち》が座っていたのです。

ご存じ、香蓮《かれん》の通う女子大の、附属《ふぞく》高校新体操部の六人です。チーム仲を高めるために全員で強くて怖《こわ》そうなアバターを揃《そろ》えてGGOを楽しみ、SJではSHINCの名称《めいしょう》で知られているアマゾネスチーム。

彼女達《かのじょたち》六人は、美優《みゆ》に呼び出されて来たカラオケボックスで、驚愕《きょうがく》の事実を知ってしまいました。

GGOで暴れまくっている、破壊《はかい》と殺戮《さつりく》女ピトフーイの正体が——、
SJ2で〝キャラが死んだら自殺〟というリアル命がけプレイ縛《しば》りという変態的所業に及《およ》んだ人が——、
全員揃って大ファンである、今の日本で一、二を争う人気女性シンガーソングライター、神《かん》崎《ざき》エルザその人だと。

さっきまでずっと香蓮《かれん》の熱唱にコーラスを入れていた六人ですが、それが終われば憧《あこが》れの歌手にいろいろ聞きたいのは当然です。元気など、まだ売るほど余っています。なにせ若いですから。

エルザは、愛用のギターをソフトケースにしまっているところでしたが、

「オッケーオッケー！　こうしてリアルでも知り合ったのも何かの縁《えん》！　ごくごく親しい人しか知らないことを特別に教えちゃいましょう！　ただ、ネットにアップとかはナシね。みんなの胸にしまっておいてね！」

そう気さくに答えてから、ギターケースを豪志《ごうし》に持たせて、好物のブラックコーヒーを喉に流《なが》し込《こ》みました。ちなみにアイスです。

その隣にいる豪志《ごうし》は、ギターケースをしっかりと保持しながら、何も言わずに黙《だま》っていました。

それから片手を伸《の》ばし、同じように砂糖もミルクも入っていないコーヒーを口に運んで——、むがっ。

荒《あ》れる胃を軽く押《お》さえました。

そんな豪志《ごうし》など、間に存在していないかのように、

「もちろんです！　しまっておきます！　私達の小さな胸に！」

GGOではエヴァ、あるいは仲間達からボスと呼ばれている女子高生、新渡戸《にとべ》咲《さき》が目を輝《かがや》かせながら叫《さけ》びます。

「ここで聞いたことは死ぬまで墓場へ持って行きます！　誓《ちか》って誓いを守ります！　破ったら殺していいです！　イッツ、女の約束です！　——みんな、聞いたか？」

「はい！」「ウラァ！」「イエス！」「了解《りょうかい》です！」「ガッテン！」

「うむ。いい答えだ。お主らを信じよう。なんでも訊《き》くがよい」

テレビ番組などでお淑《しと》やかに振《ふ》る舞《ま》うエルザの口調ではなく、まるでピトフーイのように答えるエルザでしたが、六人は違和感《いわかん》を持たずに目を輝かせました。最早《もはや》そんなことは些末事《さまつじ》。

どっちでもいいようです。

「じゃ、じゃあ——、神崎《かんざき》エルザさん！　僭越《せんえつ》ながら部長である私、新渡戸《にとべ》咲《さき》が、代表して質問させていただきます！　私達が、いえ、世界が知りたがっていることをお聞かせください！」

咲《さき》が、背筋をピッと伸ばして、豪志《ごうし》を挟《はさ》んでエルザと向き合いました。

新体操部の中では一番背の小さな咲《さき》ですが、エルザはそれ以上に小柄《こがら》です。しかし、美しい顔を不敵に微笑《ほほえ》ませているエルザと、お下げを真《ま》っ直《す》ぐに垂らして緊張《きんちょう》気味の咲《さき》は好対照でした。

残りの五人も、王様の謁見《えつけん》に臨《のぞ》む騎士《きし》達のような顔でエルザを見据《みす》えていました。

「うーん、主語でかーい！　いいわよ、インタビュアーさん。なんでも聞いて。答えられることならなんでも答えてあげる。つまり、答えられないことは、何も答えない」

「大変な名誉《めいよ》です！　よろしくお願いします！　ではまず、神崎《かんざき》エルザという素《す》敵《てき》なお名前のことです！　本名、なんですか？」

「では、では、本名は絶対にお聞きしませんが、美しい芸名の由来は、聞いてもいいでしょうか？」

「本名は、ナイショ」

芸名のことです。

「ううん。メーゲー」

わくわく。目を輝かせながら返事を待つ六人です。

同時に、豪志《ごうし》とエルザと香蓮《かれん》を挟んでソファーの反対側に座る美優《みゆ》も耳を傾《かたむ》けていました。

何それ知らない。何それ知りたい。知りた過ぎる。

エルザはにっこりと笑って、

「まあ、実を言うと、全然大した理由じゃないんだけどねー。大昔の映画で、悪役をやっていた人の苗字《みようじ》が気に入ったのと、下の名前はカタカナで考えている間、なにかこう音でしっくりこないかなと思って浮《う》かんだヤツ」

「へえー」

咲《さき》を始め、女子高生達が目を輝かせました。

そんな理由だったのか！　おお、初めて知る神崎《かんざき》エルザ命名の秘密！

「………」

美優《みゆ》は、黙っていました。

チラリと香蓮《かれん》を見ると、

「…………」

疲《つか》れているのもあるでしょうか、ぐでっとしたままの香蓮《かれん》も、無言で、無反応でした。

「じゃあ、次の質問です！　幼い頃《ころ》の事を教えてください！　エルザさん、どんな幼少期を過ごされましたか？」

咲《さき》が次の質問をぶつけ、エルザはサクッと答えます。

「そうねー、フツーだったねー。場所は言えないけど日本の外れの田舎《いなか》でさ」

「ほー！」

豪志《ごうし》は、二つの声に挟まれて――、
芸名の由来といい、よくとっさに思いつくものだ。

そう静かに思っていました。

豪志《ごうし》は分かっています。エルザが嘘《うそ》をついていることを。本当の事は一つも言うつもりはないということを。

「場所はお聞きしませんが、田舎といっても、人によって印象が違《ちが》うと思います。どんな場所でしたか？」

「うん、一学年に一クラス、それも数人なんて学校でさ」

「ほうほう。近所にカフェとかクレープ屋さんとかカラオケとかないような？」

「そうそう。遊びと言えば野山を駆《か》けまわってるような、かなりの過疎地《かそち》」


嘘です。豪志《ごうし》はエルザから聞いて知っています。

エルザが幼少期を過ごしたのは、アメリカ合衆国、カリフォルニア州のロサンゼルス。少し郊外《こうがい》とはいえ決して田舎ではありませんし、そもそも日本ですらありません。


「ほほう。自然豊かな土地で育ったんですね。では、エルザさんのご両親のことを聞かせてください！　お仕事を聞いてもいいですか？」

「うん。ウチはめっちゃ林業。父も祖父も、野山にまじりて木《き》を切り倒《たお》して、万《よろず》のことに使いけりな人。聞いた話だと、ご先祖様が江戸《えど》時代からそこで炭焼きをやっていたんだってさ。父はチェーンソーの名手でねえ、でっかい木を削《けず》って器用にいろんなものを作れちゃう。まあとにかく、木が大好きな人だった」

「へー！」


嘘です。豪志《ごうし》はエルザから聞いて知っています。

江戸時代のご先祖のことは知りませんが、エルザの両親は、クラシックの演奏家です。

二人とも日本人。しかし出生地の日本ではほとんど知られていません。海外のクラシックファンの間では、かなり有名な夫婦《ふうふ》です。

母親はピアニスト。父親はバイオリニスト。

だから、父親はチェーンソーなんて使いません。木が大好きかは分かりません。バイオリンは木でできていますけれど。

演奏旅行で世界中を飛び回っているような人達《ひとたち》で、かなり裕福《ゆうふく》でした。そして彼等《かれら》は、娘《むすめ》がいることを公式に発表していませんでした。〝お嬢様《じょうさま》〟が、誘拐《ゆうかい》などの犯罪に巻《ま》き込《こ》まれることを恐《おそ》れたため、とされています。

だから、エルザの過去をゴシップ雑誌が探《さぐ》っても、簡単には出てこないでしょう。

「で、私はそこの四女。上に姉が三人もいてね」

「へえ！」

「まあ、とっても賑《にぎ》やかなファミリーだったわ。そこで、ちっちゃい頃からドタバタとワイワイと育ったワケよ」

「へえ！」

嘘です。豪志《ごうし》はエルザから聞いて知っています。

エルザは、一人っ子でした。

両親は、エルザを産みました。

そして――、育ててくれませんでした。そのときの二人にとって一番重要だったのは、世界中の聴衆《ちょうしゅう》の期待に応えることだったのです。

赤ちゃんの頃からずっとベビーシッターに、やがてはチャイルドシッターに囲まれて育ったエルザが両親に会うなど、数ヶ月に、あるいは半年に一回でした。

幼少期のエルザが覚えている両親の顔は、地球の裏側から短い間だけ電話をしてくるタブレット端末《たんまつ》の中か、海外の専門誌の表紙だったのです。

「じゃあ、活動的な女の子だったんですか？」

「もちろん。小学校からして山を二つ越《こ》えた場所にあったからね。冬はドカ雪が降るからさすがに送り迎《おくむか》えしてもらったけど、それ以外はもう雨だろうが風だろうが野山を駆《か》け巡《めぐ》って登下校していたっけ。途中《とちゅう》で見つけた蛙《かえる》とか蛇《へび》とか握《にぎ》りしめてね！　ああ、懐《なつ》かしい」

「うーん、すごい！」

嘘です。豪志《ごうし》はエルザから聞いて知っています。

エルザは、生まれつき、体がとても弱い女の子でした。

彼女は、呼吸器系の疾患《しっかん》を抱《かか》えていたのです。少しでも無理に動くと呼吸が苦しくなり、溺《おぼ》れるような苦しみを味わってきました。

幼い頃からずっと、広く大きな家の中で世界は完結していて、病状を悪化させる可能性がある外に出たことは、ほとんどなかったのです。

それでも、エルザは発作《ほっさ》で何度も死にかけました。地上に生きていながら、呼吸が継《つ》げずに溺れていく苦しみを、幾度《いくど》も味わいました。ひどく苦しんで、朦朧《もうろう》とする意識の中で、

「あの子は遠からず、神に召《め》されることでしょう」

という言葉を、医者が口にするのを何度も聞きました。

医者はそのあと必ず、チャイルドシッターにこう言いました。

「ご両親は呼べないのですか？」

エルザは何度も何度も思いました。

今度こそ楽になれるのか？

死ねるのか？

「ワイルドな幼少期だったんですねぇ！」

「まあね。今思うと、割と、いや、結構ムチャクチャなガキンチョ時代だーね。でもね、私は

ずっとずっと、それが〝普通《ふつう》〟だと思っていたんだけどね！」

その言葉だけは嘘ではない。豪志《ごうし》はエルザから聞いて知っています。

お金持ちの親がいつも側にいなくて、豪華《ごうか》な家から出ることができなくて、いつも呼吸が苦しくて、何度も何度も死にかけてきたエルザ。そんなときでも、世界中を飛び回っていて、すぐ側にいてくれない両親。

でも彼女は、それが〝普通〟だと思っていました。他の全ての子供達は、多かれ少なかれ、みんなそうやって生きているのだと、ずっと思っていました。

他の子供達との交流はなく、テレビを見ることも許されず、親の息がかかった医者やチャイルドシッターは、本当の事をあまり、というかほとんど教えてくれませんでしたから。

それは、明日死ぬかもしれない状態で生きていたエルザに、余計な期待を持たせないための親心だったのかもしれませんし、そうでなかったのかもしれません。

「小学校の高学年では、どうでしたか？　生活は変わりましたか？　その当時興味があったことは？　音楽なんか、聴《き》きましたか？」

「咲《さき》ちゃん、なかなかいいインタビュアーっぷりね！　そうねえ、あんまり生活は変わらなかったかな。音楽だけど、当時からいろいろ聴いたかなー。周りの友達が普通に聴いていたポップスから入って、楽しくなっていろいろな歌手の歌を貪《むさぼ》り聴いて、スマホを手に入れてからは配信で、選《よ》り取《ど》り見取り、あらゆる音楽をね」

「なるほど！　エルザの音楽の原点ですね！」


嘘です。豪志《ごうし》はエルザから聞いて知っています。

十歳《さい》を超《こ》えた頃から、エルザの体調はゆっくりと良くなっていきました。

もちろん予断は許しませんでしたし、実際その頃も何度か死にかけましたが――、その回数はじんわりと、しかし確実に減っていきました。

それでも、彼女はずっと家の中で育ちました。だから、小学校にも中学校にも行っていません。

勉強は全て家庭教師でした。お金だけはあった両親は、幾人《いくにん》もの優秀《ゆうしゅう》な家庭教師を雇《やと》って、エルザに教育を施《ほどこ》しました。

広く深く、いろいろな知識を得る機会を得たエルザですが、唯一《ゆいいつ》の例外が音楽でした。

両親は、自分達《じぶんたち》が愛して止《や》まないクラシック以外の音楽を聴くことを、頑《がん》として許さなかったのです。テレビもラジオも、ネット環境《かんきょう》も、ずっと厳しく制限されていました。

毎日、飢《う》えることもなければ、凍《こご》えることもなく、しかし出ることができない豪華な家。

それはまるで、鳥籠《とりかご》のようでした。

当時のエルザは、それも〝普通〟なのだと思っていました。

「では時代を進めて、中学生の頃の思い出を教えてください！」

「んー？　どんな？」

「すみませんアバウトすぎました。中学生の頃、私にも、思春期をこじらせてしまった記憶《きおく》がありますｍ。いろいろ大変なことが、インパクトのある出来事がありました。エルザさんにも何か、人生におけるインパクトのある出来事は、ありませんでしたか？」

「そうねー。そうねー。インパクトかー」

「どうでしょう？」

「なかったかなー。割と普通に、小学校の延長みたいな人生だった」

嘘です。豪志《ごうし》はエルザから聞いて知っています。

中学生の頃――、といってもエルザは中学校には一切《いっさい》通っていませんから、実情としてはローティーンの頃ということになりますが、エルザにとって人生の転機とも言える出来事がありました。

生まれてからずっと、両親以上に彼女の側にいた呼吸器系の病気が、いなくなったのです。治癒《ちゆ》したのです。

理由が彼女自身《かのじょじしん》の生命力だったのか、医学の進歩だったのか、それとも、その両方なのかは分かりません。あるいは、ただ単に運が良かっただけか。

でも、これだけは事実です。

エルザは、明日死ぬかもと思いながら生きる必要は、なくなりました。

同時に、

「結局死ねなかったのか」

そう思うようになりました。

あれほど苦しかったのに、あれほど楽になれればいいと思っていたのに。このまま終わってしまえばいいと願ったのに。それを望んでいたのに。

死ねなかったこと。

彼女の人生における、インパクトのある出来事でした。

「なるほど……。では、今の私達と同じ年の頃は、どうだったでしょうか？　私達はいろんな事に悩《なや》んで、上手《うま》く行かないこともあって、進学とかで将来の不安がモリモリで！　でも友達や部活の仲間との生活や遊びや、もちろんＶＲゲームも楽しんでます！　エルザさんの高校時代をお聞かせください！」

「うーん、フレッシュでいいなあ！　もちろん私にも、フレッシュな時代があったんだけどね！」

「ほう！　では、ズバリ、どんなフレッシュさでしたか？　ピチピチでしたか？」

「古い言葉知ってるねえ。うん、高校時代かー。まだ十年も経《た》ってないのに、なんかもう懐かしく感じちゃうけどねー、まあ、なんというか、〝普通を楽しんだ〟かな」

「ほう。と、言われますと？」

「うん、高校生らしくそれなりに勉強して、でも遊びまくって。友達とカラオケ行ったり、スイーツ食いまくったり。女子高だったから、恋愛《れんあい》とかはちょびっと疎《うと》かったけどね！」


嘘でもあり、本当でもあります。豪志《ごうし》はエルザから聞いて知っています。

呼吸器系の病気が治癒したエルザは、高校からは、まったく問題なく通えるようになりました。

すると両親は、地元ロサンゼルス近郊《きんこう》にある全寮制《ぜんりょうせい》の学校を見つけて、娘をそこに放《ほう》り込《こ》もうとしました。

もちろん理由は、自分達が絶えず世界中を飛び回っているからです。寮《りょう》に入ってもらえれば、家の方は手間がかからなくなります。

しかしここで、海を越えて〝待った〟がかかります。

太平洋と日付変更線《ひづけへんこうせん》を跨《また》いで口を出してきたのは、エルザの祖父母でした。正確には母親の両親です。

在米と難病を理由に親の口出しを封《ふう》じてきた母親でしたが、病気が治ったのなら事情は変わります。

両親がエルザと向き合っていなかった事に心を痛めていた祖父母は、エルザに日本で暮らさないかと提案しました。

散々ほったらかしにしていたくせに両親は大反対しましたが、エルザは即断《そくだん》しました。それまで片手の指で数えられるほどしか会ったことがない人達と、生まれたとき以来一度も〝行った〟ことがない国で一緒《いっしょ》に住むことを。

その際の〝擦《す》った揉《も》んだ〟は相当なものがあったのでしょうが、その詳細《しょうさい》を、豪志《ごうし》は聞かされていません。結局はエルザが押《お》し切《き》ったことだけを、知っています。

こうして、エルザは十五年ぶりに日本の土を踏《ふ》んで、東京近郊で祖父母との生活を始めたのです。

祖父母は、穏《おだ》やかさが服を着て歩いているような人達でした。唯一の孫であるエルザを、とてもとても可愛《かわい》がりました。

通い始めたのは祖父母の家の近くにある女子高で、エルザは生まれて初めて、〝普通の生活〟を送ることになったのです。

それまでずっとアメリカで、しかし家の中だけで暮らしてきたエルザにとって、〝生まれたとき以来の祖国での普通の暮らし〟は立派に〝異世界〟でした。

「自分はエイリアンだったね」

エルザはそう言っていました。

猛烈《もうれつ》なカルチャーショックを感じつつ、戸惑《とまど》いつつ、悩みつつ、しかしエルザはそれを楽しみました。

日本での生活にすんなりと溶《と》け込《こ》み、高校の友達という、初めての存在との付き合い方をすぐさま学び、それら全てを、そつなくこなしました。

豪志《ごうし》は思っています。エルザは決して日本社会という異世界に馴染《なじ》んだわけではないと。ただ、その異世界を楽しむことができるほど、適応能力が高いのだと。

この時期に、エルザは初めて、クラシック以外の音楽を聴きました。日本で流行《はや》っている、あるいは世界で流行っている、普通のポップスや歌手を知りました。多種多様な音楽を、貪るように聴きました。

鳥籠から放たれたかのように、とても自由で、平穏《へいおん》な、つまり普通の生活を楽しんだエルザでしたが――、
心の奥底《おくそこ》で、マグマのように蠢《うごめ》くものは、無くしていませんでした。

〝人間はいつか死ぬ〟

〝では、自分はいつ死ぬのか？〟

〝では、自分はどうやって死ぬのか？〟

そして、

〝他の人達は、どうだ？〟

「歌手を目指したのは、その頃ですか？」

「ううん。そのあとの話。高校を卒業してからだね」

「なんと！　では、また似たような質問になります。高校時代で、一番思い出に残っていることは、なんと、なんでしょうか？」

「……うーん、……なんだろ？　ちょっと難しいかなー。ノンビリとした毎日が楽しくてね。飛《と》び抜《ぬ》けて記憶に残るようなことは……、その三年間には、なかったかな」

嘘です。豪志《ごうし》はエルザから聞いて知っています。

エルザの祖父母は、彼女が高校三年生のときに相次いで亡《な》くなっています。エルザは、二人を連続して看取《みと》りました。

高齢《こうれい》の人達が病気になり、そしてあっという間に衰弱《すいじゃく》し、亡くなってしまうのは、ある意味仕方がないことなのかもしれません。

しかし、やっと一緒に暮らすことができた家族を立て続けに失うのが、辛《つら》くなかったはずはありません。

そのときの気持ちを、豪志《ごうし》はエルザから一切聞いてはいませんが――、エルザの死への憧れには、〝死んだら祖父母に会えるのではないか？〟という想《おも》い、あるいは〝願い〟があるのではないか？

豪志《ごうし》は思っています。

ただし、確証はありません。

「高校卒業後の事を、歌手を目指した頃の事を教えてください。まず、一番大きな理由は、なんだったんでしょうか？」

「そうねー。うーん、どうしようかなー」

「この答えは、秘密ですか？　もしそうでしたら、質問を取り消させてください！」

「いやいや、別にそういうわけじゃないけどね。なんというかね」

「なんというか？」

「あんまり格好よくないのよね」

「と、言いますと？」

「まあ、ぶっちゃけ、お金をタンマリ稼《かせ》ぎたかったのよ。そのために、自分に一番できそうなのは何かなーって思ってね！　それが、歌手だったってワケ」

嘘です。豪志《ごうし》はエルザから聞いて知っています。

歌手を目指した一番大きな理由は、お金ではありません。

簡単に言えば、祖父母のためです。

高校生の頃、祖父母はエルザの歌唱を褒《ほ》めてくれました。

それは彼女が、幼い頃からずっと一人でやってきた遊びです。

当時唯一聴けたクラシック音楽、その旋律《せんりつ》をアレンジして、新しい曲を作ること。エルザはそのメロディをハミングで、あるいは歌詞をつけて歌っていました。

彼女の歌を聴いた祖父母は言いました。エルザには、歌手になれる才能があるよと。

高校生当時のエルザは、それを孫可愛さからのお世辞だと受け取っていました。普通の人生を本気で楽しんでいた頃でもあり、実際に歌手になれるとは、微塵《みじん》も思っていなかったのです。

でも、二人を立て続けに失った後、エルザは思いました。

あの二人は、正しかったのではないか？　と。

そして、エルザはこう思いました。

あの二人を、正しくしてしまいたい！　と。

「お金のためだって、全然いいと思います！　私だって、将来はリッチになりたいです！　では、実際に夢に向かって進み始めてみて、果たしてどうでしたか？　どんな道程でしたか？」

「辛かったし、楽しかったし、困ったこともあったし、悲しいこともあったし、なんだそりゃって思うこともあったし——、まあ、今こうしていられるのだから、全ては結果オーライね。デビューまではいろいろあったけど、大人の都合上秘密にしておかなきゃいけないこともあるし、ちょっとここでは詳《くわ》しく言えないかな」


嘘なのか本当なのか分かりません。豪志《ごうし》はエルザから聞いて知っています。

エルザの道程は、決して楽なものではありませんでした。

まず、エルザはいくつかのバイトをしながら、いろいろな勉強をしました。

もちろん音楽の研究や歌作りにも励《はげ》んだのですが——、それ以上に力を入れたのが、経営の勉強でした。将来、自分で自分の財政状況《じょうきょう》を完璧《かんぺき》にコントロールするために。

歌手を目指した一番大きな理由はお金ではありませんでしたが、人生にお金が必要だという事は痛いほど分かっていました。

子供の頃、多額の治療費《ちりょうひ》がかかったエルザです。両親の経済的庇護《ひご》がなければ、文字通り、生きていけなかったでしょう。

だから、お金に関することは人一倍真剣《しんけん》でした。

祖父母の遺産を受《う》け継《つ》いだエルザでしたが、慎《つつ》ましい生活をしていた二人のこと、金額としては、ほんのわずかでした。

そして両親には、一切の助けを求めませんでした。高校時代はある程度の生活費が振《ふ》り込《こ》まれていたのですが、卒業後に銀行口座を変更《へんこう》して、それらを全て拒否《きょひ》しました。

豪志《ごうし》は、その頃のエルザの両親の対応を何も知りません。エルザが、まったく話してくれなかったからです。

ただ、エルザは言っていました。

自分はもう、根無し草《デラシネ》だと。

だから、付き合いを、それこそ根っこからバッサリと切ってしまったのだろうと、豪志《ごうし》は想像しています。

こうして歌手を目指して邁進《まいしん》していた頃のエルザを、豪志《ごうし》は実際に見ています。ちょうど彼《かれ》がストーカーになって、ひょんな事から下僕《げぼく》になった頃でしたから。

なので、ここからは聞いた話ではなく、見てきた話です。

エルザは、歌手になるための多大な努力をしていきました。昼間はバイトを掛《か》け持《も》ちし、夜は夜学で経営学を勉強しました。

そしてある日、大きな〝幸運〟にも恵《めぐ》まれました。

世界初のフルダイブ型・大規模多人数同時参加型オンラインRPGであり、異世界で暴れられるならとベータテスト時代に遊《あそ》び狂《くる》った《ソードアート・オンライン》。略称《りゃくしょう》SAO。

その正式サービス開始日が、最初に見初《みそ》めてくれた音楽事務所に顔見せに訪《おとず》れる日だったという幸運です。

死や破壊への憧憬《しょうけい》があった彼女のこと。本当のデスゲームになってしまったＳＡＯに参加できなくて、我を忘れて怒《いか》り狂《くる》いました。豪志《ごうし》は今も、あのとき折られた肋骨《ろっこつ》の痛みを、懐かしく感じます。

それを〝不幸〟だとエルザは嘆《なげ》きましたが、豪志《ごうし》は今も、〝彼女の人生の三大幸運〟の一つだったと、勝手に認定《にんてい》しています。

その音楽事務所は、新人だったエルザを厳しく鍛《きた》えてくれました。あの事務所があったから今の私があると、独立した今でも折に触《ふ》れ感謝の気持ちを口にするほどに。

ちなみに残りの二つのうちの一つは、彼女の祖父母という人達がこの世界にいたこと。そして最後の一つは、小比類巻香蓮《こひるいまきかれん》という人がこの世界にいたことです。もしこの三人と出会わなければ、エルザの人生はまったく違ったものになっていたことでしょう。

そして、豪志《ごうし》の人生も。

豪志《ごうし》は思います。

ひょっとしたら、その次の次の次くらいに、〝自分がいたこと〟だったらいいなと。

もちろん、豪志《ごうし》にとっては、エルザがこの世界にいたことが、人生最大の幸運です。

「なるほど……。そしてデビューがあり、輝かしい今があると……」

「あ、言い忘れたことがある」

「はい。なんでしょうか？」

「私の歌を受け取ってくれて、ありがとう。みんな」

「そ、そ、そ、そ――」

「ソソソ？　音は〝シ〟だけど」

「そんな恐《おそ》れ多《おお》い！　私こそ――、いえ、私達こそ、神崎《かんざき》エルザさんに感謝したいです！　素敵な歌を歌ってくれて！」

「うん、どういたしまして。でも、改めて私からも感謝を。みんなが私を歌手として認めてくれたから、私は歌い続けることができた。そして――」

「そして……？」

「GGOで新しい狙撃銃《そげきじゅう》が買えた！」

「ぐはっ！　そうですよね、そうでしたね、エルザさん、ピトフーイの中の人ですもんね……。ピトフーイとしての行動についてはここでお話はしませんが、これだけは言わせてください。改めて、あちらの世界でもいろいろとお世話になりました。そしてこれからも、GGOで、ご指導ご鞭撻《べんたつ》のほど、よろしくお願いします！」

咲《さき》の言葉の後に、部員達全員が、

「よろしくお願いします！」

声を合わせて、揃って頭を下げました。さすが体育会系。

「若いのに難しい言葉知ってるわねえ。いいよー！　しちゃうしちゃう！　ご指導しちゃう！　鞭《むち》をビシバシしちゃう！　──ねえ、今度一緒にクエストやんない？」

「い、いいんですか？」

「ナンデ悪いの？　GGOを愛するもの同士、今度は一緒に楽しみましょうよ！　来月五日の真っ昼間から、新しいクエストが始まるって話は知ってる？　12時ジャストの一斉《いっせい》スタート必《ひっ》須《す》で、最速クリアのスコードロンにはドカンと経験値と金銀財宝が！」

「いいですね！　その日なら、自分達はオッケーです！　普通にみんなでダイブしようと思っていました！」

「ナイス！　ウチのこの四人と──、上手く誘《さそ》えたらシャリクラコンビの二人と、そちらの六人！　計十二人の最強チームで一発かましましょう！」

「やります！　やらせてください！」

「よろしい！　じゃあ、そこにいる香蓮《かれん》ちゃんにも、意気込《いきご》みを聞かせてあげて」

「はい！　──香蓮《かれん》さん！　次は一緒に戦いましょう！　よろしくお願いします！」

咲《さき》が、そしてその脇の五人が真っ直ぐな瞳《ひとみ》をぶつけてきたので、

「え？　うん、まあ、はい……」

部屋の隅《すみ》でぐだっていた香蓮《かれん》は、その日に特別な用事が、例えばデートとか、あるいはデートとか、またはデートとかはありませんので、レンとして逃《に》げるわけにはいかなくなりました。これにて、一緒にプレイ決定です。このへんが、エルザの狡猾《こうかつ》なところです。

「おう、私もな！」

当然のように、美優《みゆ》がニンマリと笑って、親指を立てました。


「あのう……、ボス……」

六人の女子高生の内の一人、金髪《きんぱつ》のミラナが、咲《さき》へと控《ひか》えめに声をかけました。

「ほい？」

「ワタシから、エルザさんに一つ聞いてもいいですか？」

「ああ」「いいわよー」

咲《さき》とエルザ、二人が同時に答えました。

ミラナは、青い瞳でしっかりとエルザを見据えて、訊《たず》ねます。

「ギターの神崎《かんざき》エルザモデル……、ではなくて、本物のエルザさんの愛用ギター、フレットボードに白い猫《ねこ》の模様と足跡《あしあと》が貼《は》ってありますよね。エルザさんも猫、お好きなんですか？　飼われているんですか？」

「うん好き。でもね、飼ってはいないんだ。実はね、猫アレルギーで、ね」

嘘です。豪志《ごうし》はエルザから聞いて知っています。

エルザの祖父母の家には、色と模様が様々な三匹《びき》の猫がいました。とてもとても、大切にされていました。

黒猫《くろねこ》で性格が一番尖《とが》っていた〝スピカ〟。体のとても大きな赤茶の〝アンタレス〟。そして、眩《まばゆ》いほど綺麗《きれい》な白猫の〝カノープス〟の三匹です。全て星の名前で、天文学が好きだった祖父らしい命名でした。

エルザも、三匹を心の底から可愛がっていました。彼女が猫アレルギーというのは、完全に嘘です。

しかし、祖父母の相次ぐ死のあと、猫三匹はエルザの元から去っていきました。

猫達が自分から去ったわけではありません。祖父母が遺言《ゆいごん》として、次に飼ってくれる人を既《すで》に決めていたのです。

三匹の猫の世話となれば、それなりに大変です。祖父母の持ち家は、死後は売却《ばいきゃく》せざるを得ず、エルザはそこに住み続けることができませんでした。

一人暮らしになる、そして人生で初めて本当の自由を手に入れるエルザに、負担をかけさせまいとする親――、祖父母心だったのかもしれません。

エルザは、その猫たちのことが大好きだからこそ、次を飼う気はありません。

　この話を聞いたとき、豪志《ごうし》は言いました。

「僕《ぼく》も猫は好きです。飼ってもいいと思っています」

　するとエルザは言いました。

「ペットなら、今は豪志《ごうし》君がいるからいいよ」

　そして、感涙《かんるい》にむせぶ豪志《ごうし》を、一晩中ボコボコにしてくれました。

　閑話《かんわ》休題《きゅうだい》。

　エルザは、今も猫を飼っていません。

　その代わり、愛用の、そして一番大切な商売道具であるギターのフレットボードに、猫のステッカーを貼りました。その先に、可愛い足跡を貼りました。モデルにしたのは、エルザに一番懐いていた、白猫のカノープス。

　その意味は、〝少しずつでも、一歩ずつでも、前に進む〟こと。〝ステップを踏んでいく〟ということ。

　豪志《ごうし》は、よく見ました。

　エルザが音を鳴らすわけでもないのに、そこに静かに指を滑《すべ》らせているのを。

「ありがとうございます！」

　ミラナがお礼と共に頭を下げて、

「本当に、ありがとうございました！」

咲《さき》が引《ひ》き継《つ》ぎました。

「私達は、そろそろお暇《いとま》します！　エルザさんの連絡先《れんらく》は、お聞きしません！　ですから、ピトフーイさんに、ゲーム関係の連絡を取らせてください！　これが、ボスのアカウントです！」

咲《さき》はスマートフォンをエルザに差し出して、エルザは自分のスマートフォンを近づけて、情報を受け取りました。

咲《さき》は、貴重な情報を得たスマートフォンを胸に抱《だ》いてから、

「今日ここで見聞きしたことは、私達だけの秘密です！　死んでも拷問《ごうもん》されても、絶対に誰《だれ》にも言いません！」

鋭《するど》い顔で言いました。部員達全員が、続いて頷《うなず》きました。

エルザはにっこりと笑って、

「うん、ありがと。そうしてもらえると助かる。そう……、香蓮《かれん》ちゃんの失恋《しつれん》は、私達だけの秘密……」

「ぐっ！」

復活しつつあった香蓮《かれん》が、部屋の隅で再び悶《もだ》えました。183センチの体を、蛇のようにうねらせました。

「姉さーん、容赦《ようしゃ》なーい」

美優《みゆ》が、親友の背中を撫《な》でながら言うと、

「大丈夫《だいじょうぶ》。2ヶ月半後には、失恋の傷だってすっかり癒《い》えて、全ては楽しい思い出になってるわよ。人のナントカも七十五日。美優《みゆ》ちゃんも、今までそうだったでしょ？」

エルザがそう言ってウインクすると、

「あはは……」

香蓮《かれん》は疲れた顔ながらも、少し微笑みました。

その脇で、美優《みゆ》が真面目な顔で返します。

「え？　3日もかかりませんが何か？」


咲《さき》達が帰り、〝小比類巻香蓮《こひるいまきかれん》フラれ記念カラオケ大会〟はお開きとなりました。

散々飲み食いしたお代は、豪志《ごうし》が会社のカードで払《はら》ったので、実質エルザのおごりでした。

「ねー、ホントに今晩一緒にいなくていいー？　一緒にお風呂《ふろ》入らなくていい？」

同性セクハラ発言を繰《く》り返《かえ》すエルザと別れて、香蓮《かれん》は徒歩で帰宅の途《と》につくことにしました。

「じゃ、来週はクエストねー！　存分に暴れようぜ！」

エルザはマスクで顔を隠《かく》して、ギターケースを持った豪志《ごうし》と共に、コインパーキングに停《と》めてあった車の中に消えていきました。

いつもの黒塗《くろぬ》りの高級車ではなく、オシャレでポップな色あいのコンパクトカーだったのは、行動がバレないようにするためでしょうか?

一方、香蓮《かれん》のデートを覗《のぞ》くためだけに、わざわざ朝一の飛行機で北海道《ほっかいどう》からやって来た美優《みゆ》は、

「わりーが泊《と》めちくりーやー。愚痴《ぐち》は朝まで聞いてやるからさ！　コヒーがそうしてくれたように！」


そんなことを言いながら、香蓮《かれん》の脇を進みます。

土曜の夜の繁華街《はんかがい》は人が多く、しばらく黙ったまま歩いた二人は、やがて人の少ない路地に出て、

「美優《みゆ》――」

「おう？　おっと、今日のことを怒《おこ》られるのは、部屋に入ってからにしてくれや」

「ううん。怒ってない。ありがとう」

「だろー？　まあ、いいってことよ」

「それより、エルザさんの、さっきの発言のことなんだけど……」

「あ？　ああ。やっぱり、一晩共にしたかったか？」

「違うって！　咲《さき》ちゃんが訊ねて、エルザさんが答えたこと」

「ああ。そっちか」

「あれ、結構嘘混じりだったんだと思う。というより、ほとんど本当の事は言ってなかったんじゃないかな？」

「うん、だろうな。私も分かった。咲《さき》ちゃん達は、まあ、曇《くも》り無きピュアな眼《め》で信じてしまったようだけどな。エルザ姉さん……、相変わらず、底が知れない人だぜ……」

「あと——」

「ん？」

「脇で黙っていた豪志《ごうし》さん、たぶん、本当の事を全部知っているように見えた」

「だろうな」


流れている首都高速道路を、オシャレでポップな色あいのコンパクトカーが走っていきます。

車内では、後部座席右に座ったエルザが、ケースから出したギターを抱えて、

「ふーふーふん、ふふふーん、ふふふんふん、ふーふーふー」

それを弾《ひ》かず、ただ抱えただけでハミングをしていました。彼女が自分の歌に取《と》り込《こ》んだ、ムソルグスキー作曲の『展覧会の絵』から、『プロムナード』。

そういえば、レンがＳＪ１の湖畔《こはん》で歌っていたなと、豪志《ごうし》は思い出しました。

ハミングが一度止んだとき、豪志《ごうし》が運転席から、振《ふ》り向《む》かずに声をかけます。

「社長」

バックミラーでチラリと顔を見ながら、

「見事な〝作り話〟でしたね。よくぞ、ああもスパスパと思いつくものです。感服いたしました」

豪志《ごうし》は言いました。

「まーねー。私くらいの神崎《かんざき》エルザになるとね、それくらいはね」

「ただ、芸名のことは僕もまだ聞いていません。本当は、由来はなんなのか、聞いてもよろしいですか？」

「あれっ？　言ってなかった？」

エルザは目を瞬《しばたた》いて、本気で驚《おどろ》いていました。

「じゃ、豪志《ごうし》君にだけ、特別に教えてあげる。メーゲーの由来」

芸名のことです。

「大変光栄です。謹《つつし》んで拝聴《はいちょう》します」

「神崎《かんざき》の〝神〟はもちろんゴッド。〝崎《さき》〟はね、突端《とったん》とか、端っことかの意味でしょ？　神様に召されなかった人は、きっとどっかの端っこにいるのよ」

「…………。では、エルザは？」

「もっと単純な言葉遊び。エルは、ゲットするの〝得る〟。ザはもう分かるでしょ？」

「座る場所……。〝座〟、でしょうか？」

「ほい正解。お主もできるようになったのう」

「神の崎に、得る座……」

「いやー、単なるオヤジギャグよねー。思いついたとき、私はきっと中二病でもこじらせていたのよ。これは、恥《は》ずかしくて公式には言えないわー」

「いえ、とても素晴《すば》らしい命名だと思います。感動しました」

「あらそ？　でも、秘密ね。外で言うつもり、絶対ないからね」

「僕は、あなたが僕だけに話してくれたことは、全て墓場まで持って行きます」

「あらありがと。でもね、一つだけね、とてもとても大切なことを、どうか忘れないようにしてね」

豪志《ごうし》が、口ではなくハンドルを動かすだけの時間が過ぎました。

数秒後、豪志《ごうし》は訊ねます。

「とてもとても大切なこととは、なんでしょうか？」

「私があなただけに話したことだけど――」

「だけど？」

「全然本当じゃないかもしれないよ？」

エルザはそう言うと、サッと指を滑らせました。
猫の足跡がある、ギターの上を。

SECT.2

第二章　みんなでクエスト

第二章「みんなでクエスト」

9月5日。土曜日。

「いよう！　フラれ一週間記念日だな、レン！」

「そんな記念日はいらない！」

GGOの首都グロッケンで、フカ次郎《じろう》とレンが合流しました。

フカ次郎《じろう》は、今日も金髪小悪魔《こあくま》的姿を、マルチカム迷彩《めいさい》のシャツとショートパンツで包んでいます。

レンは、GGOでそれ以外は着ないであろう、デザートピンクの戦闘服《せんとうふく》上下。ブーツまでピンク。もしピンク禁止令が出たら、レンはGGOを辞《や》めるかもしれません。

ただし二人とも、武器はストレージにしまい、焦《こ》げ茶色《ちゃいろ》のローブを頭から踝《くるぶし》までスッポリと纏《まと》って、その可愛らしい姿を隠しています。まるで小さな修道者のようです。もしくは、某星《ぼう》戦争映画に出てくる、廃品《はいひん》回収部族。

身を隠す理由は、可愛すぎて目立つのが一つと、何回かのSJで暴れ回ったのでそこそこ名が知られてしまっているからというのが一つ。

時間は、11時。

昼前なのに赤みがかった空の色の下、ケバいネオンが煌《きら》めくグロッケンの町中は、プレイヤー・キャラクター達で賑わっていました。週末に混むのは、観光地も遊園地もフルダイブVRMMOも同じなようです。

「記念日はさておき、とりあえず買い物に行こうぜ！　弾《たま》がないんだ、タマが。これでも、俺《おれ》達《たち》女の子だからな」

「いきなり下品かっ！」

小さな二人は、ケバケバしいネオンが煌めくグロッケンの通りを歩きます。

向かうは、ショッピングセンターのような、しかし売っているものは全て武器弾薬《だんやく》という物《ぶっ》騒《そう》なお店。正午一斉スタートのクエストに参加する前に、持てるだけの弾薬を手に入れなければなりません。

「フカ、戻《もど》ってないんだよね？」

歩きながら、レンが右隣《みぎどなり》にいる相棒に訊ねました。

短い言葉ですが、フカ次郎《じろう》には通じます。

先週の第四回スクワッド・ジャム——、SJ4以後、古巣のファンタジー系フルダイブRPG《アルヴヘイム・オンライン（ALO）》に戻っていないよね？　という確《かく》認《にん》の意味。確か、その前の8月16日のテストプレイのためにコンバートして以来、ずっとGGOにいたはず。

「おうよ。行って帰っての連続コンバートが地味に面倒《めんどう》なのと、ALOだとシルフで長身だから、感覚がやっぱり狂うんだよな。そんで、レンが〝大学の新学期の予習〟とかいうショーもない理由でGGOを遊んでくれないから、しばしこの世界で、一人で暴れてた」

「なるほど。いや、フカも予習しなよ」

「スルっとスルー。まあ、そんなこんなで、手持ちの弾がないんだぜ。女の——」

「まさか、北海道にも戻っていない、とかじゃないでしょうね？」

「おっと、リアルの話をするのはヤボだぜ？」

「いいから」

ヴァーチャル世界でリアルの話をするのがマナー違反《いはん》なのは承知ですが、レンは聞かずにはおられませんでした。

フカ次郎《じろう》のリアルこと、高校時代からの親友、篠原美優《しのはらみゆ》は〝香蓮《かれん》のデートを覗《のぞ》き見《み》する〟というただそれだけの目的で、飛行機で北海道から来ていました。ちなみに、安売りチケットに慣れてしまうとアホみたいに高く感じる正規運賃の航空券代は、エルザが出してくれたのだとか。

香蓮《かれん》が西山田《にしやまだ》炎《ふあいや》にフラれたその後に、みんなとカラオケボックスで憂《う》さ晴《ば》らしの大騒《おおさわ》ぎをして、香蓮《かれん》のマンションで一泊《ぱく》した美優《みゆ》は、

「ほんじゃ帰るわー。またフラれたら、私はいつでも、慰《なぐさ》めに飛んでくるからな！」

そう言って翌日の昼には去っていったのですが、その後の行動が不明です。普段《ふだん》なら、実家で長湯をするお風呂場からの電話も、ずっとありませんでしたし。

まさか、ずっと東京のどこかにある神崎《かんざき》エルザ宅にお世話になっているのではないかと、すこし、いえかなり心配になります。

フカ次郎《じろう》はレンの心中をサラリと察して、

「エルザ姉さんの家にずっとお世話になっているとか？　いんやー、さすがにそれはない。実に興味あるけどさ、豪志《ごうし》さんだっているわけだし、そんな二人の〝愛の巣〟にヒョッコリお邪《じゃ》魔《ま》なんて——、うわメッチャしてえ！」

「するな。そして、するな」

レンは二回言いました。

「ちゃんと帰っていたよ。今も自宅ベッドから、ログ・アンド・インだぜ」

「なぜ分けた？」

「我らの故郷、ホッカイドー連邦《れんぽう》トカチ共和国オビヒロ村はもう涼《すず》しいぜー？　いやもうすっかり秋だな。〝秋味〟がうんめえ時期だな」

某社《ぼうしゃ》のビールのことではありません。北海道の人が言うところの、秋に遡上《そじょう》してくる鮭《さけ》のこと。

「そうだねえ」

鮭料理が大好きなレンが、ヴァーチャル世界でお腹《なか》を鳴らしました。

シンプルに切り身の焼き鮭。具だくさんの石狩鍋《いしかりなべ》。焼ける味噌《みそ》が香《こう》ばしい〝ちゃんちゃん焼き〟。採れたての筋子でたっぷりと作る、自家製イクラ漬《づ》け……。

「豚丼《ぶたどん》やカレーも、そろそろシーズンかな?」

「あるの? シーズン」

「ある。一年の間で、特に春と夏、そして秋と冬が美味《おい》しい」

「全部だ」

すっかりリアルの話をしている間に、二人はガンショップにたどり着いて、

「さーて、買うぜ! 超《ちょう》買うぜ!」

「わたしも、ピーちゃんとヴォーちゃんの弾を補充《ほじゅう》しないと」

弾薬を大量に買《か》い込《こ》みました。


チームLPFMの、そして一緒にプレイするSHINCの集合予定時刻は——、クエスト開始の20分前、11時40分でした。

場所はレン達が今まで何度も使ってきた、西部劇に出てきそうな、決闘《けっとう》が似合いそうなバー&レストラン。

レンとフカ次郎《じろう》は、買い物が思いの外テキパキと終わったので、11時20分には個室に入っていました。NPCの、そばかす顔のウェイトレスさんに、ツレが来たらこの部屋に通してくれよ、と頼《たの》んで。

二十人は座れる、やたらに大きな円卓《えんたく》の一角を使って、

「ゲームはたのしいなー。レンよ、これから我らに、どんなバトルが待ってるかなー」

「楽しいのは認めるけど、ピトさんと一緒なら、タフなものになる気しかしない」

「ばっきゃろー、死ぬ思いを何度でもしてこその、ゲームだぜ？」

「ま、現実では死ぬ思いはしたくないからね」

レンやフカ次郎《じろう》がぼんやりとジンジャーエールとアイスティーを飲んでいると、11時30分に、重そうなドアを軽々と開けて、黒髪短髪《くろかみたんぱつ》の宝塚《たからづか》男役のようなキャラクター、クラレンスが入ってきました。今日も、よくお似合いの、上から下まで黒一色の戦闘服です。

「よっ！　お二人さん！」

「ほいおひさー」

「久しぶり」

フカ次郎《じろう》とレンの脇にストンと座ると、

「二人とも、今日もちっこいねえ。あんれえ、ちょっと縮んだ？」

「へへへ、分かる？」

「〝分かる？〟じゃねーよ、レン。アバターは縮まん」

クラレンスは、ジュースを左手によるウィンドウ操作で注文。テーブルの穴から、しゅぽんとグラスが飛び出てきました。

「ほい乾杯乾杯《かんぱい》！」

クラレンスが、何ジュースなのか一切分からない、美術の授業のあとの筆洗いのような怪《あや》しい色のグラスを差し出してきました。

ジンジャーエールを持ち上げて、フカ次郎《じろう》が問います。

「よっしゃ何に？」

「SJ4における、我々の完敗に！」

「こいつぁー一本取られたぜ！　かんぱーい！」

「いえーい！　かんぱーい！」

レンも、

「………」

一応アイスティーのグラスを持ち上げました。そういや負けたんだっけ、と思いながら。

SJ4の優勝チームは、全日本マシンガンラバーズ。略称ZEMAL。

SJ1では背後も気にせずに撃《う》ちまくるだけの脳天気トリガーハッピー集団だったのに、回を重ねるごとに、チームとしても強くなっていきました。

そしてとうとう、あのビービーという謎《なぞ》の女キャラクターに率いられて、SJ4ではなんと誰も死なずに、ぶっちぎりの優勝を飾《かざ》ってしまいました。

自分達は、四位。

レンにとって、SJで表彰台《ひょうしょうだい》を外すのは初めてのことでした。いえ、別にこだわっていたわけではないのですが、なんだか複雑な気持ちです。

わたしは、わたしが思うよりずっと、GGOとSJが好きなのかね……。

レンが思いながら、ちびり、とストローでアイスティーを啜《すす》ったとき、ふらりと入ってきたのは緑色の髪《かみ》も鮮《あざ》やかなシャーリー。

いつものハンティング用のリアルツリーパターン迷彩ジャケットに、茶色のカーゴパンツ。スコープの邪魔になるので、鍔《つば》を後ろに被ったキャップ姿。

余談ですがSJ2やSJ3で見せた顔に筋の迷彩塗装《とそう》は、最近やっていません。中二病っぽさを誰かに何か言われたのでしょうか。

「なんだ、早いな」

それぞれが彼女に挨拶《あいさつ》を返す中、シャーリーはクラレンスの隣に座り、

「よう相棒。元気だったか？」

「元気元気。ま、ちょっと忙《いそが》しかったけどねー。リアルで」

クラレンスがいつものイケメン笑顔《えがお》で返したので、

「それならいい」

シャーリーは、それ以上の会話は止めました。

散々〝リアルで会おうぜ〟と言っていたクラレンスが、SJ4以降連絡もよこさなかったことは、今日は全てスルーすることにしました。

別に、焦《あせ》る用件ではありません。いつかまた、言いたくなったら言ってくることでしょう。人との関係においては、心地《ここち》よい距離《きょり》というのがあって、それは同じ相手であっても時によって変化するものです。そして、無理強《むりじ》いはよくないのです。

シャーリーは、リアルである舞《まい》としてですが、先週一緒に馬に乗った女の子のことをちょっとだけ思い出しながら、そして、今頃《いまごろ》どうしているかなとほんのりと思いながら、

「アイスコーヒー。クリームなしシロップ入り」

音声で注文するのでした。


「あらみんな、お早いわね」

11時35分。ピトフーイが部屋に入ってきました。エムが続きます。

二人もお色直しはなく、いつも通りのスタイル。

すなわち、ピトフーイは体にぴったりしたスーツで、エムは毒々しい緑の迷彩戦闘服。装備品は何一つ実体化していない、身軽な格好でした。

「こんにちは。ピトさん、エムさん」

「グッモー、姉さん兄さん」

「やあやあ」

「どうも」

レン、フカ次郎《じろう》、クラレンス、シャーリーと、それぞれがそれぞれに、二人に挨拶を送りました。

シャーリーはピトフーイを見るときにどうしても睨《にら》んでしまいますが、それでもさすがは社会人。人として大切な挨拶は、忘れていません。

空いている席にピトフーイ達が座り、それぞれ好きな物を頼んで飲んで、

「チームメイトが来るまで、ゲームの説明は待ってね」

ピトフーイがそう言った瞬間《しゅんかん》に、11時36分に、

「失礼する！」

そのチームメイトがやって来ました。

全員同じ、緑の点をちりばめた迷彩服に身を包んだ、六人の女プレイヤー達。

お下げのゴリラことエヴァ――、通称《つうしょう》ボスを先頭に、黒髪のスナイパー、トーマ。背が低く横に広いドワーフ女のソフィー。逞《たくま》しくゴツいオバサンのローザ。金髪サングラス美女のアンナ。銀髪《ぎんぱつ》キツネ顔のターニャです。

SJ1でレンと死闘《しとう》を繰《く》り広《ひろ》げた、チームSHINCの六人が、

「皆《みな》さん！　本日はよろしくお願いします！」

ボスの号令一下、

「よろしくお願いします！」

ビシッと肩《かた》と声を揃えました。

その迫力《はくりょく》にレンは気圧《けお》されて、フカ次郎《じろう》はニヤリと笑い、シャーリーはあまり興味を顔に出さず、クラレンスはひゅう、と口笛を吹《ふ》きました。

「はいはい、そんなに気張らない気張らない。敬語もナシ。ゲームは、リアルのしがらみを忘れて楽しく！　そして楽しく！」

「はっ！」

そう言われても、ピトフーイの中身が神崎《かんざき》エルザと知ってしまった以上、GGOでも背筋が伸びてしまう六人は、

「では失礼して！」

テーブルの空いている席に、レン達の向かい側にキッチリと座りました。

まるで就職活動の面接にでも臨むかのような、背筋を伸ばし顔中に緊張をみなぎらせた六人を見て、

「え？　なに？　そんなに怖いゲームに参加するの？　俺達？」

クラレンスが余計な心配をしてしまいましたとさ。


ＳＨＩＮＣの面々がそれぞれ好きな飲み物を飲んで、緊張もほぐれたのを見抜《みぬ》いたのか、

「さーて、皆さんお集まりありがとう！　それから、ありがとう！」

ピトフーイが、一席をぶち始めました。この人は基本的に演説が好きなようです。

「今日はみんなで、親睦《しんぼく》を深めるためのクエストに参加っ！　お互《たが》い銃口《じゅうこう》を向け合うことはないでしょう！　良きかな！　良きかな！」

まあ、それはいいね。

レンは思っていました。

前回のＳＪ４で、いよいよ念願が叶《かな》って、ボスとの一騎打《いっきう》ちができました。そして僅差《きんさ》でレンが勝ちました。もう、思い残すことはありません。ＧＧＯを辞めようとは思いませんが。

「楽しく仲良く、バリバリとクエストを進めて、見事一等賞を目指しましょー！」

「おー！」

フカ次郎《じろう》やＳＨＩＮＣが、ノリノリで拳《こぶし》を突《つ》き上《あ》げます。少し遅《おく》れてクラレンスも。

シャーリーは、もちろんやりません。

この空気では、このクエストの途中にピトフーイの寝首《ねくび》を掻《か》いてやるぜ、とは言えません。

思っているだけです。そうです、彼女はまだ諦《あきら》めていません。この人は、大変に諦めが悪いのです。

「さーて、今回のクエストは、っと」

ピトフーイが、今も放送している某《ぼう》国民的アニメの次回予告のように言って、

「三本立て?」

「惜《お》しい！　五本立て！」

フカ次郎《じろう》がすかさず食いつきました。

「は?」

ボケたらマジに返されたフカ次郎《じろう》が本気で驚いているのを見て、レンは思いました。

お主……、誰でもアクセスできるクエストの概要《がいよう》を、ビタイチ読んでいないな?

真面目な香蓮《かれん》は、参加するクエストのことはバッチリと予習しています。予習が大事なのです。

「フカちゃんのそういう生き方、好きよ」

ピトフーイが言って、

いや、そこを褒めるのは良くない。

レンは思いましたが言いませんでした。

「ほんじゃ、ザッと説明しておくか、今回のクエストのこと」

　ピトフーイが言って、

「助かるぜ姉さん！　いや先生！」

　フカ次郎《じろう》が手を叩《たた》きました。

　レンは、そしてＳＨＩＮＣの面々は、もちろん概要を知っています。しかし、再確認も悪くありません。

　まだ時間もありますし、ここは黙って、ピトフーイ先生の授業を聞くことにしました。

「今回のクエストは、スクワッド・ジャムとは違って対人戦闘はナシ。通常プレイと同様に、フィールドに出る敵さん達、つまりは〝エネミー〟を倒《たお》しつつクリアを目指す。そして一番重要なのは、12時ジャスト一斉スタートの〝競争型〟ってこと」

　競走型とは、プレイ予約をしておいた、そしてこの時間にスタートしたスコードロンだけしか遊べない、一発勝負のクエストのことです。

　すなわち、クリアした人からネタバレを聞くと、全然楽しめない――、クリアの醍醐味《だいごみ》がない、謎を含《ふく》んだシナリオが準備されているということです。

「じゃあ、一位クリアの暁《あかつき》には、ボーナスポイントがタンマリじゃな」

　フカ次郎《じろう》が言って、ピトフーイはニンマリ。

「でしょうねえ。もちろん、それを狙《ねら》いに行くわよ！　あとは、チーム内での最多撃破《げきは》ボーナスとか、ダメージが少ないままクリアした人にボーナスとか」

「がってんでい！　よし、これにて予習終わり！　あざっしたー！」

「おい待て」

さすがに声が出たレンでした。

ピトフーイは続けます。

「クエストタイトルなんだけど――、『ファイブ・オーディールズ』」

「ほほう、ふむふむ、なるほど……、〝五つのオーディール〟か……。こいつぁ……、厳しくなりそうだな……」

真顔で口《くち》の端《はし》を歪《ゆが》めたフカ次郎《じろう》へと、

「フカ、分かってる？」

さすがに口が出たレンでした。

「〝試練〟って意味だろ？　綴《つづ》りはordeal」

フカ次郎《じろう》がサラリと言って、バッチリ正解だったので、レンはムスッとして引き下がるしかないのです。

「そう、日本語で言えば〝五つの試練〟。これはつまり、敵やフィールドがガラリと違うだけでなく、その都度ルールも変則的な五種類のバトルをやらされるってとこでしょうね。それらがどんなものかはもちろん読めないけど、特定のパラメーターが有利になったり不利になったりするでしょうから――」

「総合的なチーム力が問われる、というわけだな」

お下げのゴリラが久しぶりに喋《しゃべ》って、

「まさに！」

ピトフーイに、行儀《ぎょうぎ》悪《わる》く人差し指を差されましたが、

「むう！」

ボスはとても嬉《うれ》しそう。ピトフーイの中の人が大好きなのを隠そうとしません。まさかこんな日が来るとは！　ＧＧＯ万歳《ばんざい》！　とか思っている顔です。

わたしにも、そんな時期が、あったかも。

レンは思いました。俳句になっていました。

「その五つのバトルがどんなのかは分からないけど、みんなで一致《いっち》団結《だんけつ》して乗《の》り越《こ》えていきましょう！　私達なら、できる！　なぜなら、私達だからだ！」

まったく理由付けになっていないピトフーイの言葉ですが、

「おーっ！」

六人のゴツい、しかし中身は女子高生達の声がピッタリと揃いました。青春です。ピトフーイ、まるで先生です。

まあ、クリアできるかはさておき、みんなで何も賭《か》けずに、お互い銃口を向けることもなく、単にゲームができるのは嬉しいな。

レンはノンビリと、そんなことを思っていました。

むう、どのタイミングでピトフーイの寝首を掻くか……。

シャーリーはノンビリと、そんなことを思っていました。

ピトフーイが続けます。

「今回のクエストはシナリオライターがいるはずだけど、いつもの常で不明っと」

ゲームのシナリオライターは名前を出さないことがほとんどなので、誰の仕事かは分かりません。ごくまれに、例外的に公表されることもありますが。

「プレイヤーは1ライフ制で、死んだらそこでジ・エンド的にお終《しま》い。ヒットポイント回復アイテムは、今回はなんと配られず、手持ちの物も使用不可能」

回復アイテムが一切使えない件は、レンも、さすがに知ったときに驚きました。それだけシビアなのか、それとも救済措置《そち》があちこちに用意されているのか。始まるまでは、分かりません。

「ボス達に来てもらった通り、参加可能人数は最大で十二人。当然だけど十二人で参加しないと不利でしょうね。人数が少ない場合の難易度調整なんてあるとは思えない。ただし、誰か一人でも生き残ってクリアすれば、全員に最速クリア経験値は入る」

「ほほう。じゃあ、私だけ後ろでボーッとしていてもいいわけだな」

フカ次郎《じろう》が言って、

「どうせ前に出たがるクセに」

レンが言って、フカ次郎《じろう》はフッと笑いました。

「そうか、お前がエスパーか」

「あれ？　言ってなかったっけ？」

「はいはい、いいかしら？」

ピトフーイが、説明に戻ります。

「と言っても、だいたいそんなところかしらね。それ以上のことは、スタートしてみなければ何も分からない、ということで」

説明が終わりました。そして、

「全員、得物の再確認をしておきましょう。何か変わった？」

ピトフーイの問いかけに、ＳＨＩＮＣの筆頭は、

「ウッス！」

ドスの効いた声で答えました。

「武器弾薬は、フルに持ってきた。ルールに特に記載《きさい》はなかったが、拳銃《けんじゅう》も全員。そして今回は、ソフィーに新しい武器を持たせた。《ＧＭ―９４》だ。――ソフィー、お見せしろ」

ボスが言っている間に、ソフィーはストレージから新しい武器を実体化していました。掴《つか》んだそれを、テーブルの上にゴトリと置きました。

レン達が、立ち上がって覗《のぞ》き込《こ》みます。

それは、ポンプアクションショットガンに似て、筒《つつ》を二本、上下に並べたような格好です。しかし三回りほど太くしたようなシルエット。金属製ストックが折りたたまれていて、長さはP90より一回り大きく、55センチほど。ストックを伸ばすと80センチほどになりましょうか。

直径が43ミリもある、ぶっとい銃口で分かるように、これは普通の銃ではなく、フカ次郎《じろう》のMGL―140と同じ、グレネード・ランチャー。つまり、着弾《ちゃくだん》で爆発《ばくはつ》する小型榴弾《りゅうだん》を、山なり弾道《だんどう》で遠くに撃ち出すための火器になります。

GM―94は、SHINCの他の武器に倣《なら》って、ロシア製。

「ほう、グレランじゃな……。しかし果たして、私の右太《みぎた》、左子《ひだりこ》に勝てるのかな?」

フカ次郎《じろう》が無駄《むだ》な対抗心《たいこうしん》を剝《む》き出《だ》しにしましたが、

「さすがに六連発ではないので」

ソフィーは素直《すなお》に、負けを認めました。あるいは、大人の判断で張り合うのを避《さ》けたか。中身は高校生ですが。

そして、

「ポンプアクション式で、上の筒にグレネードを3発入れて、下の銃身《じゅうしん》を前後させて手動で再装塡《さいそうてん》できる。最大四連発まで」

じゃこん、とソフィーがポンプアクションをしました。ショットガンと違うのは、撃《う》ち殻《がら》を出すときに前に動かすことと、銃身そのものが動くということ。かなり変な機構ですが、何せロシアの銃ですから。

今はグレネードが入っていないので、引き金を引くと、カチン、と音がしました。

「いいのを買ったわねえ」

GGOの銃を全てガンロッカーにしまってみたい、飽《あ》くなきコレクターのピトフーイが言いました。

「このグレラン、室内戦にも使えるのよ。〝近接戦闘《CQB》にも使えるグレネード・ランチャー〟っていう〝おそロシア〟なコンセプトで作られたから、最短10メートルまで発砲《はっぽう》可能。自分へのダメージを無視できるのならもっと。弾頭《だんとう》の破片《はへん》効果範囲《はんい》は半径3メートル」

「そう。さすがはピトフーイさ——」

ソフィーが、さん付けをしてしまいそうになり、ギリギリで留《とど》まりました。

余談ですが、SHINCがこのグレネード・ランチャーを手に入れた理由は、SJ3におけるレン達との戦いから。

あの時、豪華客船の狭《せま》い通路の中でグレネード攻撃《こうげき》を食らい（船をぶっ壊《こわ》すほどのプラズマ・グレネードだったのはフカ次郎《じろう》のミスでしたが）大ダメージを受けた苦い経験がきっかけです。

ずっと欲《ほ》しかったのですが、やっとクレジットが貯《た》まって、出物があったので買ったという次第《しだい》です。

ボスが、説明を追加します。

「ソフィーには、室内でも、仲間の多少の被害《ひがい》は気にせずにバンバン撃てと言ってある。同時に、PTRD1941も持っているので、状況に応じて使い分ける」

元々はローザと同じPKMマシンガンを使っていたソフィーですが、同じくらい重い対戦車ライフルを同時に持ち運ぶのは不可能。

そこで重量が三分の一ほどの、しかし火力は高いGM—94にしたというわけです。

「うーん、素晴らしい！　期待してるわよー！」

ピトフーイが、楽しそうに言いました。自分が戦っているところに、バンバングレネードをぶち込《こ》んでもらいたいような口調でした。

「ええっと……、じゃあ、わたし達《たち》の持っている火力は——」

レンは、口に出しながら考えます。

自分達がどれくらいの攻撃力があるか、再確認です。

真面目なレンの性格は、こういうところによく表れます。

「たくさんだぜ！」

適当なフカ次郎《じろう》の性格は、こういうところに実によく表れます。

レンは親友を優《やさ》しく無視して、

「まずはわたしとクラレンスの、サブマシンガン」

厳密に言うと、P90やAR―57の使う5．7×28ミリ弾は拳銃弾より威力《いりょく》があるので、サブマシンガンと5．56ミリクラスのアサルトライフルの中間なのですが、この辺を説明すると猛烈に長くなるので、さておきます。扱《あつか》いとしては、サブマシンガンにくくってしまっていいでしょう。

「エムさんの使う、口径7．62ミリの自動式狙撃銃、M14・EBR。同じ口径のシャーリーのボルト・アクション式狙撃銃のR93タクティカル2、そして炸裂弾《さくれつだん》」

「そしてオイラの右太《みぎた》と左子《ひだりこ》だぜ！　通常弾頭はタンマリと。プラズマ・グレネードは、今回は12発用意したぜ！」

強力な威力のあるプラズマ・グレネード弾頭、こんなにも高価なのかと、レンが呆《あき》れながら、さっき一緒に買ったものです。

「オッケー。そしてピトさんは？　今日の装備は？」

「いつものよん。SJと同じ」

つまりはカスタムAKアサルトライフルであるKTR―09に、長時間連射ができるドラムマガジン。サイドアームに、短縮ショットガンのM870ブリーチャー、XDM拳銃2丁、光剣《けん》が三本、ということでしょう。

「了解」

「レンちゃん、ヴォーパル・バニーはちゃんと持ってきたわよね？」

訊ねられて、レンはしっかりと頷きました。

先日のＳＪ４中に、〝拳銃オンリーエリア〞向けにピトフーイがプレゼントしてくれた、ピンクのかわいい拳銃ヴォーパル・バニー――、通称ヴォーちゃん達。そして、片手で再装塡ができるように、予備弾倉《だんそう》を入れたバックパック。

ちゃんと持ってきました。Ｐ９０と予備弾倉を含めて、筋力値が低い自分が運べる重量限界ギリギリでした。

ただし、両腿《りょうもも》に付けるＰ９０のマガジンポーチとホルスターが干渉《かんしょう》するので、装備としてはどちらかしか使うことはできません。

レンは、ストレージの階層の浅いところに、装備をワンタッチで一括変換《いっかつへんかん》できるようにしておきました。

ピーちゃんを使うか、ヴォーちゃん達を使うか。それが問題だ。

おっと、常に腰《こし》の背中に収まる、ナイフのナーちゃんも忘れてはいませんよ。

「そしてボス達はっと――」

一方、ＳＨＩＮＣの武装ですが、

「ボスが消音狙撃銃ヴィントレス。ターニャがサブマシンガンのビゾン。ソフィーがさっきのグレラン。ローザがマシンガン。トーマとアンナが、自動式狙撃銃。さらに対戦車ライフル。あとはグレネードと、皆さん拳銃」

レンが羅列《られつ》しました。その中には、かつて自分を散々苦しめてくれたものが、あります。自分達を散々助けてくれたものも、あります。

「その通りだ」

ボスが頷きました。

誰も、他に隠し球を持ってはいないようです。エネミー相手では使い勝手が悪くない光学銃も、持ってきていません。

実弾銃《じつだん》を長らく愛用していると、重量や威力など、勝手の違う光学銃は使いづらいので当然なのですが。

「ではでは、私から、フォーメーションを提案していい？」

ピトフーイが言って、

「はっ！」

ボスが、敬礼でもしそうな勢いで答えました。

「いや、いいから、ちゃんと断ってもいいから」

やりにくそうなピトフーイを見ながら、レンはちょっとだけ頬《ほお》が緩《ゆる》みました。

「じゃあ僭越ながら──、まず、前衛たるポイントマン、あるいはアタッカーは、レンちゃんとターニャにお願い」

異論ありません。レンとターニャが、頷いてから顔を見合わせました。

動きが素早《すばや》い二人こそ、常に先陣《せんじん》を切って移動する、あるいは敵を翻弄《ほんろう》する役目。もちろん危険ですが、それが己《おのれ》の個性を出し切れる役割というものです。

「エム、今回アンタは前衛にいて。レンちゃん達をサポートしつつ、二人に指示を」

「心得た」

エムは、巌《いわお》のようなゴツい顔を、上下に動かしました。

エムさんがすぐ後ろに付いてくれるのなら、心強いな。

レンは思いました。

「ローザとアンナ──、マシンガンと自動狙撃銃のコンビは実に有効だから、二人はツーマンセルを組んでエムの後ろに。メインの火力として、右にも左にも、戦況《せんきょう》に応じて好きなように展開して。私は二人のバディとして、その後ろに付く」

「光栄です！」

「任せてください！」

「はいはい、敬語要《い》らない。で、ソフィーとエヴァとトーマ、三人はその後ろ。エヴァの判断で、やはり臨機応変に。特にボスは、殿《しんがり》もお願い」

殿とは、一団の一番後方にいる部隊や役目のこと。特に撤退時《てったい》に、後ろからの攻撃に備える、とても重要な役目です。

「了解！」

ボスが代表して、声を出して答えました。残りの二人は、しっかりと頷きました。

「オイラはー？」

フカ次郎《じろう》が聞いて、ピトフーイは少し唸《うな》りました。

「フカちゃんは、ちょっとムズいのよねえ……。広いフィールドなら、後ろにいてもいいし、エムの場所くらいまで出てもいいし。室内戦なら、出番ないし」

「ほんじゃまあ、一団の中を、適当にウロウロさせてもらおうかな。砲撃支援《ほうげきしえん》が必要になったら、みんな、気軽に声をかけておくれや」

「じゃ、そういうことで、異論がなければ基本的にこの陣形《じんけい》で」

ピトフーイが提案を終えて、名前を呼ばれた人達から、異論はありませんでした。

ただし、

「ちょっとちょっと、俺達はー？」

名前を呼ばれなかったクラレンスが、慌《あわ》てて声を出しました。隣で黙ったままのシャーリーを指差しながら。

「シャリクラのコンビは、遊撃隊《ゆうげきたい》。バディを組んで、お好きなように！」

「はー？」

「シャーリーは、いつでも私のタマを取りにいらっしゃい」

「えー？」

不服顔のクラレンスとは対照的に、

「話が分かる女で、助かるぜ」

シャーリーは、実に悪い顔をしていました。アバターとはいえ、あまり親兄姉に見せたくない顔でした。

そして、悪い顔の女がもう一人増えます。ボスです。

「なるほど、シャーリーが今もピトフーイを狙っているのは分かったが、今回は我々も同士だ。簡単に倒せるとは思わないでもらいたいな」

ピトフーイ親衛隊と化したSHINCの面々が、シャーリーを睨みました。

「ふっ、面白《おもしろ》い。なんなら全員を楽にさせてやるぜ。さっさとこの酒場に戻ってきて、茶でも飲みながらノンビリしているといい」

「やってみろ」

チーム内で、円卓の端と端で睨《にら》み合《あ》いを続ける女達を見ながら、

「ああもう……」

レンは溜息《ためいき》を漏《も》らして、アイスティーを啜りました。

さっきピトフーイは、人数が少なくてもゲームの難易度の低下などないだろう、って言ったばかりではありませんか。それでもシャーリーとクラレンスは自由でいいとは、本当に豪胆《ごうたん》な人ですよ。

呆れつつ感心しながらレンが腕時計《うでどけい》を見ると、もう11時59分。

「はいみんな、それじゃいっちょ楽しもうか？」

ピトフーイ先生が言って、彼等の戦いが始まるのです。

十二人が円卓から立ち上がると、それぞれ左腕を振《ふ》ってストレージの操作。

全員の体に、どこからともなく光の粒子《りゅうし》が集まり、それがマガジンポーチや装備ベスト、ヘルメットなどになっていきました。

最後は目の前に、銃という武器のカタチが作られて、手の中に収まっていきます。装填音が、金属が擦れてぶつかる音が、ガチャガチャと響《ひび》きました。

武装が整ったら、最後は通信アイテムです。

どうするか悩みましたが、ひとまず、十二人全員を一度繋《つな》ぎました。

これで、誰とでも、どんなに離《はな》れていても、そしてどんなに銃声《じゅうせい》がうるさくても、普通に会話ができます。

レンは、ピンクに塗られたＰ９０をしっかりと握ると、

「楽しもうね、ピーちゃん」

その装填レバーを引いて、弾丸《だんがん》を薬室に送《おく》り込《こ》みました。

12時ジャストになって、全員が酒場から消えました。

フカ次郎《じろう》が最後に流し込もうとしていたジンジャーエールのグラスが、床《ゆか》に落ちて弾《はず》みました。

SECT.3

第三章　犬に導かれて ―最初の試練―

第三章「犬に導かれて──最初の試練──」

転送の瞬間、眩《まぶ》しい光に包まれて瞼《まぶた》を閉じたレンが、

「さて……」

ゆっくりと目を開きます。

そして見えたのは、

「町中か……」

通称、〝廃墟《はいきょ》フィールド・ダウンタウン〟。

GGOでは、珍《めずら》しくないフィールドです。〝ダウンタウン〟とは、高層ビルが並ぶでもなく、住宅街でもない、そこそこ栄えている商業区域、といった感じのエリアです。

アメリカ合衆国のゲームなので、そのデザインは米国風。ハリウッド映画でよく見るものだと思えば、ほぼ間違《まちが》いありません。

平らな場所に見えるのは、まず、四車線はあるコンクリート舗装《ほそう》の太い道。車は一台もありません。縦にぶら下がっている錆《さ》びた信号機が、実にアメリカっぽく見えます。

道の左右に、広い駐車場《ちゅうしゃじょう》を従えて並ぶのは店です。鉄筋コンクリート製なので建物はしっ

かりと残っていますが、外見は朽《く》ちかけのボロボロです。外見でなんとなく分かりますが、それらは電気屋だったり、本屋だったり、スーパーマーケットだったりします。

レンは、P90の銃口を空に向けて、ぐるりと振《ふ》り返《かえ》りました。

そして自分がいるのが交差点の中央だと分かって、仲間達全員が、そこにいるのも分かりました。それぞれが、手に銃器《じゅうき》を携《たずさ》えて。

レンは次に、空を見上げてみます。

昼の空は晴れて、太陽は天頂で輝いていますが、鈍《にぶ》く赤みがかかった空気の色をしています。低い位置に千切ったような雲がいくつか浮かんでいて、流れてはいません。それは、風がないということ。

風の有る無しは、GGOの戦いにおいては重要なファクター。

もちろん、弾丸が風に流されるのが理由の一つですが、それ以外にも、風下には音が抜《ぬ》けやすい（逆もまた然《しか》り）、しかし風音で敵の足音が聞こえにくい、あるいは戦闘中に起きた煙《けむり》や土埃《つちぼこり》が晴れやすいなどもあります。

クエストは、すでに開始されています。レンの視界の左上に、小さく現在時間が出ています。

12時00分30秒。

まさか、突然《とつぜん》敵が出てくるのか？

周囲に目を配るレンの後ろで、

「さーて、このクエスト、まずは何をするんだ？」

両肩《りょうかた》にMGL—140を提《さ》げたフカ次郎《じろう》が、

「とりあえずこの町の、崩《くず》れかけている家を全部ぶっ壊すのか？　いいぞ、任せろ」

緊張感ゼロの発言。

すると、

「こんにちは、皆さん」

声が聞こえました。

そこにいた、十二人全員が聞きました。全員の声ではない声を。それは少年のような、若い声でした。

「うひっ？」

レンが背筋を震《ふる》わせながら、猛烈な速さで振り向きます。声は背中から聞こえました。

そして、声の主を見たのです。

一匹《ぴき》の犬を。

レン以外の十一人も、それがレンより遅《おそ》かっただけで、驚いて振り向いて、そして下に顔を向けました。

十二人のちょうど中央に一匹の犬がいて、全員の注目を一斉に浴びていました。

「ワンちゃん……？」

ポカンと呟《つぶや》いたレンの目に、そしてそれ以外の十一人の目に、四つ足で立っている黒い犬が映っています。

体高（足元から肩までの高さ）は25センチほど。ギリギリ小型犬のカテゴリーに入る大きさでしょうか。

全身真っ黒の、そしてやや長い毛を持っていて、顔と耳は尖った、いわゆる〝スピッツ系〟の犬でした。

「かわいいいっ！」

黄色い声を出して全員から注目を浴びたのは――、

「っ！　いや……、まあ、かわいい、よな？」

そして慌てて取《と》り繕《つくろ》ったのは、シャーリーでした。中の人の動物好きの地が、迸《ほとばし》ってしまいました。照れてそっぽを向きました。

「おお！　なんだこいつー！」

フカ次郎《じろう》が、ススッと近づいて、膝《ひざ》をつきました。

「まさか、モンスター？　フカっ！　気をつけて！」

レンが警告を発しましたが、

「大丈夫よー」

即座《そくざ》に否定したのはピトフーイ。レンの怪訝《けげん》そうな顔に、

「GGOのモンスターなら、ちゃんとした犬の格好で出てはこないでしょ？」

「あ、まあ、確かに」

レンは納得《なっとく》しました。

GGOに出てくる動物型モンスターは、絶対に外見アレンジがされています。それもグロテスクな方向に。動物図鑑《ずかん》に出てくるそのままの格好で出てきたことは、一度もありません。未来の地球で進化を重ねた生物、という設定でしょう。

「すると？」

レンが聞いて、ピトフーイは答えます。

「〝本人〟が教えてくれるわよ」


「重ねまして――、こんにちは、皆様《みなさま》」

犬が喋りました。

尖ったマズルの下顎《したあご》をパクパクと動かして、少年のような声で。

「わたくしは――、皆様を導くもの」

その言葉に、レンは理解しました。

なるほど、この犬が、このクエストにおけるガイドさんか、と。

これからレン達が何をするべきなのか、何所へ行くべきなのか、この小さなワンちゃんが全て教えてくれるのでしょう。

だからこそ、一団の中央に突然に現れたのです。

もし遠くから現れたら、〝すわモンスター発見！〟と慌てた誰かに撃《う》ち殺《ころ》されていたかもしれません。

ならば、レン達が最初にするべきことは、明々白々。すなわち、彼（または彼女）の声をしっかりと聞くことです。

レンがそう思った瞬間、

「いやー、可愛いなお前！　ほれほれほれ！」

しゃがんだフカ次郎《じろう》が犬の頬を両手で撫《な》で回《まわ》し、

「む、は、あ、いや、ちょっと、むお」

犬が大変に困っていました。

「ちょっとフカ！　分からなくなるでしょ！」

「いや、大丈夫。私には、分かる」

「何が？」

「コイツの犬種は〝スキッパーキ〟だ」

「誰が犬種の話をしてるか」

レンが呆れている脇で、シャーリーがクールな顔で、

「スキッパーキは、ベルギー原産の犬だ。スピッツ系で、元は牧羊犬だ。日本ではあまり見ない、レアな犬種だな」

「いや、誰が詳しく説明しろと……」

これだから犬好きは……。

いえ、レンも犬は嫌《きら》いではありません。ありませんが、今考えるべきことは、そこじゃあないでしょう。違いますよね？　わたしが間違ってますかね？

「よーしよしよし！」

フカ次郎《じろう》が撫で回していた手をようやく離して、

「むは。——失礼しました」

犬が言いました。

そして、前口上を言い直すのです。

「わたくしは、皆様を導くもの。これから皆様を〝五つの試練〟へと、この足でご案内いたします。どうか、ついてきてください」

「おう、いっちょ頼むぜ！　よろしくだぜっ！」

フカ次郎《じろう》、今日はいつにも増してハイテンションです。

「いやー、犬と会話できると超楽しい！　マジたまらん！」

犬好きの宿命でしょうかね。

レンは、フカ次郎《じろう》をそっと放っておくことにしました。

「まず、わたくしの名前を決めてください」

犬が言って、即座にレンが、

「スーちゃん！」

己のセンスを爆発させました。

「そればっかかっ！　却下《きやつか》だ！」

フカ次郎《じろう》にNGを出されて、レンは頬を膨《ふく》らませます。

「じゃあどんなのがいいのさ？」

「〝フカ三郎《ざぶろう》〟」

「おい待て」

「フカ次郎《じろう》の弟だから、フカ三郎《ざぶろう》だ」

「それは分かるが！」

フカ次郎《じろう》、小さな犬を持ち上げると、胸の前でしっかりと抱きしめました。

「コイツは生き別れの腹違《はらちが》いの父違いの種族も違うけどオイラの弟だ！　だから三郎《ざぶろう》なん

だ!」

「いや、まあ……」

レンは、香蓮《かれん》だったときに見た光景を、鮮明《せんめい》に思い出しました。

高校で美優《みゆ》と知り合って、自宅に初めてお招きされたときに見た、柴犬《しばいぬ》の血が入った雑種の老犬の姿を。

そうです、本物の〝フカ次郎《じろう》〟です。

美優《みゆ》が幼少期に飼いたいと熱望し、何度も親に〝不可〟だと言われまくった末に、ようやく許可された愛犬。

まだ洗面器に入るくらいの大きさのときに、友達の家から、美優《みゆ》の部屋に連れてこられた存在。

美優《みゆ》は、ずっと本物の弟のように可愛がりました。

小学校のときも、中学校のときも、フカ次郎《じろう》は美優《みゆ》と一緒にいました。

香蓮《かれん》が初めて会った高校一年生のとき、足腰《あしこし》がすっかり弱くなった老犬を、かいがいしく介《かい》護《ご》していました。

トイレのために朝と夕方、どんなに悪天候でも寒くても、テニス部でどれほど疲れていようとも、美優《みゆ》はフカ次郎《じろう》の腰をサポートするハーネスを装着して連れ出していました。

高二の頃、いよいよ寝《ね》たきりになってしまったフカ次郎《じろう》ですが、褥瘡《じょくそう》(床《とこ》ずれ)ができないように、美優《みゆ》は定期的に老体の向きを変えていました。

高三の夏に、フカ次郎《じろう》がいよいよ犬の天国へと旅立ったときは――、ボロ泣きした美優《みゆ》は1週間ほどマトモにご飯を食えず、

「気にするな……、新しい減量方法だぜ……」

「うるさい食え。その若さで即身仏《そくしんぶつ》になる気か？　はいあーん！」

香蓮《かれん》が無理矢理に、テイクアウトしてきたカレーを口の中に運んだこともありました。

ＡＬＯで美優《みゆ》が自身に付けたキャラ名を初めて聞いたときは――、

「うっ……」

香蓮《かれん》は目頭《めがしら》が熱くなったものです。

レンは微笑むと、

「フカ……。分かったよ……。じゃあ、この子の名前は――」

「二人の意見を足して二で割って、〝スー三郎《ざぶろう》〟ね。ハイ決定！」

ピトフーイが割《わ》り込《こ》んで、

「お名前頂きました。わたくしは、〝スー三郎《ざぶろう》〟」

犬は――、いえ、スー三郎《ざぶろう》は言いました。

ピコン、と音がして、黒い頭の上に《Suhzaburou》ネームタグが付きました。このタグは、チームの仲間や、重要なアイテムやＮＰＣなどに付くタイプ。

姿が見えなくなるほど離れてしまった場合に、〝ネームタグを表示する〟設定に切《き》り替《か》えることで視界に入ります。

「むー」

「むー」

勝手に名前を決められた不平を、〝への字〟口で表すちびっ子二人ですが、決まってしまったものはしょうがありません。

「では、皆様を最初の試練へとご案内します。まずは、皆様の残り弾薬数と、銃器の加熱ダメージを〝無限〟にいたします」

スー三郎《ざぶろう》が言って、レンの持っているP90が、そして全員の銃器が一瞬《いっしゅん》だけポワッと光りました。

「むむ?」

レンが左手を振ってステータス画面を見ると、なんとびっくり、P90やヴォーパル・バニーの残り弾倉数が、〝∞〟で表示されているではありませんか。

一マガジンあたりの発砲可能数は50のままで、視界の右下に出ている数字に変化はありませんが、ストレージの中にある弾倉は実質交換《こうかん》し放題で、

「これ、マガジンチェンジをすれば永遠に撃てるってこと?」

レンが聞いて、

「ってことね。ちなみに光剣のエネルギーも無限になってる」

ピトフーイが答えました。

ＰＫＭマシンガンを持つローザが、

「銃身の加熱パラメーターもだ。これなら、何百発でも撃ちまくれる」

銃は、特に銃身は撃ちすぎると加熱して、触れないほど熱くなって、膨らんだり歪んだりします。当然ですが命中精度が落ちますし、作動不良を起こすこともあるので、そのパラメーターのことです。

特に狙撃銃やマシンガンで重要な要素になりますが、それも無制限になりました。

「とっても有利じゃん！」

レンがはしゃぎましたが——、

「いや……、それは、違う……」

ボスが、重苦しい声で答えました。

レンが顔を見ると、ボスのみならず、ＳＨＩＮＣの面々が、そしてピトフーイやフカ次郎《じろう》など、仲間達全員が、どんよりとお葬式《そうしき》のような表情をしています。

「なあレンや……」

フカ次郎《じろう》が、あまり見せない真剣な顔で言うのです。

「これは、無制限に弾が撃てるってことだぜ」

「分かるよ！　だから凄《すご》く有利じゃん！　楽ができるじゃん！」

「つまり、それだけの敵が、遠慮《えんりよ》容赦なく出てくるってことだぜ？」

「あ……」

レンが最初の試練の内容を理解したとき、

「その通りです。敵が現れます。皆様、ご武運を」

スー三郎《ざぶろう》が言いました。


レン達がいるスタートポイントが〝太い交差点の中央〟である理由が、大変によく分かりました。

「うげっ……」

レンの視界の先で、東側の道から、大量のエネミーが実体化して、文字通り湧《わ》いて出たのです。300メートルほど向こうで、その道を埋《う》め尽《つ》くす勢いで、次々に生まれています。

レンはすぐさま単眼鏡をストレージから取り出して、目に当てました。

小型のエネミーばかりでした。GGOのプレイ初期によく登場する、ブタやワニ、昆虫《こんちゆう》などを模したモンスターや、生物ではないエネミー、つまりブリキのおもちゃのようなロボット達。

それらは非常に弱い敵です。飛び道具を一切持たず、また耐久力《たいきゆうりよく》が低く、光学銃なら数発、実弾なら1、2発で――、体力値の高いキャラクターなら殴打《おうだ》でも倒せるほどですが、いかんせん数が多すぎます。

「小型の敵多数っ！　東っ！」

レンが警告を発しましたが、

「いやあ、全部だわ」

フカ次郎《じろう》が言いました。

レンは、またもくるりと回転して、

「ああ……」

理解しました。

東側だけではありませんでした。四方全ての道から、同じようにモンスターの群が発生しています。動きはありませんが、まるで背の低い壁《かべ》が、通せんぼをしているようです。

スー三郎《ざぶろう》が、

「皆様、東西南北どちらでも構いません。この道を、ここからちょうど1000メートル、あるいは1キロメートル進むと町を出られます。皆様の視界に、残距離を表示します。エネミーの群を突破《とっぱ》してそこまで行けば、この試練が終わります。時間制限はありませんが、早く突破した方が、次の試練に有利になります」

ポン、と音がして、全員の視界の右上に、《1000m》という表示が現れました。

ターニャが、スー三郎《ざぶろう》に訊ねます。

「それってさ、一度方向を決めたら、絶対にそっちに抜けなくちゃダメってことだよね？」

「さようです。方向を変えたり、道を外れたりしては、1キロメートル進んだことになりません」

「イヤな設定だー！」

「同意します」

ボスが、ふんっ、と鼻を鳴らしながら、

「ゲームデザイナー、性悪《しょうわる》だな」

「同意します。面目《めんぼく》次第もありません」

なぜか謝《あやま》ったスー三郎《ざぶろう》と、

「やめろ、スー三郎《ざぶろう》をいじめるな！」

それを庇《かば》ったフカ次郎《じろう》です。別にいじめてはいませんが。

「はいはい、みんな、突破するわよ。ただし、陣形は変更」

ピトフーイが、フォーメーションを組み直すように命じます。

「射線を確保できるように、ローザをセンターに、全員で緩やかな逆V字を組んで。ボスは予定通り殿」

つまりクサビのようなカタチで、前方に火力を集中しながら突入《とつにゅう》していこうという案で、全員異論はありません。

「中央後方にフカちゃん」

「おうよ。バカスカぶちかますぜ！」

「エム！　アンタは銃と楯《たて》をしまっていい。フカちゃんのグレネードの再装填をひたすらやって！」

「了解した」

エムは手早く自分の銃とバックパックを消して、フカ次郎《じろう》の後ろに付きました。

フカ次郎《じろう》が右太《みぎた》か左子《ひだりこ》のどっちかを撃《う》ち尽《つ》くしたら、即座にエムが再装填を担《にな》う。これはSJ4のモールバトルで二人を苦しめた、グロック18C使いの真似《まね》です。グレネード弾は、フカ次郎《じろう》のバックパックに詰《つ》め込《こ》んであります。

「シャーリー、近距離《きんきょり》になったら私の870を使ってね。今そっちに、手持ちの散弾《さんだん》を全部渡《わた》す」

「私に命令するな！」

などと返したシャーリーですが、

「ここを抜けるまでだぞ！」

素直に承諾《しょうだく》しました。

最初の試練たるこのバトルをクリアしなければ、ピトフーイの寝首を掻くどころの騒《さわ》ぎではありません。単発でボルト・アクションのR93タクティカル2が、大量の敵を相手にした戦闘に不向きなのは、疑う余地がありません。

ピトフーイが近づきながら左手を振って、ストレージから直接アイテムを送りつけてきました。長いライフルを背負ったシャーリーが手振《てぶ》りで受け取ると、ショルダーバッグが一つ実体化して、体の左脇にさがりました。

中身は12ゲージの散弾。直径8ミリ強の鉛弾《なまりだま》が、9粒《つぶ》飛び出るダブルオーバック弾。元々は鹿撃《しかう》ち（バックは牡鹿《おじか》の意味）用の弾ですが、戦闘にもよく使われます。弾数は、当然〝∞〟。幾らでも出てくる魔法《まほう》のバッグです。

ピトフーイは、自分の左腰の鞘《さや》に刺《さ》さっていたM870ブリーチャー短縮ショットガンを、

「ほい」

左手で抜いて渡してきました。

「使い方は分かるでしょ？」

シャーリーは答えませんでしたが、レミントン社のM870は世界で一番有名なポンプアクションショットガンです。シャーリーも、ライフルの所持許可が下りる前、散弾銃での狩猟《しゅりょう》時代に使っていました。

シャーリーはM870ブリーチャーを受け取ると、トリガーの前に付いているレバーを押しながら、フォアエンド（先台）を少し引きました。既に散弾が装填されているのが分かったの

で、フォアエンドをしっかり前に戻して、安全装置が外れていることを確認しました。

銃身の下のチューブ弾倉に下の穴から指を入れて、そこに入っている散弾を押《お》し込《こ》んで、何発入っているかをバネのテンションで確認しました。2発はしっかりと入っているようです。

ここまでを自然な動きでやってしまうのが、散弾銃に慣れている人間というもの。

ほうらやっぱり、とでも言いたげなニヤけ顔をしているピトフーイを無視しながら、

こいつめ、私がハンターだと気付いていやがるな……。油断ならぬヤツだ……。ならば、ハンターらしからぬ攻撃方法で仕留めてやる……。

シャーリーは思いながら、ジャケットの裾《すそ》をたくし上げ腰のベルトに、M870ブリーチャーを差《さ》し込《こ》んでおきました。

「よっしゃ！　行くぞお！」

ピトフーイの鬨《とき》の声《こえ》に、

「ウラア！」

SHINC達が声を揃え、そして、

「うっし！」

「やるかあ！」

「よし」

レンやフカ次郎《じろう》やエムが、

「ついてくよー」

クラレンスが答えました。シャーリーは、無言。

全員の気合い十分の声を聞いて、ピトフーイは、

「さーて、東西南北どっちに行こうかしら?」

「ピトさーん、そこはビシッと決めておこうよ!」

レンが呆れて、

「誰か、占《うらな》いが好きな人はいないかなと思って」

「はい、では私がっ!」

金髪サングラスのスナイパーが、手と声を上げました。

「はいアンナちゃん!」

「今朝のネットニュースで見ました! 私は今日、ラッキーデイです! ラッキーカラーは、青です!」

「おいおい、色じゃしゃーねーよ」

「いえいえ。フカ次郎《じろう》さん、北側に青い看板が!」

見ると北側の進む先、エネミーの壁のさらに向こうに、大きな青い看板が、斜《なな》めになってい

ました。遠すぎて看板の文字は読めませんが。

他の三方向には青い看板はなく、

「うっしゃそれだっ！」

フカ次郎《じろう》は、右太《みぎた》を右手だけで掲《かか》げると、

「道は決まった！　行くぜ！　スー三郎《ざぶろう》！」

仲間達じゃなくてワンコにか、と呆れるレンの目の前で、グレネードを六連発しました。

フカ次郎《じろう》が狙いを外すことはほとんどなく、6発の榴弾は300メートル先のエネミーの壁の後ろで見事に着弾、ポリゴンの破片をキラキラと空に舞《ま》い立たせました。

「よっしゃ、進撃《しんげき》ぃ！」

ピトフーイの楽しそうな声に、全員が早歩きで進み出しました。

大量の相手ですが、これを突破しなければこのバトルの勝利は、その先のクエストクリアはありません。しかもまだ、五つのうちの一つでしかありません。

ズイズイと進むクサビの先端《せんたん》を担うのは、ローザ。

「うらうらうらうらうら！」

どかどかどかどかどかと、ＰＫＭマシンガンを逞しい腰に据《す》えて、歩きながら撃ちまくります。曳光弾《えいこうだん》が作る光の線が、すうっと延びていきました。

同時に、仲間達が一斉に発砲を開始しました。周囲は、猛烈な轟音《ごうおん》に包まれます。銃声が、左右の家に反響《はんきょう》するので、エコーがかかって聞こえます。

300メートル先で、放たれた銃弾《じゅうだん》に射抜《いぬ》かれて、次々に消えていくエネミー達ですが、

「うわあ、たくさんいるなあ……」

レンの目には、減っているようには見えません。最前列が消えても、後ろから次々に現れてきます。いったいどれだけいるのやら。

動きがなく、こちらに向かってくる様子はないようです。しかし、1キロメートル進むには、あの〝通せんぼ〟を絶対に通《とお》り抜《ぬ》けなければなりません。

あれを突破することなど、できるのでしょうか？

「レンちゃーん、気持ちで負けちゃだめよん！」

隣でKTR—09をリズミカルに撃っているピトフーイに見抜かれて、

「くっ！」

レンは歩きながら、肩に構えたP90を撃ちまくりました。まだちょっと遠いですが、あれだけいるんですから、ばらまけば当たるでしょう。

引《ひ》き金を引き絞《しぼ》りっぱなしの、フルオート射撃《しゃげき》。

1秒間15発の連射能力です。銃口からオレンジの炎を吹《ふ》き出《だ》しながら、下へと空薬莢《からやっきょう》を高速で弾《はじ》き出《だ》しながら、ピーちゃんは吠《ほ》え続けました。

銃口を向けた方で、そして視界の中でバレット・サークルが示す方で、多種多様なエネミー

達がポリゴンの欠片《かけら》になって消えていきました。

カチン。

残弾がゼロになると、レンは《高速リロード》のスキルで素早いマガジン交換。

目にも留まらぬ早さで、空になったのを銃から外して捨てて、左腰のポーチから新しい一本を抜《ぬ》き出《だ》した瞬間、

「おっ！」

レンは分かりました。

左右の腰にあるのが、Ｐ９０用の長いマガジンが入った三連ポーチ。

ポーチの中身がなくなると布が少し凹《へこ》むのが感触《かんしょく》で分かるのですが、今はそれがありません。

マガジンがまだ入っているのです。抜いても抜いても入っている、魔法のマガジンポーチです。

なるほど、これが∞の効果か……。いつもこうだといいのにな……。

レンは思いましたが、それではゲームが簡単すぎます。

「それいけー」

フカ次郎《じろう》の次の連射が始まり、気の抜けるような乾《かわ》いた発砲音が六回、そして再び大きな爆発音が六回。見事にエネミーの壁の正面に着弾して、大きく穴が開いて――、そしてすぐに塞《ふさ》がりました。

広い四車線道路で、十二人が逆Ｖ字に広がっています。

中央先端が、ＰＫＭを撃ちまくっているローザ。その脇ではトーマが、マシンガンの弾薬交換を助けていました。弾切れのタイミングを見計らって、ローザのバックパックから予備弾薬箱を手早く取り出し、銃に装着します。

ピトフーイとレンはその左側。ターニャとクラレンスも並んでいました。二人とも、楽しそうに連射しています。

右側が、残りのＳＨＩＮＣの面々たる、ソフィー、アンナ、そしてチームメイトだけど一緒にいたくないとばかりに、一番端にいるシャーリー。

それぞれ、前方にいる敵に向けて、遠慮容赦なく撃ちまくっています。

ソフィーは新武器のＧＭ―９４を、左手を忙しく前後させながら連射。ただし、３発撃つごとにグレネードを再装填するのが、若干《じゃっかん》面倒くさそうです。

アンナとシャーリーのスナイパー組は、スコープを覗いてすらいません。

それぞれの長い銃を肘《ひじ》の下で支えて構えて、前方水平に銃口を向ければ、バレット・サークルがエネミーの中に収まってしまうので、無造作な発砲です。

そして一団の中央後方にフカ次郎《じろう》がいて、

「ほうれほれ、これが欲しいか、くれてやる」

一句詠《よ》みながら、リズミカルにグレネードを撃ちまくっていきます。

エムは、ＭＧＬ―１４０の再装填役。

「任せたっ！」

「おう」

フカ次郎《じろう》から撃ち終えたMGL—140を渡されると、ロックを外して銃を捻《ひね》って、空の弾倉から撃ち殻を捨てます。弾倉を手でガチガチと回転させてバネをチャージ、フカ次郎《じろう》のバックパックから取り出した6発を差し込んで、再び捻って戻す——。手間のかかる面倒な作業を、エムは大きな手で必死になってこなします。

二人の後ろが一番安全だと分かっているのか、スー三郎《ざぶろう》が、小さくて黒い体で、ちょこちょこと歩いて付いてきました。散歩でもしているかのような足取りでした。

ボスは言われたとおり、ヴィントレスを手に、後方を警戒《けいかい》。時々スコープで覗いて、その動きがないかを見張っていました。

500メートルほど向こうに見える南側のエネミー群は、まったく動いていませんでした。

今のところ。

撃って撃って、無限に使える弾倉を交換しながらまた撃って——、
廃墟の町中に騒々《そうぞう》しい銃声を響かせながら、2分ほどの時間を使い、十二人は250メートルを進みました。残距離、750メートル。

撃ちまくるレン達の足元で、金色の空薬莢が灰色のコンクリート舗装に落ちて撥《は》ねて、それから鮮やかな光の粒子となって消えていきます。

あまりにもそれが多いので、地面が満天の星空のように煌めきました。かなり綺麗でした。

大量のグレネード攻撃と銃撃《じゅうげき》で、あれほど多かったエネミー達の壁も、ガリガリと削られていきました。

どうやら、それ以上の敵が湧き出ることはないようです。

レンの目にも、低い壁のようだったモンスター達に、ポツポツと隙間《すきま》が見えてきました。50メートル先で、灰色の道路がハッキリと見えてきました。

「これなら行ける！　さすがは、わたし達の火力！」

レンは、何度目か分からないマガジンチェンジをしながら喜びました。

身を低くして、P90を横に向けて、ホースで水を撒《ま》くように撃ちまくると、残りのエネミー達が面白いように消えていきます。まるで、チュートリアルの射撃練習のようです。

レンの、そして仲間達の、弾数を気にしなくてもいい容赦ない発砲が、氷をバーナーで溶《と》かすかのように、グイグイと敵の数を減らしていきました。

うーん、思ったより辛くなかったな。難易度は低め？　最初のバトルだからかな？

そんなレンの楽観を、

「全員！　後ろからも来るぞっ！」

ボスの焦った声が打《う》ち砕《くだ》くのです。


「くそっ！　やっぱり！」

ピトフーイが悪態をついて、

「え？　どゆこと？」

レンが振り向きました。そして、見ました。

「うげっ！」

数百メートル後方より迫《せま》る、エネミーの群を。

それはまるで、洪水《こうずい》のようでした。

太い道を端から端まで覆《おお》い尽《つ》くして、自分達が歩く速度より速く、こちらへと向かってくるのです。

「どこかのエネミーの数が一定以下になりますと、別の三方のエネミー達が全力で迫ってきます。皆様、追いつかれないようにご注意ください」

既に分かっている状況を、丁寧《ていねい》に説明してくれたのが、スー三郎《ざぶろう》。

「だあああっ！　このアホ犬ーっ！　それを早く言えよー！」

全員が思ったことを、クラレンスが代表して言ってくれました。

「申し訳ありません。わたくしには、その権限がございませんでしたので」

「スー三郎《ざぶろう》をいじめるなっ！」

フカ次郎《じろう》、どんな時だってこの黒い犬の味方です。

「ああ……、楽な試練はない、か……」

レンが己の楽観度合いに呆れながら、まだ20発は残っているマガジンを、50発入りの新しいものに交換しました。

「んで、どうすんだピトさん？」

フカ次郎《じろう》の質問に、ピトフーイはニヤけながら答えます。

「それでは、次の三つのウチから選んでください。一番、全力で前に逃げる。二番、頑張《がんば》って前に逃げる。三番、急いで前に逃げる」

「全部で！」

「じゃあそういうことで」

「後ろに撃とうか？」

「いやあ、さっさと逃げた方がいいと思うわよ」

グレネードを6発撃って、それで止まるような洪水ではありません。

「そりゃま、そうだな」

フカ次郎《じろう》は、エムが再装塡してくれたＭＧＬ―１４０を、前に向けて撃ちまくりました。着弾して爆発しましたが、もうかなり数を減らしていたので、あまり効果はありませんでした。

これ以上撃つ必要はないでしょう。

「全員、走れー！」

ピトフーイの声に、一団は残り少ない北側のエネミーへと突撃《とつげき》を敢行《かんこう》します。

レンは先陣を切って高速で駆《か》け出《だ》し、あっという間にローザの位置を追《お》い抜《ぬ》いて、彼女が撃ちまくる銃弾と並行《へいこう》して進み、

「とりゃあ！」

小刻みに三連射して、三体のモンスターをポリゴンの欠片へと変えました。

「プラズマ・グレネードだ！　タイマー設定で置いていけ！」

ボスがチームに指示を出して、自身もストレージから実体化させました。

片手で投げられるサイズのプラズマ・グレネードと、その三倍、小ぶりのスイカのように巨《きょ》大《だい》な大型——、通称〝デカネード〟。

ボスは立ったまま南を睨み、今自分がいる場所まで、どれくらいで追いつかれるかを測って、

「60秒ってところか……」

手早くタイマーを設定して、グレネードを足元にゴロゴロと転がしていきました。

同じようにソフィーがグレネードを転がして、

「ボス！　急いで！」

その場にまだ留まり、できる限りの数を置いていこうとしているボスへと声をかけます。

「いいから先に行け！」

「っ！」

ボスの命令となれば仕方がありません。ソフィーは、遅い足で走り始めました。

1キロ進めばこのバトルはクリアですが、残りはまだ700メートル。

車のように速く走れるレンやターニャはさておき、足の遅いエムやソフィーやローザでは、絶対に追いつかれてしまいます。

「やらせるかよ」

ボスは、ありったけのプラズマ・グレネードを、誘爆《ゆうばく》しないように間隔《かんかく》をあけて、置いていきました。

「とりゃ！」

一度エネミーの群の中を駆《か》け抜《ぬ》けたレンは、戻ってきて残敵の掃討《そうとう》に移りました。

レンの足なら、もう絶対に間に合います。それより、仲間達の邪魔にならないように、北側の敵数はできる限り減らしておきたいところ。

数メートル間隔で散らばる異形の生き物を、

「とりゃ！　うりゃ！　せいっ！」

リズミカルに気合いを入れながら、Ｐ９０の短い連射で次々に屠《ほふ》っていきました。

「さっすがレンちゃん！」

脇をピトフーイが駆け抜けていったあと、レンは南側を見ました。

足の遅いエムやソフィーが、まだ走ってきています。そして、その向こうには、かなり遅れてボスの姿が。

ボスの後ろに迫るのは、洪水のようなエネミーの黒い群。決して足が鈍いわけではないボスがなぜこんなに遅れているのでしょう？　答えはすぐに分かりました。

レンの視界の中に、蒼《あお》い光が生まれました。

自分も散々使ってきたので分かります。プラズマ・グレネードの爆発です。蒼い奔流《ほんりゅう》に巻き込まれたエネミー達が、粉々になって消えていきます。爆音《ばくおん》と振動《しんどう》が、体と足に伝わってきます。

ボスの置き土産《みやげ》は、見事なタイミングで、洪水の先端で、そして中央で炸裂し、数百体のエネミーを一瞬で粉々にしました。

「すごいっ！」

レンが感動し感心して、そして爆発の光が消えて、

「う――」

その向こうに、洪水第二波とも呼べる黒い塊《かたまり》が見えたのです。

「そっか、三方から……」

ボスが吹き飛《ふと》ばしたのは、南側からの一団。しかし、西と東の道にもモンスター達はいたわけでして、それらが押し寄《およ》せてきていると思うと、
やっぱり間に合わない……。

普通に逃げるだけでは、足の遅いエムさんやソフィーは、途中で捕《つか》まってしまうでしょう。

そして、ボスの足が止まりました。

その場にいて、左腕を振っています。ストレージ操作です。ボスが何をしているか、これから何をしようとしているのか、レンには予想がつきました。

レンは、決めました。一瞬の躊躇《ちゅうちょ》もなく、ボスへと走り出しました。Ｐ９０を撃ちまくりながら。


「なっ！」

ボスは驚き、そして理解しました。

自分の脇を、レンからのバレット・ラインが赤く伸びて、それを消しながら銃弾が飛んできます。

走りながら振り向くと、迫り来るエネミーが、少しだけ消えました。

「おい、やめろレン！」

ボスは、自分を助けるために突《つ》っ込《こ》んできてくれる仲間へと、叫びました。

このときボスは、既に走るのを止めて、左手でストレージ操作をしていました。足元に、実体化した、数量無限大のグレネードがゴロゴロと転がっていきます。

それでなくても普段から豪華客船をへし折るほどのプラズマ・グレネードを持ち運んでいるボスですが、それが無制限です。とんでもない火力です。

しかし、やがては自分が追いつかれて、死にます。

「ここで死ぬのは私だけで十分だ！」

ボスに叫ばれて、

「やっぱり！」

レンは自分の予想が正しいことを知りました。

ボスはもう逃げるのを止めて、グレネードをひたすらに実体化、設置し続けて、そしてエネミーの進撃の勢いをできるだけ削《そ》いで、全員を守るために犠牲《ぎせい》になろうとしていたのです。

「おおう！　これぞ〝島津《しまづ》の捨《す》て奸《がまり》〟。１６００年！　バトル・オブ・関ヶ原の戦い！」

走りながらクラレンスが言って、

「妙《みょう》なことに詳しいな、お前」

M870で目の前の敵を蜂《はち》の巣《す》にしながら、シャーリーが感心していました。

「だが、〝バトル〟と〝戦い〟で被ってるぞ？」

レンと同じく、踵《きびす》を返《かえ》したのはターニャでした。

「ボスは殺させない！」

ビゾンを腰に構えて、レンと同じく南へと猛《もう》ダッシュ。ピトフーイが、

「まったく、犠牲は少ない方がいいのに……」

脇を通り抜けていく銀髪を見ながら、呆れ口調で呟きました。

「どうする？」

後ろでドスドスと必死になって走るエムが訊ねて、

「どうもこうも、最初の最初で、必要以上に仲間を減らしたくないわねえ」

ピトフーイは走りながら、そしてKTR―09の75連発ドラムマガジンをストレージから実体化、交換しながら答えました。ドラムマガジンは大きすぎるので、ポーチなどに入れて身につけていられないのが玉に瑕《きず》です。

ピトフーイは、仲間を助けに戻ってしまった二人へと、引率《いんそつ》の先生のような優しい言葉を送るのです。

「レンちゃん、ターニャちゃん。頑張りは認めるから、ボスの支援はホドホドで戻っていらっしゃいな」

「いやだい！」

レンからの即答《そくとう》が、ピトフーイの耳に戻ってきました。

「レンちゃん。ボスはみんなのために頑張っているのよ。そしてこのバトルは、一人二人の犠牲がないとクリアできない、そういう性悪設定なのよ」

「だからって！　仲間を見捨てられるか！」

「やーれやれ」

ピトフーイは足を止めて振り向くと、３００メートルほど南で頑張るボス達を見ました。

ボスは後ろ向きに歩きながら、実体化したプラズマ・グレネードを次々に放り投げていて、レンとターニャはその脇で、ひたすらに連射しています。

レン達の連射で、エネミーは少しずつ消えていき、時々青い奔流が派手に消し去りますが、いかんせん多勢に無勢。そのうち押し切られてしまうでしょう。

「どーしたもんかねえ」

再び足を動かし、北へとテクテクと歩きながら、ピトフーイは独り言を言いました。

まだ生き残っていたワニの化け物が、難しい顔をして考えているピトフーイに、大きな口を開けて近づいてきて、

「どーしたもんか……」

ピトフーイは、ワニを左足で蹴《け》り飛ばして、宙を舞わせました。相手のヒットポイントをそ

れだけで全損させて、空中でポリゴンの欠片へと変えました。

そして目に入ってきたのは、青い看板のお店。

このときピトフーイは、スタート地点から495メートル進んだ場所にいました。ガラス張りの店の中が、よく見えるようになっていました。

にやり。

ピトフーイが、顔のタトゥーを歪ませながら、笑いました。

「アンナ……。アンタは本当にラッキーデイね。大したもんだ」

その声を通信アイテムで聞き取ったアンナが、

「は？」

目の前に数体残っていた小型機械をストリージ拳銃の連射で屠ったあと、ピトフーイへと顔を向けました。

「いいからみんな付いてきて！」

ピトフーイは、道路を外れてお店へと走って向かいます。その背中を見て、

「おいおいピトさん、ショッピングをしている暇《ひま》はねーぜ？」

クラレンスとシャーリーに守られながら走っていたフカ次郎《じろう》が言いましたが、

「ショッピング？　いいえ——、これからやるのは〝ショップリフティング〟」

「ホワット？」

「〝万引き〟の意味。はいここ、テストに出るわよ」


何度目かのプラズマ・グレネードの炸裂で、大量のエネミーが消えました。

そして青い奔流が消えたあとに、その穴を塞ぐように越えて来て、後から後から切れ目なく押し寄せる群。

「くそぅ！」

ボスは、この攻撃ではヤツらを押しとどめられないことを知りました。いえ、再認識《さいにんしき》しました。もっと前から分かっていました。

「ボス！」

「ボス！」

小柄な二人が自分の両脇《りょうわき》へと猛《もう》スピードでやって来て、ブーツの底から煙を立てるほどの急ブレーキで止まりました。そして、腰だめで撃ちまくります。

レンのP90は50発まで、ターニャのビゾンは53発まで連射が可能で、間断なく撃ちまくってくれていますが、それでも無理なものは無理で、

「レン！　ターニャ！　ありがたいが、もういい！　全員分の逃げる時間は稼げた！　お前達《まえたち》は行け！」

「でもっ！」

「ここで一人減るのと三人減るのと、どっちがいい？」

「…………。そりゃあ、一人だけど！　だけど！」

「じゃあそういうことだ。行け！」

「いや！　まだいる！　私達なら、楽に走って逃げられる。ギリギリまでいる！」

「いても、どうにもならんぞ」

そう言いながらも、まだプラズマ・グレネードの実体化とタイマー設定と、放り投げていくのを諦めていないボスです。

蒼い奔流が次々に生まれては、球体へと成長し、押し寄せるエネミー達を、ほんのわずかですが食い止めています。

レンは、P90から空薬莢を雨のように降らせながら、

「いや！　ピトさんが、なんとかしてくれる！　わたしはピトさんを信じる！」

「買いかぶられたもんねえ。ほんじゃあ、行こうか」

ピトフーイが言って、

「よし！」

エムが答えて、

「任せろ」

シャーリーが答えて、

「ホントに大丈夫？」

クラレンスが心配しました。


青い看板を出していた店。その前面を覆《おお》っていたガラスが、内側からぶち破られました。

そして、二台の車が飛び出てきました。

ピックアップトラックと呼ばれる、後部が平らな荷台になっている車です。実在の車種で、名前は《ジープ・グラディエーター》。

伝統的な、そして代表的な四輪駆動車《よんりんくどうしゃ》であるジープ、そのピックアップトラック版が、グラディエーターです。

全長は5．5メートルとかなり長く、横から見て分かりやすい凸型《とつがた》をしていました。ボンネットがあって、前後に座席があるキャビンの盛り上がりがあって、そして後部は少し凹んで荷台になっています。

この車には、ドアがありませんでした。座っている人が横からよく見えます。屋根がありませんでした。鉄パイプフレーム越《ご》しに空がハッキリと見えます。フロントガラスが、枠《わく》ごと前に倒されていて目の前にありませんでした。風が素通《すどお》りです。

窓や屋根を全て取り外して、フロントガラスを前に倒した状態でも走れるのが、ジープの四《よん》駆《く》の特徴《とくちょう》。第二次大戦中の軍用車両だった初代からの名残《なごり》です。おかげで開放感は抜群《ばつぐん》です。恐怖感《きょうふ》すら味わえるほど。

二台は寸分違わぬ同じ車でしたが、ボディの色は赤と黒でした。GGO世界の常でボロボロにくすんでいますが、いい味が出ているとも言えます。

そんなことより、地球文明の終わりまで放置されていた車が、なぜすぐにエンジンがかかるのか、なぜ完璧に動くのかという疑問がありますが、そこはプレイヤーの誰もがスルーしています。ゲームですから。

赤い方の運転席にはエムが座っていて、ハンドルを握っていました。北米仕様なので左ハンドルです。

右側の助手席には、KTR—09の銃口を前に向けたピトフーイ。後部座席左側にフカ次郎《じろう》がいて、スー三郎《ざぶろう》を後部座席中央に据えて、手で支えていました。

荷台には、ローザが中央に陣取《じんど》っています。ルーフのパイプの上にPKMを置いて、前方に向けて撃ちまくれるようにしています。

トーマがさっきまでと同じく、マシンガンの再装填要員として、その右側にいました。

もう一台の黒い方では、

「本当に大丈夫？」

助手席のクラレンスに心配されて、

「いいから任せろ！」

シャーリーがハンドルを握っていました。

後部座席にソフィーとアンナが収まっていて、どこか不安げな顔をしています。〝トーマが運転手なら、本当に良かったのに〟と言いたげな顔です。出発してすぐに、道の脇の電柱に軽くぶつけたからだと思います。

二台のグラディエーターは、猛スピードで来た道を戻っていきました。


「やっほー！　レンちゃん達、疲れたでしょ？　タクシーに乗ってかなーい？」

通信アイテム越しの言葉に振り向いたレンが、こちらに走ってくる二台を認めて、

「ありがとう！　やっぱりピトさんは頼《たよ》りになる！　車すごい！　どーしたの？」

歓喜《かんき》の笑顔と共に質問しました。

「青い看板の店がカーディーラーでね。ちょっと拝借してきた」

「なんとっ！　このバトルにも、動かせる車があるんだ……」

「見つけたもん勝ちの、救済処置ってところかしらねぇ」

そんな会話をしているうちに、赤いグラディエーターはレン達の目の前に来て止まりました。

どどっどどどどっどどどどど！

そのルーフで、ローザのPKMが重低音の唸りを上げて、押し寄せてくるエネミー達の速度を落としました。

後部座席ではフカ次郎《じろう》がスー三郎《ざぶろう》の耳を両手で覆っていましたが、たぶんそれはやらなくても大丈夫です。GGOの中だし。

「こっちは満員だから、みんな黒い方に乗って」

そう言われて、レンとボスとターニャが見る前で、黒いグラディエーターが後ろから迫ってきて、

「っ！　危ない！」

レンの悲鳴と同時に、赤い方の後方に派手に激突《げきとつ》して止まりました。残念ながら、運転支援システムは故障していたようです。何せ長年放置されていましたから。

追突《ついとつ》されて少し押《お》し出《だ》された赤いグラディエーターが、前に来ていたターニャをあわや撥《は》ね飛《と》ばすところでした。

「痛いっ！」

黒いグラディエーターの助手席では、クラレンスがダッシュボードに顔を突っ込んでいました。彼女の額では、ダメージエフェクトが光っています。ヒットポイント、5パーセント減。

このクエスト最初の負傷は、クラレンス。理由は交通事故。

「…………」

「…………」

後部座席ではソフィーとアンナが揃って青い顔をしていました。こちらは前方の座席に体をぶつけた程度で済んだようです。

「なんだよこの車！　ブレーキがちゃんと利かないのか！　ポンコツ！」

運転席のシャーリーがハンドルをバンバンと叩いて怒りましたが、単に彼女のペダル操作が遅くて弱かっただけです。運転ミスです。

赤い方の荷台から飛び降りてきたトーマが、

「か、代わります！」

黒い方の運転席に近づいて交代を申し出て、

「なんだよ、もっと運転してやるのに」

「いいからシャーリーは、荷台が似合うよ。ほら、緑の髪を風に靡《なび》かせて、ライフルを掲げてごらん」

クラレンスに引っ張り出されて、

「しょうがねえな……」

シャーリーは荷台にひょいと跳《と》び乗りました。

　ボスは黒い方の助手席に収まり、ターニャとレンは小さいので、赤い方の荷台、ローザ達の後ろへ。

　こうしている間にも、モンスター群は道を覆う洪水となって、二台の鼻先へと迫ります。

「全員乗ったぞ！」

　ボスの声に、

「ほんじゃまあ、行きますか。——ヘイ運転手」

　ピトフーイは隣のエムへと命令。

「転回も面倒だからさ、このまま真っ直ぐ行きなさいな。プラズマ・グレネードの穴だけは避けてね。トーマ、後ろを付いてきて」

「りょ、了解……」

　ピトフーイの考えを理解して、トーマのハンドルを持つ手が震えました。

「では行くぞ」

　エムがアクセルを蹴《け》っ飛《と》ばし、グラディエーターの3．6リッターV型六気筒《きとう》エンジンが唸りを上げました。巨体《きょたい》を震わせて、車体は猛《もう》加速を始めました。

　摑まっていなかった荷台のレンが、

「むぎゅ」

　後ろにひっくり返るほどの。

そして向かうは南。当然ですが、それはまだ、大量の敵がウジャウジャと蠢いている方で、

「突っ込むぞ！　摑まれー！」

ピトフーイの笑い声と共に、迫って来たエネミーの数々を、除雪車のように撥ね飛ばし始めました。

背の低い、そして弱いエネミー達です。

ある物は太いタイヤに踏みつぶされてその場で四散して、ある物はバンパーで弾《はじ》かれて消えて、ある物はフロントグリルに蹴り上げられて宙に舞って、

「うひゃ？」

荷台で怖がるレンへと落ちていこうとして、その前にダメージ過多でポリゴンの欠片になって散りました。まるで花火のように。

エムはハンドルを右へ左へリズミカルに切って、プラズマ・グレネードが開けた大穴をギリギリで回避《かいひ》していきます。

そのたびに荷台のレンはパイプに摑まって、

「うわあ」

振《ふ》り落《お》とされないように必死です。

後続車を運転するトーマは、

「無茶する……」

エムが作った道を、素直に付いていきました。

「どうした黒髪！　お前も撥ね飛ばせよ！　ゲームくらい安全運転はナシだ！」

荷台でシャーリーが吠えていますが、トーマはつつがなく無視することにしました。

レンはP90を構えて、荷台の下へ向けていましたが、もはや、発砲するまでもありません。

道を埋め尽くすモンスターの流れを二つに割りながら、二台のグラディエーターは猛然《もうぜん》と突《つ》き進《すす》みました。

ゲームスタート地点の交差点を通り——、

「抜けた！」

笑顔のレンを乗せたまま、とうとうエネミーの群を完全に突《つ》っ切《き》りました。目の前には、もう道路しか見えません。

あとは走るだけ。簡単なドライブゲーム。

二台のグラディエーターはグイグイと加速して、残り1キロメートルをあっという間に、実にあっけなく、30秒ほどで走りきってしまいました。

追いついてこられるエネミーなど、一体もありませんでした。

町を抜けた瞬間、

「おめでとうございます、皆様。最初の試練——、見事にクリアです」

スー三郎《ざぶろう》が、宣言しました。

時計表示は、12時15分ちょうどを示していました。

SECT.4

第四章 森の中の戦い ―第二の試練―

第四章「森の中の戦い　―第二の試練―」

「では、次の試練にご案内いたします」

スー三郎《ざぶろう》が言った瞬間、いろいろなことが連続して起きました。

まず、∞だった残り弾倉数が、それぞれが持ってきた数に戻りました。銃も一瞬光って、熱ダメージのキャンセルがなくなりました。

次に、元気よく走っていたグラディエーターのエンジンが突然止まり、二台はタイヤの音だけを響かせながらしばらく空走して、やがて止まって静かになりました。アイテムとしての使命を終えたようです。

クラレンスのヒットポイントが、少しだけ戻りました。97．5パーセントになったので、このバトルで受けたダメージの半分が回復したことになります。

そして、プレイヤー全員が白い光に包まれて、

「うやっ！」

レンを含む全員が、眩しさに目を閉じました。

「むあ？」

再び目を開けたレンが見たのは、別のフィールドでした。

最初の試練は廃墟のダウンタウンでしたが、

「森だあ……」

転送された場所は、そしてレンの視界に広がるのは、真っ直ぐで太い針葉樹がぎっしりと生える、巨大森林地帯でした。

足元は濡《ぬ》れた土に、レンの膝の高さまで生えるシダ系の植物。見上げると枝葉で空は見えず薄暗《うすぐら》いという、SJ1でレン達がゲームスタート時に出現した場所にそっくりです。

というより、これはまったく同じデータの使い回しですね。樹皮の皺《しわ》や枝つきなどは、何パターンかあるだけで、あとは全部同じのはずです。

風があるかは、森の中なのでよく分かりません。枝葉が揺《ゆ》れる音がまったく聞こえないので、吹いていたとしても、それほど強くはないでしょう。

シダで覆われた地面には、10〜30メートルくらいの間隔でなだらかな凹凸《おうとつ》があります。窪《くぼ》んだ場所でなら、人が伏《ふ》せて隠れられそうです。ただしそうすると射界も開けないので、こういう場合は窪みの縁で伏せるのがセオリー。

木々の幹が重なるので遠くの視界は望めず、狙撃には不向きな場所。逆に、高速移動ができるレンには悪くないフィールドです。太い木の幹は、どんな銃弾からも掩蔽物《えんぺいぶつ》になり得ます。

レンが振り返ると、仲間達は全員いました。置いていかれた人は、いなかったようです。

グラディエーターの座席にいた人達は座ったまま転送されたようで、森の中で面白い格好をしていました。全員、ゆっくりと立ち上がりました。

もちろんですが、ガイドの黒くて小さなワンコもいて、

「皆様――、〝第二の試練〟です」

スー三郎《ざぶろう》は口を開きました。

「おお無事だったかー！」

フカ次郎《じろう》がその頬を撫で回したので、

「む、が、ぬ、げげ、む。ぬぐ」

「いいから喋らせろ」

レンはフカ次郎《じろう》のバックパックを引っ張りました。

解放されたスー三郎《ざぶろう》が、説明を始めます。

「まずは、皆様のヒットポイントを、〝無限〟にいたします」

なぬ？

レンが驚いたのと同時に、小さな体がポワッと光りました。

視界左上の自分のヒットポイントゲージが、そして小さく十一人分表示されている仲間達の

それが、緑から金色に変わりました。いわゆる無敵状態です。

「皆様は、そして皆様の武器は、どれだけダメージを負っても構いません。この試練において、皆様が死ぬ事や、武器や品が壊れることは、決してありません」

スー三郎《ざぶろう》の言葉に、一同から驚きの声が漏れ、レンは目を丸くしました。

「つまりこれってどういうこと？」

「そのままの意味だぜ、レン。いくら攻撃を食らっても問題ないってことだ」

フカ次郎《じろう》がサラリと答えて、レンは彼女に顔を向けます。

「それは、分かるよ。だから凄く有利じゃん！　わたしが知りたいのは、ゲームとして、バトルとして、簡単すぎないかってこと」

「当然、それなりの時間制限があるってことだろうぜ？　あとな——」

「あと？」

「撃たれたらビリビリ痛いのは、全然変わりないだろうぜ？　いつまでも死なないってことは、いつまでも痛いってことなんだぜ？」

フカ次郎《じろう》が重苦しい口調で言った内容を、レンは理解しました。

GGOでの被弾《ひだん》による痛み再現ですが、他のフルダイブゲームより強く感じると聞いています。痛覚緩和機能《ペインアブソーバ》のレベルが、ぐっと低いからだと。

手足が撃たれたら痺《しび》れて、しばらく物が持てません。胴体《どうたい》だとかなりの衝撃《しょうげき》が、体内を走《はし》り抜《ぬ》けます。頭や顔など、日常でひっぱたかれるより痛いのではないかとすら思えます。その痛みを連続して受けて、しかしずっと死ねないのは——、ある意味拷問です。

「なにそれ……、タチ悪い……」

「だから、最初にそう言ったぜ？」

「え？　いつ？」

ボスが、ふんっ、と鼻を鳴らしながら、

「ゲームデザイナー、性悪だな」

最初の試練のときと同じことを言いました。

「同意します。面目次第もありません」

またもなぜか謝ったスー三郎《ざぶろう》と、

「やめろ、スー三郎《ざぶろう》をいじめるな！」

またもそれを庇ったフカ次郎《じろう》です。別にいじめてはいませんが。

スー三郎《ざぶろう》が、説明を続けます。

「この場所、直径2キロメートルある円形の〝森林フィールド〟には、三十のエネミーがいます。全滅《ぜんめつ》させてください。制限時間は20分、プラス、先ほどのクリアボーナスの5分。早めにクリアしても、次の試練には影響《えいきょう》がありません。なお、クリアと同時に、使った武器弾薬の数は全て回復します。では皆様——、ご武運を」

なるほど。

レンを含めた全員が、この試練の内容を理解しました。

視界の右上に、《30》という数字と、《25：00》というタイマーが出て、すぐに24：59へと変化しました。

このタイマーがゼロになる前に敵を探して倒して、30の方をゼロにすればいいのです。

最初の試練を15分で抜けたので、ボーナスで5分もらえました。もしあそこで20分以上時間がかかっていたら、こっちでその分を減らされていたのでしょう。車を手に入れられたのは助かりました。

弾薬が復活するということは、残りの試練で必要だからでしょう。これもまた、大変に助かります。

「なあんだ、それほど難しくないんじゃない？　手分けして、サクサク屠っていこうよ。こっちのダメージはないんだし、弾も復活するんだから——、〝ガンガンいこうぜ！〟」

クラレンスが、愛銃AR—57をポンポン叩きながら、いつものニヤけ笑顔で言いました。

「〝ガン〟ゲイルだけに……、な」

「フカだまれ」

親友としてツッコんでおいたレンの隣で、シャーリーが不機嫌《ふきげん》そうな顔をしていました。

実際不機嫌でした。ダメージ無しなら、このバトル中にピトフーイを暗殺できないと分かったからです。とても不機嫌でした。

「ほい、エム？」

ピトフーイが話を振って、エムは作戦を考えます。皆に分かるように、自分の思考を声に出していきます。

「直径2キロの円となると、かなり広い。三十体の敵を探して屠るとなると、下手をするとタイムアップの恐れがある」

エムの言葉に、レンは頷きました。

森の中で見える距離は、最大でも100メートルくらい。マップもなければサテライト・スキャンもない現状では、敵を探すのに手間取ると25分などあっという間です。

ボスが、

「こういうのはどうだ？」

周辺警戒のために背を向けたまま、提案します。

「レンとターニャを、決めた方角に走らせる。敵が攻撃してきたら、位置が分かるから全員で向かう。二人には、しばしその場で、痛いのを耐《た》えてもらわねばならないが」

なるほど、悪くない案だ。

レンは、痛いのはできるだけ避けたいなあと思いながらも納得しそうになって、

「敵が、見つけ次第私達を攻撃してくれるとは限らないわよん。それに、私達が追いつける敵

なのかも」

ピトフーイにバッサリと言い切られました。

「うっ、そうか……。そうだな……。まだ〝どんな敵〟なのか、分からないしな」

ボスは納得して、引き下がりました。

GGOには、〝プレイヤーに見つかったら必ず逃げる〟という行動パターンのモンスターもいます。

この場合、奇襲《きしゅう》に失敗したプレイヤーは全力で追いかけて、あるいは仲間の前へと誘導《ゆうどう》して追《お》い込《こ》んで倒さなければなりません。

その手の獲物《えもの》は、得意だがな。

逃げるモンスターを、所属スコードロンの《北の国ハンターズクラブ》の面々と狩猟練習に使っていたシャーリーが思いましたが、黙っていました。

エムは、

「ダメージ無視設定が無駄になるので、全てが逃げる敵だとは思えない。攻撃してくるだろう。しかし、〝隠れているのをこちらが見つけて攻撃した場合〟という条件がついていたら、やはり同じだ」

シャーリー以外の全員が頷きました。

「はいはーい！　こういうのはどう？」

クラレンスが手を挙げました。

「足の遅い人を中心に、速い人を外側に、1キロ割る十二人で、だいたい80メートル間隔で一直線を作る！　その線で、コンパスみたいに一周する！」

ふむふむ……、それならば行けるかも？

レンが思った瞬間に、シャーリーが口を開きました。

「ダメだな。接近を敏感《びんかん》に察する獲物——、じゃなくてモンスターなら、その線を背にしてさっさと逃げる。我々が何周したって見つけられない、あるいは追いつけないだろうよ」

北海道のだだっ広い平原で獲物を探していたシャーリー、この手のことには、すぐに気付きます。

エゾシカを追いかけるとき、考えナシに追いかけて追いつけたことなどありません。地形を考えて、〝習性的に、こっちの方へ逃げたがるだろう〟という予想を立てないと。もちろん外れることもあるのですが。

ほほうと、ほぼ全員から感心されたシャーリーは少し気分がいいですが、

「さっすがあ」

全てを見抜いている体でニヤけるピトフーイを見ると、その顔に愛銃をぶっ放したくなります。

クラレンスが、食い下がります。

「じゃあさ！　六人ずつに分かれて二本の線を作ってさ――」

「それで挟《はさ》み込《こ》むっていうんだろ？　言いたいことは分かるが、160メートル間隔なら、間を抜けられたらお終いだ」

「ぬう……、シャーリーのいじわる！」

「本当の事を言ったまでだ」

ならばどうすればいいか。

レンはやきもきしました。

こうしている間にも、時間は進んでいます。23：00になってしまいました。

「おいスー三郎《ざぶろう》！　ヒントをくれよ！」

困ったときの他人頼《ひとだの》み。

フカ次郎《じろう》は恥《はじ》も外聞もなく犬に訊ねて、全員から呆れられて感動されました。こんなことができるのはこの人しかいない、と。

スー三郎《ざぶろう》は、表情を変えずに答えます。

「わたくしは、のんびりしましょう、としか言えません」

「なんだそりゃー！　しょうがない、みんなで座って茶でも飲むか？」

フカ次郎《じろう》の言葉に、

「そうしましょう」

ピトフーイが言って、全員の注目を浴びました。


いいのかなあ……？

直径2メートルはある巨木《きょぼく》の根を尻《しり》に敷《し》いて、幹を背もたれにして座るレンの視界の右上で、15：00が14：59になりました。14：58になりました。14：57になりました。30は変わらないままで。

ピトフーイにはいつも驚かされますが、今回も例外ではありませんでした。


およそ7分前のこと、ピトフーイはとんでもない提案をしました。

「みんなで座ってましょ。茶はないけどねー」

「はい？　ピトさん本気？」

「本気も本気、超本気。とにかくずっと座って待ちましょう。そしたら、痺れを切らした敵が来てくれる――、かも」

「かも、って……」

「レンちゃん知らない？《待ちぼうけ》って歌」

そしてピトフーイは、レンの反応も待たずに歌い出します。

「待ちぼうけ　待ちぼうけ
ある日せっせと　野良稼《のら》ぎ
そこへ兎《うさぎ》が　とんで出て
ころり転げた　木の根っこ」
北原白秋《きたはらはくしゅう》作詞の、有名な童謡《どうよう》。その一番をアカペラで見事に歌いきって、
「おおおおおおおおお！」
泣きそうな顔で拍手《はくしゅ》をするボス以下、ＳＨＩＮＣ全員の感動を激しく誘いました。
あの神崎《かんざき》エルザが！
アバターで！
アカペラで！
童謡を歌う！
感動でアミュスフィアがシャットダウンしそうです。
「なんだこいつら？」
シャーリーが呟いて、
「さあ……？　確かに歌上手いけど、そこまでかなあ？」
クラレンスも呆れ顔。事情を知らないのだから、これはしょうがない。
レンはパチパチパチと拍手をしてから、

「もちろん知ってるよ。でもその歌、次の兎をいつまでも待って、仕事サボってダメ人間になるってオチだし」

「あらそうだっけ？　私、二番以降、知らないから」

「それじゃただのラッキーの歌じゃん！」

レンがツッコみ、

「ならば！　我らが最後まで歌います！」

ボスが吠えました。

いいからボス、オマエら、おちつけ。どうどう。

フカ次郎《じろう》が、合唱を始めようとしていたＳＨＩＮＣを右手で制しました。左手は、隣でふせをしているスー三郎《ざぶろう》をずっと撫で回しています。

「まあ、無理に追いかけまわして空振《からぶ》りするより、ここで待ってみましょうって話。慌てない慌てない、一休み一休み」

それだけ言って柔《やわ》らかい土の上にペタンと座ってしまったピトフーイを、そしてそれに倣ってしまったエムや、姉さんの命令ならと快諾《かいだく》したボス達を見ながら、

「はあ……」

反論する気も起きず、レンは大きな木の幹へと歩き、そこでコテンと座りました。

森の中にノンビリした時間が流れ――、
とうとう、時間が10：00へ、そして1秒後に09：59になりました。

「いいのかなあ……」

今までの気持ちが思わず口に出てしまったレンですが、その1メートル脇で、

「喋るな」

シャーリーが、R93タクティカル2の銃口をおもむろに持ち上げながら言いました。

シャーリーは同じ木に背をもたれ、足を前に出して座っていたのですが、その膝近くに肘を乗せて、ピタリと長いライフルを構えました。

そして――、轟音。

R93タクティカル2は、銃口にマズルブレーキ、あるいはコンペンセーターと呼ばれる部品が付いています。

発射のガスを左右に逃がして、銃の跳《は》ね上《あ》がりを抑《おさ》えるための膨らみと穴なのですが、

「ぐはっ！」

そのガスが真横へと吹《ふ》き出《で》るので、すぐ近くにいたレンはたまったものではありません。顔を空気で叩かれたような衝撃を受けました。

放たれた銃弾は、マッハの速度で木々の隙間をくぐり抜《ぬ》けていき――、

太い幹の向こうなのでレンの視界には捕《と》らえられませんでしたが、必殺の狙撃は見事に命中したようです。右上の数字が、30から29へと減りました。

「やっるー！」

草の上に仰《あお》向《む》けで寝てたピトフーイが飛び起きて、

「むっ」

エムがその脇でのっそりと巨体を持ち上げ、

「来たか！」

円を組んで外向きに座っていたSHINC達も、ガバッと起き上がりました。木の幹を掩蔽物に、全員を守るようにして、周囲を警戒します。

「ナニナニ？　シャーリーがやったの？　すげえー！」

クラレンスが、座ったままではしゃいで、

「まーた戦いだよ。どうして人は、争いを止められないんだろうねえ……」

フカ次郎《じろう》はお座り状態で待っているスー三郎《ざぶろう》を両手で撫で回しながら、愛《いと》しげな瞳を向けてそんなことを言っていました。一人だけ別の世界にいるようです。

ＫＴＲ―０９を肩で構えながら、周囲を警戒しつつ、ピトフーイはシャーリーに訊ねます。

「どんな奴《やつ》だった？」

一撃《いちげき》を食らわせて一つ倒した敵ですが、向こうからの反撃《はんげき》はありません。動きもありません。

森の中は、静寂《せいじゃく》に包まれています。

ボルトの前後操作、つまり次弾装塡を終えていたシャーリーは、聞いてきたヤツを撃ちたい気持ちをグッと堪《こら》えて、スコープで新しい敵を探しながら、小声で答えます。

「間違いなく人のカタチをしていたから、ロボット兵だな」

くすんだ銀色の細身ボディと、鈍く青光りする関節、顔の中央に一つだけ赤いレンズの目を持った、身長170センチはある人型ロボットです。

GGOにて、人型のエネミーは、今のところそれ以外に出てきたことはありません。廃墟工場や、地下迷宮《めいきゅう》フィールドなどによく現れます。

「じゃあ、それほど頑丈《がんじょう》な敵ではないわねえ」

最初の試練の小さなエネミー達ほど弱くはありませんが、ロボット兵も耐久値は高くはありません。ライフルで撃てば手足は簡単に吹き飛びますし、ヘッドショットなら一発でHP全損です。

ただし油断はできません。なにせロボット兵には両腕《りょううで》があるので、人間と同じように多種多様な銃器を使いこなすからです。

安い光学銃をメインに使ってくるのですが、時々レアで強力な実弾銃を撃ってきたり、手《しゅ》榴弾《りゅうだん》をかなり遠くまで投擲《とうてき》してきたり。こと攻撃力という意味では、侮《あなど》りがたい相手です。

もっとも、このバトルだけは、痛いのさえ我慢《がまん》すればいいのですが。

「得物はなんだった？」

「さあな。チラリと見えただけだ。自動小銃《しょうじゅう》を持っていたのは間違いないが、種類までは分からん」

「おいおい、そこ重要だろー！　何年ＧＧＯやってるんだよー！」

クラレンスが後ろから口を尖らせましたが、シャーリーは無視。ガンマニアではないので、アサルトライフルの種類など詳しくないし、一瞬では分からないのです。

エムは立ち上がり、木の幹にＭ１４・ＥＢＲの左側面を押しつけながら、スコープを覗いていました。

「見えない。シャーリーが撃った方を慎重《しんちょう》に探って、距離はどれくらいだった？」

素直に報告して質問。

「２００ってところだ。木々の間に少しだけ見えて、撃った」

シャーリーはさらりと答えましたが――、
みんながすっかりだらけてしまった中で警戒を怠《おこた》らず、誰よりも早く気付き、すぐに狙《ねら》い撃《う》って、木々を縫《ぬ》うようにして命中させたところまで、大変な技量です。

「さっすがあ！」

「………………」

ピトフーイに褒められるとイラッとする、それがシャーリーです。

「いい腕《うで》だ」

　エムに褒められると、まあ素直に受け取ってもいいかなと思える、それがシャーリーです。

　リアルでも、つまり実際の狩猟でも、太い木々の間に獲物がちょっとだけ見えるという状況はよくあること。そういうとき、ハンターは〝人間でない〟としっかり確認するまでは絶対に撃ちません。

　かつて、森の中にいた人の首に巻かれていたタオルが、白いエゾシカのお尻《しり》に見えて撃って殺してしまった、などという悲しい誤射事故がありました。実銃を日本で扱う以上、万が一の誤射すら、絶対に許されないのです。

　それだけシャーリーには、撃つモノを注意深く探り、そして見極《みきわ》める能力と経験があります。

　そして今回も、見事に仕留めました。

　さて、敵はどう出てくる……？

　レンを始め、全員がピリピリと警戒する中、静かな時間が続きました。

　確かに敵はいて、時間が迫ってきたらやって来た。しかし、一体倒しても、攻撃はしてこない。なぜだ？　やはりこちらから行かねばならないのか？

　全員が、緊張と疑問と共に全周囲の警戒を続ける中で――、
　その音が始まりました。

　ざざざざざと、大雨が降ってきたような音。もちろん空は晴れています。

一方からではなく、周囲のあちらこちらから聞こえる音。

どんどんと、大きくなっていく音。

近づいてくる——、音。

「上っ！」

ピトフーイが警告と共に、KTR—09の銃口を空に向けて撃ちまくりました。

レン達の睨んでいた世界の外から、つまり針葉樹の高いところを猿《さる》のように飛《と》び跳《は》ねてきたロボット兵が一体、ピトフーイに撃《う》ち抜《ぬ》かれて火花を散らしながら落ちてきました。

そして、50メートルほど離れた場所で地面にめり込《こ》み、砕《くだ》けて散りました。持っていた緑色の銃が跳《は》ねて、シダ植物の茂《しげ》みの中に消えました。

ピトフーイの『待ちぼうけ作戦』が、見事に当たったようです。

「全員撃ちまくれっ！　接近させるなっ！」

ボスの命令が飛ぶのと、SHINCの面々が容赦なく撃ちまくるのが同時で、

「うひゃっ！」

レンもまた、驚きと共にP90の銃口を空に向けました。

しかし、枝葉以外何も見えません。周囲に響くけたたましい銃声で、ロボット兵が木々を伝う音も聞こえません。

「ど、どこ？」

「こんなん、適当でいいんだよー！」

クラレンスが、Ｐ９０と同じ弾薬と弾倉を使う銃、ＡＲ—５７を空に向けてフルオートで乱射していました。甲高《かんだか》い銃声が超高速ドラムロールのように響き、空薬莢が銃の下に猛烈な勢いで飛び出していきます。

クラレンスの腕が凄いのか、それとも幸運パラメーターが高いのか、あるいはその両方か、40メートルほど先に、腕を射抜かれたロボット兵が落ちてきました。

連射に次ぐ連射。さっきまで静かだった森が、数丁の銃が常に唸りを上げる大狂乱《だいきようらん》の舞台《ぶたい》へと変わりました。

「うらあぁ！」

どかどかどかどかどかどかどかどかどかどか。

腰に据えたＰＫＭを撃ちまくるローザが、枝葉をビシバシと撃ち抜いて、森の中に緑の雪を降らせていきます。時々、ロボット兵も落ちてきます。

「そりゃ！」

レンも適当に、一マガジン50発を、それこそ水を撒くように撃ちまくってみましたが、どうも今日はラッキーデイではないようです。

どうせ当たらないならと撃つのを止めて、マガジン交換後、地面から敵が来ないか警戒してみましたが、いませんでした。

フカ次郎《じろう》はというと、

「なあお前、ラムとチキンだったら、どっちのドッグフードが好きかい？」

「…………」

必要以上のことは喋らないスー三郎《ざぶろう》と、

「オイラはラムだなあ。ちょびっとつまみ食いしたんだけどよ、香《かお》りがいいんだよなあ……」

やっぱり別の世界にいました。

フカ次郎《じろう》のグレネード・ランチャー攻撃では、上空に撃ってもあまり意味がないので、これはこれで正しい行動ではあるのですが。

そして、騒々しい狂乱が始まって20秒後、

「おかしい……」

最初に異変に気付いたのは、エムでした。

「全員！　何かおかしいぞ！」

鋭く発したエムに、銃撃の音が減りました。

「あら、ホントだ。みんな――、〝残敵数〟どうなってる？」

ピトフーイの問いかけに、地面を見張っていたレンは、チラリと右上の数字を見ました。

カウントダウンは、08：05。残敵数は、29。

「減ってない！　29のまま！」

レンが叫ぶと、

「俺《おれ》もだよー」

クラレンスから、気の抜けた声が。

「私もだっ！ これはおかしいぞ！」

ボスからも同じ返事。

「倒せていない、だと……？」

シャーリーが眉根《まゆね》を寄せました。

先ほどから、見えただけでも四体は空から落ちてきました。そして地面で派手に、ポリゴンの欠片になって砕《くだ》け散《ち》りました。数が減っていないと、おかしいはずです。

そのシャーリーめがけて、手榴弾が、緩やかな放物線を描《えが》いて飛んできました。

爆発と同時に、

「ぐはっ！」

「きゃっ！」

ほぼ爆心地《ばくしんち》にいたシャーリーと、そして近くにいたレンが、左右に吹《ふ》っ飛《と》ばされました。

衝撃波《しょうげきは》を生み出すタイプの手榴弾は、二人を5メートルは移動させました。レンの方が軽かったので、ほぼ同じ距離になりました。

「いてえええええええええ！」

シャーリーは土の上で身を捩《よじ》って、

「いったい！」

レンもまたしかり。レンの方が、身を捩る速度が倍くらい高速でした。

フカ次郎《じろう》が言ったとおり、体中が痺れに痺れて、猛烈に痛いです。ヒットポイントが減っていないのが逆にイヤなくらいに。なお、被弾エフェクトはちゃんと発生するようです。体のあちこちが、赤く光っていました。

やや遠かったレンですらこれだけ痛いのに、爆発のすぐ近くにいたシャーリーの痛みはどれほどのものか。

レンが見ると、彼女の右半身は、ペンキのシャワーでも浴びたかのように、ほとんどが真っ赤です。通常のプレイだったら、痛みを全部感じる前に即死《そくし》できていたのに。

「どちくしょぼけえええ！」

シャーリー、痛みに耐えるために、麗人《れいじん》にそぐわぬ汚《きたな》い言葉が出てしまいますが、これはしょうがない。

「めっけっ！」

レンの悲鳴を聞きつけて、ピトフーイが駆けつけて、すぐさま敵を見つけました。

10メートルほど先の地面にロボット兵が伏せていて、シダの葉の間に、赤いレンズを覗かせていました。ピトフーイは立ったままでKTR―09を1発だけ撃って、その銀色の頭を見事に撃ち抜きました。ポリゴンの欠片が散りました。

「下にもいるわよー」

　ピトフーイの声に、

「なぜだ……？」

「なんでっ？」

　まだ痛いシャーリーと、体の痺れが取れたレンが同時に訝《いぶか》りました。地面をあんなに近づけば、木々の間から見えていなければおかしいのです。匍匐《ほふく》前進していたとしても、あの大きさのロボットなら見えているはず。まさか、地面を潜《もぐ》ってきたとでもいうのでしょうか。

「ぎゃふっ！」

「きゃっ！」

　次に聞こえた悲鳴は、ターニャとトーマのものでした。

　レンが振り向くと、10メートルほど後ろで背中を守っていたSHINC達のうちの二人が、体を光らせながら、地面の上で身を捩っていました。

「くそっ！　こっちにもだ！　下にもいるぞ！」

　仲間達を放り投げられた手榴弾で吹っ飛ばされたボスが、果敢《かかん》にも突撃します。

消音狙撃銃のヴィントレスをフルオートモードへと変えて、銀色の頭へと撃ちまくりながら駆け寄って、

「くたばれっ！」

銃を持ち上げようとしていたロボット兵に僅《わず》か3メートルの距離から、頭に10発食らわせました。完全なオーバーキルです。対人相手ではかなりマナー違反。SJでは止めておきましょう。

ロボット兵の頭が吹っ飛んで、そして体もポリゴンの欠片になって消えたのを確認してから、ボスは視界右上の数字を見て、

「えいくそっ！」

変わらず29なのを、忌々《いまいま》しい思いで確認しました。

「どう考えてもおかしいぞっ！　目の前で倒したのに！」

次の瞬間、斜め上から複数のバレット・ラインが、そしてその直後にサブマシンガンの銃弾が降り注いで、ボスの大きな体のあちこちに命中し、被弾エフェクトで蜂の巣模様にしてくれました。

「きゃん！　――ああもう痛い！」

「おっかしいなあ……」

ピトフーイは、太い木の陰《かげ》で、周囲を見回しながら呟きました。

敵ロボット兵は確実に迫ってきているし、それを次々に撃ち壊している。しかし、残敵カウンターが全然減っていない。

さらには、上から来ているヤツらを叩《たた》き落《お》としているのに、いつの間にか、地面にもいる。

「あっ、そっかー」

気付いたときにライフルの銃弾が飛んできて、ピトフーイの頬を右から左に撃ち抜いていきました。被弾エフェクトで真っ赤になった口を動かしながら、

「ねえクラレンス」

まるで痛みなどなかったかのように、ピトフーイは話しかけます。

「なにー？」

これ以上撃たれるのがイヤで、大きな木の後ろでべったりと伏せていたクラレンスが聞き返してきて、

「さっき私が倒したヤツの場所、見てきて」

「イヤだよ死ぬよ」

「大丈夫死なない。行くといいことあるよ」

「どんな？」

「行ったら、そのカワイイお尻が私に撃たれない」

　クラレンスが顔を上げると、ピトフーイのKTR—09から、真っ赤なバレット・ラインが自分のお尻に繋がっていました。

「しょうがないなあ……。ちゃんと援護《えんご》してよ？」

「おっけー、それいけっ！」

　ピトフーイがKTR—09を周囲に撃ち始めて、クラレンスは立ち上がると、中腰《ちゆうごし》で10メートルを一気に走り抜けました。さっきピトフーイが撃ち抜いて壊したロボット兵の死に場所へとたどり着いて、

「え？」

　そこにいたロボット兵とバッチリ目が合って、僅か数十センチの位置で銃口を向け合いました。


「ぎゃー！」

　クラレンスの壮絶《そうぜつ》な悲鳴が全員の耳に飛《と》び込《こ》んで、

「痛い痛いもうクソもうこんちくしょー！　まだケツの方がよかったっ！　でもやっつけてやったぞくそお！」

　レンやピトフーイは、胸と背中を真っ赤に光らせながらその場でゴロゴロと転がるクラレンスを見ました。

どうやら胸から背中まで、一撃で撃ち抜かれたようです。

AR―57用の縦長のマガジンポーチと、胸と背中に防弾《ぼうだん》プレートを装着したベストを着ているクラレンスを撃ち抜くとは。

ロボット兵が持っているのは、口径8ミリクラス以上の、かなり強力なライフルのようです。

もちろん、通常のプレイだったら一発即死コースです。

しかし問題はそこではなく、

「えっ！　なんで？　誰にやられたの？」

レンが知りたいのは、推理小説でいうところの〝どうやって殺したのか《ハウダニット》〟ではなく、〝犯人は誰か《フーダニット》〟です。

「だから一つ目ロボット！　ちくしょうピトフーイ！　アイツ全然死んでなかったぞ！　いきなり銃口向けてきたぞ！　だから俺が頭をぶち抜《ぬ》いて仕留めてやったぞ！　相打ちだああ！　ああ痛い！」

「ああ、やっぱり！」

クラレンスの抗議《こうぎ》を聞いて、ピトフーイは頷きました。

「やっぱり？」

「やっぱり？」

クラレンスとレンが声を揃えました。ピトフーイはそれには応えず、

「エム！　今クラレンスのいる場所にプラズマ・グレネード！」

「おう」

「うえっ？　ちょっ、待ってー！」

エムは待ちませんでした。言われたとおり、狙い違わずプラズマ・グレネードを投げてきて、

「うひゃああ！」

痛みに耐えて立ち上がり逃《に》げ出《だ》したクラレンスのすぐ後ろで、蒼い球体が生まれて、そこにあった地面やシダを粉々に吹き飛ばしました。ついでに、クラレンスの背中を爆風《ばくふう》で押して、

「ぶべっ！」

彼女を顔から転ばせました。ヴァーチャルな草と土の味を感じさせてくれました。

「不味《まず》い！」

そして、視界右上の数字が28になりました。


「おんやー？　どういうこった？」

一団の中央でノンビリしていたフカ次郎《じろう》が、疑念を口に出して、

「全員聞いてー」

ピトフーイが謎に答えてくれます。

「倒すべきはロボット兵じゃない」

はい？

レンと同じくポカンとしている全員の耳に、

「ヤツらが持っている〝銃〟。それこそが今回のエネミー。銃を壊さない限り、何度でもロボット兵は復活するわよん」

ピトフーイの声が届いて、

「はい、正解です」

続いてスー三郎《ざぶろう》の声が届きました。


「なるほど！　そういうことかあ！」

ボスは、怒《いか》りの笑顔を浮かべると、お下げを揺らしながら、子供が泣き出しそうな形相のまま、数メートル向こうに立ち上がったロボット兵へと突っ込んでいきました。

ロボット兵が、緑色で大型の、そして見たことのない形状のアサルトライフルを向けてきて、連続で発砲。大きなボスの体に、次々に赤い被弾エフェクトが煌めきましたが、

「ざっけんなあ！」

痛みを無視したボスの右腕《みぎうで》が、ロボット兵の首にラリアットを食らわせました。

後ろへとぶっ倒れたロボット兵の顔に、

「食らえっ！」

ボスは右腰から抜いたストリージ拳銃を突《つ》きつけて、猛烈な連射。５発食らった段階で、ロボット兵は散って消えました。

そして、銃だけがそこに残ったのです。

「この銃かっ……。吹っ飛ばしてやる！」

ボスはプラズマ・グレネードをその上に置いていこうとして、起動スイッチを押して、

「あ、持ってきて」

ピトフーイに命じられれば、

「了解っ！」

快諾以外の選択肢《せんたくし》はありません。作動させてしまって10秒のカウントダウンを開始したグレネードは、解除も面倒なのでそのへんにポイしました。

蒼い爆発を背景にボスはピトフーイのところに駆《か》け戻《もど》ると、左手で持っていた謎の銃を地面に置きました。

ピトフーイとエム、そしてレンが見下ろして、

「なんだ、これは？」

エムが言いました。

「エムさんが分からないのなら、わたしが分からなくても無理ないか」

レンが言いました。

ＧＧＯに出ている全ての銃を知っているわけではありませんが、レンは散々、ピトフーイのコレクション自慢《じまん》につきあわされてきました。それなりの銃知識はあると自負しています。

そんなレンでも初めて見る一丁は、ゴテゴテしたデザインをしていました。

形状としては、肩と頬を付けるための銃床《ストック》があって、握るためのピストルグリップがある――、いわゆる自動小銃、つまりアサルトライフルなのですが、ボディはブリキのロボットのように角張っています。ボディ前方には、折りたたまれた、無骨なバイポッドがあります。

引き金が、ピストルグリップの前だけではなく、なぜか前方にももう一つ。

そして何より珍妙《ちんみょう》なのは、銃の上に通常タイプの、パイナップルのような形状の手榴弾が一つ載っていること。

銃口から、あるいは銃身下から撃ち出す形式のグレネード・ランチャーはありますが、上に載っているのは見たことがありません。これでは照準器も使えないではないですか。まあ、バレット・サークルがあるので要らないのかもしれませんが。

垢抜《あかぬ》けないデザインや、やけに角張ったフレームや、意味が分からない位置にある引き金や、前例のない手榴弾の配置などを見て、レンは子供のオモチャのようだという印象を受けました。

「オー・マイ・ゴーッド！　なんとこれはっ！　初めて見たっ！　ＧＧＯにもあるんだっ！」

ピトフーイが大変嬉しそうに叫んで、

「知ってるの？　ピトさん」

レンは驚かずにいられませんでした。ホントなんでも知っているなあと呆れながら。

エムも、目を丸くしています。ピトフーイは、

「知ってる。これはね——」

今までで一番大きな爆発音が発言を遮《さえぎ》って、爆風と地震《じしん》が全員を揺らしました。これはデカネードの爆発です。

「なにごとっ？」

ピトフーイの発言の途中ですがレンが顔を上げると、デカネードの爆発が周囲の木々を倒しながら収まるところで、

「ボスが！　自爆《じばく》攻撃をしてる！」

ターニャからの返事が。

なんとボス、自分にダメージがないのをいいことに、敵近くへと肉薄《にくはく》して、抱えていたデカネードを自爆させるという——、つまりは〝特攻《とっこう》〟をしているようです。

「うげっ。痛いのに……」

デカネードの奔流で、死ぬ事もできぬまま体中をもみくちゃにされているはず。想像もできないほど、真似したくないほど痛そうですが、

「わはははははっ！　ぬあんのこれしきいいい！　床で失敗して、叩《たた》き付《つ》けられたことに比べればあっ！　笑う観客もいねえしなあああ！」

そのボスから、笑い声が戻ってきました。新体操の床演技の失敗、それも痛そうです。

「逞しい……」

呟いたレンの視界の右上で、敵の数が22まで減っていました。残りの五人も撃ちまくっているので、戦闘はしばし、頼もしいＳＨＩＮＣに任せることにしました。

レンは、話を戻します。ロボット兵の持っていた異形の武器を指差し、

「これは何？　ピトさん」

ピトフーイが、ニヤリと頬のタトゥーを歪ませました。謎の銃を持ち上げると、

「この銃の名は《ジョニー・セブン　ＯＭＡ》。〝ＯＭＡ〟はワン・マン・アーミーの略ね」

「大層な名前だけど……、こんな子供のオモチャみたいなのが？」

「だって、子供のオモチャだから」

「は？」

「１９６０年代前半に米国で流行った、子供向けのオモチャ銃よ。当時のナイスなクソガキさん達が、これを抱えて広くて綺麗に刈《か》られた芝の庭を走り回っていたらしい。ライフルとかサブマシンガンとか、対戦車ロケットとか、果ては物理的な手榴弾投擲機まで、名前の通り七つの機構が満載《まんさい》。ピストルグリップ部分を取り外すと、そのまま拳銃になる」

一つの銃にあれもこれも全てをぶち込むというコンセプトは、オモチャならではといったところですが、

「まるで《XM29》だな」

エムが呟いた通り、1990年代、米軍は似たような構想の銃を開発していました。

それがXM29。5．56ミリ口径のアサルトライフルと、指定した距離で空中爆発する20ミリ口径の連射式グレネード・ランチャーを組み合わせた銃でした。

しかし、それはあまりに大きく、そして何より重すぎました。

別々に持った方が、結局は楽だよね？　ということで開発は終了《しゅうりょう》。韓国《かんこく》軍も似たような兵器を、こちらはなんと実戦配備までしましたが、設計に無理があったようで、故障に泣かされて結局ボツに。

一つの道具に多種多様な性能を持たせるのは良くない、ということが実に分かる結果となりました。

「はー、なるほど……、本当にオモチャか……。って、ピトさん、なんでそんなことまで知ってるの？」

「小学校の体育の時間に習った」

「絶対嘘だ」

「それはさておき、なんというレア銃！　珍《ちん》銃！　奇《き》銃！　これは私がいただく！　ストレー

ジに入れてコレクションに！　レンちゃんには、あげない！」

「いや、いらないし。それに、それがエネミーなんでしょ？　壊さないと敵数減らないんでしょ？　だいたい――」

レンの懸念《けねん》が具現化しました。

ピトフーイの持つジョニー・セブンにまとわりつくように、ロボット兵がゆっくりと実体化を始めたのです。まるで、蘇《よみがえ》る幽霊《ゆうれい》のようでした。

「ほらっ！」

レンがＰ９０を向けて撃つより早く、

「はっ！」

ピトフーイはジョニー・セブンを放り投げて、青白い光の刃《は》で一刀両断しました。一瞬の居合抜きでした。右手に収まっているのは、今回初めて使う光剣、その名も《ムラマサＦ９》です。

ロボット兵がポリゴンの欠片になって消えて、一瞬遅れて、縦に真っ二つに分かれたジョニー・セブンが消えました。

「ああもう！　欲しかったのに！」

ピトフーイが悲しげに叫んだとき、残敵表示が、15から14に減りました。

「押し込んでみると、他愛ないな」

鬼神《きじん》のごとき戦いを見せていたボスが、もう何体目か分からない敵のロボット兵――、ではなくジョニー・セブンを破壊してから言いました。

このバトルのロボット兵は、接近すると、大して強くないと分かりました。動きも普通の人と変わらず、射撃の頻度《ひんど》も低いです。

ボスはもうプラズマ・グレネードは使わず、数メートルまで豪快《ごうかい》に近づいて、ヴィントレスのフルオート射撃を食らわせました。

消音狙撃銃専用弾、ロシア製9×39ミリ弾を10発撃《う》ち込《こ》むと、火花を散らしたジョニー・セブンは四散します。そして、それを持っていたロボット兵が、一つ目で悲しげな表情を見せてから、後を追うように消えていくのです。

残り、13。

ローザのマシンガン攻撃で地面に落ちてきたロボット兵を、トーマの連続射撃が捕らえました。自動連射式のドラグノフ狙撃銃の本領発揮です。ロボット兵が構えたジョニー・セブンに5発撃ち込んで破壊しました。

残り、12。

「うらあ！」

ポン、とカワイイ音を立てて、ソフィーがGM—94を水平撃ち。15メートルの近距離グレネード攻撃で、ジョニー・セブンは持っていたロボット兵ごと吹っ飛びました。

残り、11。

「さっきは痛かったぞ！」

シャーリーは、森の中を全力疾走《しっそう》しながら、30メートルほど向こうでチラリと見えた一体に、必殺の炸裂弾を撃ち込みました。

お得意のランニング・スナップ・ショット。

最初の1発と同じく、それはジョニー・セブンの中心部に命中して炸裂、真っ二つにしました。

残り、10。

「いける！」

レンが、03：58の残り時間と、残敵数を見ながら言いました。

そんなときに、脳内に直接聞こえてきたのは、

「皆様、お気をつけください。残敵数が10以下になりますと、攻撃が苛烈《かれつ》になります」

スー三郎《ざぶろう》の声。

「みんなー、スー三郎《ざぶろう》がねー、なんかねー、気をつけろってー。聞こえたー？」

続いてさっきから何もしていないフカ次郎《じろう》の声が聞こえましたが、レンにはそれに答える余《よ》

裕《ゆう》がありませんでした。

目の前に赤い砲弾《ほうだん》が飛んできて、炸裂しました。

「ひゃあああああ！」

レンはドップラー効果と共に、空を舞いました。

目の前に飛んできたグレネードが炸裂、小さい体はさっきの三倍は飛ばされて、太い幹に背中から激突、

「ぶげっ！」

そのまま3メートルほど落ちて、

「ぶがっ！」

顔から腹から、地面に数センチめり込みました。

「痛い……」

またも、死ねないからこその痛みを、存分に味わいました。

レンがゆっくりと起き上がり、P90のスリングを引き寄せ、ピーちゃんを握った瞬間、

「がはっ！」

頭を撃たれました。クラレンスを貫《つらぬ》いた、強力なライフルによる狙撃。ジョニー・セブンの

七不思議の一つでしょうか。被弾エフェクトが額で大きく光って、

「うわあ……」

立ち上がろうとしたレンは、酔《よ》っ払《ぱら》いのようにフラフラとすると、最後はストンとお尻から落ちました。

これ……、絶対に……、リアルの精神に良くないと思うな……。

レンは、脳震盪《のうしんとう》のように体が自由に動かせない中、妙にハッキリした意識で思いました。

GGOで撃たれ続けるというのは、そして死ねないというのは、予想はしていましたが本当にキツいです。

最初からこんなにも痛いゲームだったら、香蓮《かれん》は絶対に続けていなかったでしょう。

残り十体になって難易度が上がったとは言え、攻撃が苛烈になりすぎです。

「うわあああ！　いててててて！　そこ撃つな！　エッチ！　変態！」

クラレンスの悲鳴が聞こえました。恐らくですが、ジョニー・セブンの七不思議の一つ、サブマシンガン機構で、連続でお尻でも撃たれているのでしょう。

「こいつらっ！　急に動きがっ！」

ローザの叫《さけ》び声《ごえ》も聞こえました。見えませんが、突然俊敏《しゅんびん》になったロボット兵に、翻弄されているのでしょう。

レンが顔を上げると、目の前では木々の間を縫ってロボット兵とシャーリーが駆《か》け回《まわ》ってい

ました。

ロボット兵は速くなっていますが、シャーリーもなかなかのもの。木々を避けながら、壮絶な追いかけっこの真っ最中。

シャーリーは、R93タクティカル2を背負い、ピトフーイから預かっていたM870ブリーチャーを両手に、右へ左へと、木々を避けながら追いかけ、

「うらあ！」

ロボット兵が幹の裏に隠れた瞬間に、出てくるであろう反対ではなく、今隠れた側を狙い撃ちました。

見事予想が当たり、フェイントモーションで振り向きながら戻ってきたロボット兵を、散弾の群が襲《おそ》います。シャーリーに向けようとしていたジョニー・セブンに数発命中し、そのボディを割って――、
やった！

喜ぶレンの目の前で、ロボット兵はピストルグリップだけを抜《ぬ》き取《と》りました。ほとんどのボディが破損しても、ピストル部分だけは無事で、そのままシャーリーをズバッと狙い撃ち。

「ぐがっ！」

15メートルは離れていたのですが、右手一本の拳銃射撃で、シャーリーは額を撃たれて仰《の》け反《ぞ》りました。そして前方への勢いそのままに、うつ伏《ぶ》せにぶっ倒れました。

シャーリーをヘッドショットしたロボット兵は、ピストルだけになったジョニー・セブンを片手に、素早く森の中に消えてしまいました。

残敵数は10と変わりありません。残り時間、02:59。

「こりゃー、マズイわねー」

ピトフーイがそう言うということは、口調は相変わらず軽いですが、状況は大変によろしくないのでしょう。

どうにか全身の痺れが取れて立ち上がったレンの脇に、ピトフーイとエムが来ました。エムは両手に、彼の代名詞とも言える楯を持って、ピトフーイを守っていました。

残り時間、02:45。

「ねえレンちゃーん。ちょいと痛い目見てくれる?」

「十分見たよ！　――で?」

「さすが！　とにかく走り回って、周囲にいるロボット兵の位置を探ってくれる?　見つけたら、全力で追いかけて。レンちゃん目立つから、森の中でもすぐに分かるし」

「なるほど……」

そうすれば、ピトフーイ達からもロボット兵がどこにいるか分かります。先ほどから、ロボット兵は遠くには逃げず、グルグルと自分達の周囲を回っているようです。

「でも、わたしとピーちゃんだけじゃ、仕留め切れないかも」

レンは素直に、自分の火力不足を認めました。Ｐ９０の弾では、ロボット兵を背中から射抜いて、持っているジョニー・セブンまで破壊できる自信がありません。

「うん、だから――」

ピトフーイの発言に、

「ぐひゃ！」

ターニャの黄色い悲鳴が被りました。ロボット兵に酷《ひど》い目に遭《あ》わされたようです。お大事に。

「だからレンちゃんめがけて、フカちゃんがぶっ放す。必殺のプラズマ・グレネード弾を」

「ぶへ？　すると……」

レンには答えを聞かなくても分かりましたが、

「どかーん！　敵もレンちゃんも」

ピトフーイは教えてくれました。

直径20メートルを吹っ飛ばすプラズマ・グレネード弾なら、殲滅《せんめつ》も容易《たやす》いでしょう。その代償《だいしょう》として、

「わたしが死ぬほど痛い！」

「大丈夫、死なない」

「だけど、痛い！」

「そう。だから無理強いはできないわねえ……。他に有効な手はないし……、残り３分もない

し、私達のクエストは、たった二つ目の試練でお終い、ってことになるわねえ……。みんなでゲームを、もっともっと長く楽しみたかったのだけど……、ざんねーん」

「ぐぬぬ……」

「みんなー、悲しいけれど白旗を揚《あ》げましょうかー。〝クエスト撤退〟のボタンがどこかにあるだろうから――」

「うがーっ！　やったるわー！」

「それでこそレンちゃんよ！　はいみんな！　拍手拍手！」

SHINCの面々が直立不動で拍手をする中、
レンよ、お主もまだまだじゃのう……。

フカ次郎《じろう》はスー三郎《ざぶろう》を撫で回しながら思いました。

それからの2分間――、
レンは、今までGGOで味わったことのない感覚を味わいました。
それをリアルライフに例えるのなら、〝メチャクチャに辛いサウナと、地元北海道で味わったマイナス30度の冷気のミックス〟でしょうか。
ピトフーイの立てた乱暴な作戦は、実に上手く行きました。

レンが、その脚力《きゃくりょく》を持ってロボット兵の銃撃から逃《のが》れ、なおかつ追いかけ回すと、

「フカちゃん、あそこ」

「ほらよん」

追いつくタイミングで、フカ次郎《じろう》からの砲撃がやって来ます。当然ですが、プラズマ・グレネード弾です。多少狙いがズレたって、その威力は広範囲《こうはんい》にわたります。

「今度は向こう。ピンクの兎がいるよ」

「あいよっと」

蒼い奔流に包まれながら、レンは追っていたロボット兵が得物――、つまりジョニー・セブンごと蒸発するのを、残敵カウンターが減るのを見るのですが、同時に猛烈な感覚に包まれました。

暑いのか寒いのか識別できない感覚。痛いのか痛くないのかすら、やがて分からなくなりました。頭の先から足の爪先《つまさき》まで、全身です。3秒は続くので、正直1発目でもう止めたくなりましたが――、

ボスは、これに耐えた！

その事実だけで、レンは踏《ふ》ん張《ば》りました。ここで耐えなかったら、ボスに負けることになるではないですか。ボスの目の前で。負けたくない。アイツだけには負けたくない。

ピトフーイは、それも見越《みこ》して煽《あお》ってきたに違いありません。おのれ。

途中でターニャも同じ役目を買って出ましたが、フカ次郎《じろう》の砲撃が忙しくなりすぎるので却下されました。プラズマ・グレネードも12発しかありませんし。

痛めつけられた体でロボット兵をまた追いかけ回して、そしてまた爆発に巻き込まれ、

「ほうら、がんばれー」

立案者のあまり心の籠《こ》もっていない応援《おうえん》と、

「レンっ！　頑張れ！」

「がんばってーっ！」

「ファイトッ！」

ボス達の心からの応援と共に、レンは耐えきりました。

最後の一体を鬼神のような形相で追いかけ回し、そして仕留めたのは、バトル終了30秒ほど前の事でした。

「そこかあああああ！」

「ふう、仕事したぜ……」

結局このバトルで、一度も被弾しなかったのは、痛い目に遭わなかったのは、フカ次郎《じろう》だけでした。

「レンっ！」

ボスが、ぶっ倒れていたレンの元に駆け寄って、大きな手を伸ばしました。

「よくやったな！」

目を回していたレンですが、その手をしっかりと摑み、

「えへへ。わたしは負けないよ、ボス」

第二の試練——、クリア。

SECT.5

第五章 雪原に化ける ―第三の試練―

第五章「雪原に化ける　―第三の試練―」

12時40分。

レン達は、ギリギリまで戦っていた激闘《げきとう》の疲れを癒やす暇もなく、

「まぶしっ！」

またも白い光に包まれて転送されました。

「ふう……、今度はどこだ……？」

レンが目を開くと、

「まぶしっ！」

そこは白い世界――、雪原でした。

空は、少し赤みを含んだ青色で、太陽は高い位置にありました。そして、地面には白い雪がびっしりと積もり、その反射が目に刺さります。

VRゲーム内なので雪盲《せつもう》はないでしょうが、サングラスが欲しくなるほど、大変に眩しい場所でした。ゲーム内は明暗の自動調整が働くはずですが、意図的に利《き》きを弱くしているようです。

足元では、レンのピンクのブーツが踝くらいまで雪に沈《しず》んでいました。固い氷の上に、数センチ圧雪が載っているといった感じです。

レンがぐるりと見渡《みわた》すと、自分と仲間達がいるそこは、３６０度地平線に囲まれた平らな雪原でした。そして――、ビルが生えていました。

およそ数十メートルのランダムな間隔で、ビルが見えています。

外壁《がいへき》はボロボロで、ガラス窓は半分以上割れています。一辺が40メートルほどの四角い高層ビルで、全てキッチリと垂直が出ています。傾いているものは一つもありません。

その出っ張り具合はまちまちで、三階から七階くらいまでの高さでしょうか。どれ一つとして基礎《きそ》や玄関《げんかん》が見えないので、つまりこれは、深い雪に埋《う》まっているのでしょう。

無数のビルが少しだけ頭を覗かせている雪の平原――、ＧＧＯには、デザイナーのこれまでの人生を調べてみたくなるようなフィールドがたくさんありますが、これは飛び抜けて変梃《へんてこ》です。シュールです。

「わお！　ビルが雪から生えてる！」

クラレンスが見たままの感想を言うと、スー三郎《ざぶろう》を撫でながらフカ次郎《じろう》が、

「秋に植えたビルの種が、立派に幹を付けたんだな。来年の夏には、大きなビルの果実をたわわに実らせることだろう」

「へー、凄い！」

「クラレンス……、お前、義務教育受けてるか？」

シャーリーが質問。こういうときに必ずそう答えるように、

「記憶にございません」

クラレンスは答えるのです。

次の瞬間、地面が揺れました。

足元が、最初はゆっくり、そして急に激しく躍《おど》り出します。

明らかに地震でした。震度《しんど》は五ぐらい。さすがにこれは立っていられないと、ビルが軋《きし》んだり、ガラス窓が割れたりする音を聞きながら全員が腰を下ろした瞬間――、
ずぼーん！

豪快な音と共に、ビルが雪山から伸びてきました。

一団から150メートルほど南に、先ほどまで、縦横10メートルほどのビルが頭を覗かせていました。他のものに比べて、ずいぶんと小さなビルです。

それが、周囲を囲む雪を弾《はじ》き飛《と》ばしながら、天高く伸びていくのです。真っ直ぐに、ひたすら真っ直ぐに。

「はー……」

スペクタクルな光景をポカンと見上げるレン達の前で、

「肥料、あげすぎじゃない？　栄養もお小遣《こづか》いも、与《あた》えすぎは良くないよ」

クラレンスが心配しました。

「オイラ知ってるぜ。あれが竹になるんだ。伸びたてを切って食えば美味《うま》いが、もう手遅《ておく》れのようだな……」

フカ次郎《じろう》が諦めました。

「竹なら〝万〟のことに使えますよ！」

ロシア人のミラナ――、が操《あやつ》るトーマ、授業で竹取物語でもやった直後でしょうか。またはエルザがカラオケボックスで挟んだ小ネタを拾ってくれたか。

風を切る音すら聞こえるビルの急成長は、地震が収まると同時に止まりました。その高さはおよそ100メートル。階数にして三十ほど。他のビルよりひときわ高く、天に突《つ》き出《だ》すようにそびえます。その細さも相俟《あいま》って、まるで棒が立っているようで、

「あれだ、棒グラフだ」

ソフィーが、

「この結果なら、円グラフの方がいいよ」

そしてローザが言いました。宿題でも思い出したのでしょうか。

「あのてっぺんに登ったら、さぞかし見晴らしがよかろうな」

ボスの言葉に、

「はい、お願いします」

スー三郎《ざぶろう》が答えて、全員を驚かせました。

「皆様、〝第三の試練〟の内容を説明いたします」

「え？　まさか、あれに登るの？」

立ち上がりながらレンが訊いて、

「はい」

スー三郎《ざぶろう》が肯定《こうてい》しました。

「皆様、今から言う情報を、どうか注意深くお聞きください。このフィールドで一番高いビルの屋上には、一枚のドアが置いてあります。それをくぐると、次の試練へ移動できます」

「はい、どこ〇もドア～！」

フカ次郎《じろう》が、間違いなく日本で一番有名な、某ＳＦロボットアニメの主人公の声真似で叫んだので――、全員笑いませんでした。

なぜなら、似すぎていたからです。あまりに似すぎると、なんか面白くないのです。

スー三郎《ざぶろう》も笑わなかったので、淡々《たんたん》と説明を続けます。

「誰か一人でもドアをくぐれば、その瞬間に全員で試練を終えたことになります。制限時間は、ただ今から18分」

レン達の視界の右上に、18：00が、そして17：59が表示されました。レンが腕時計を見ると、現在時刻が12時42分ですから、キッチリ13時まで、ということになります。

「こいつは足腰が鍛えられそうだぜ……」

クラレンスがそう言ってニヤリと笑って、

「ねえワンちゃん、エレベーターないかな?」

そして足元の犬に訊ねました。

「ありません」

犬に言われました。

「誰か一人が、あの屋上に登るだけ? 簡単では……?」

アンナの疑念は、レンも持っていたものでした。

あそこまで走っていって登るだけなら、レンなら数分でしょう。階段を延々上るのも、どうせリアルでないので疲れませんし。

「説明が終わっていませんので、ご注意ください」

軽口をたたき合ったり、思《おも》いの丈《たけ》を口にしたりしていた一団、犬に叱《しか》られました。

「やいみんな! スー三郎《ざぶろう》の邪魔すんないっ!」

フカ次郎《じろう》が怒ったのですが、青い哺《ほ》乳類《にゅうるい》型ロボットの口真似をしたのはあなたですよね?

「この試練では、皆様の持ちこんだ武器と防具は一切使用ができません。回収いたします」

なぬ? とレンが思った瞬間、手にしていた愛銃が、ピーちゃんが消えました。一瞬で。左右の腰のポーチが中身ごと消えて、手を伸ばすと、背中のナイフもなくなっていました。

そんな！　ちゃんと返してくれるんでしょうね……？

レンは心配しました。余計な心配だと分かっていても。

振り向くと、全員が手ぶら――、あるいは丸腰《まるごし》になっていました。

ベストに防弾プレートを胸に入れていた人はそれを失い、ピトフーイのヘッドギア、フカ次《じ》郎《ろう》のヘルメットやナイフもなくなっていました。エムのバックパックが、中身の楯を失いペッタンコになりました。

ＳＨＩＮＣ達も、戦闘服を着ただけの姿に。まるで、一括装備前の、酒場で駄弁《だべ》っているときの格好です。

「やれやれ」

フカ次郎《じろう》が、簪《かんざし》代わりのナイフを失ったので、はらりと落ちてしまった長い髪を、無造作に一つにまとめて縛っています。

たぶん答えは分かりきっているのですが、レンは左手を振ってストレージウィンドウを立ち上げます。二丁拳銃ヴォーパル・バニーとマガジン入りバックパックは、表示にバッテンが付いていました。出せません。

残っているのは、戦闘に実に関係の無いものばかり。

荒野《こうや》でお茶を飲むための大きな魔法瓶《まほうびん》――、しかも三本とか、オヤツのクッキーとか、神崎《かんざき》エルザを聴くためのヘッドフォンとか。

常に入れっぱなしなので、持ち歩いていることを忘れていました。それらがなければ、もう少し弾丸をたくさん持って来られたかもしれません。

こんなものをストレージに入れていることは、みんなにはナイショにしておこう。

レンは思いました。

そして、当然と言えば当然ですが、使えないピーちゃんやヴォーちゃんの分だけ、ストレージの可《か》搬《はん》重量が一気に増えています。つまり、〝背負っている透明《とうめい》な鞄《かばん》〟が一時的にグッと軽くなっているということ。

「階段ジョギングには武器はいらぬ、か？」

ボスが、

「まあ、敵が出ないのなら」

そしてソフィーが言って、

「あははー。そんなヌルい〝試練〟なわけ、ないじゃなーい！」

ピトフーイはなぜか楽しそう。

「そうでしょ？　腹黒い――、おっと、毛の黒いワンちゃん？」

「はい、正解です。先ほど生えたビルの向こう側に、モンスターがいます。彼等は、皆様より先に、ドアをくぐろうと試み、攻撃してきます」

「えー？　まさか殴《なぐ》り合《あ》いで勝てと？　イヤだよ俺、素手《すで》で倒すなんて！」

　クラレンスが聞いて、

「それでもいいですが、皆様が使用できる武器弾薬はこのフィールドのどこかに散らばっていますので、いち早く見つけて、好きな物を使ってください。敵も同条件です。その敵を倒して奪《うば》うことも可能です」

　なんと！

　レン達はまたも驚きました。

　他のゲームではよくありますが、GGOでは過去に例のない、フィールドで武器を収集する、そして敵からも奪《うば》い取《と》れるタイプのバトルです。

「皆様のヒットポイントは、ダメージで通常通り低減します。ゼロになった場合――」

　死んじゃうのか？　クエストから退場か？

　レンは危惧《きぐ》しましたが、違いました。

「そこで〝仮死状態〟で待機になります。どなたかが試練をクリアした場合、次のフィールドで復活し、ヒットポイントは全快します」

　なるほど、と全員が納得しました。

　つまりはこの試練――、
　全員で次へ行くか、それとも全員で行けないか、という二択《にたく》なのです。

「説明は以上です。ご武運をお祈《いの》りします」

「よっしレン！　走れっ！　スー三郎《ざぶろう》の散歩は私に任せろ！」

フカ次郎《じろう》が叫んで、小さな黒い犬を、ＭＧＬ―１４０がなくなって空いている両手で摑み上げました。

フカ次郎《じろう》の行動はさておき、レンは走り出しました。

「任せて！」

移動速度勝負なら、自分の一番得意な行動です。

敵が来る前にこの雪原をスパッと走り抜けて、棒みたいなビルを登ってしまえば、こんな試練はあっという間にクリアです。楽勝です。

先の試練に続いて、またもヒーローになれそうです。インタビューで何を答えるか考えておかねば。

意気込みと共に、レンは雪の上に小さな足跡を素早く残しながら走り出して――、
ずぼっ！

四歩目で胸まで埋まりました。一瞬で、動けなくなりました。

「ちょ？　えっ？　ここ！　足元どうなってるの？」

「こうなっているようだ……」

声の主であるエムを見ると、腿《もも》まで雪に埋まっていて、逞しい足を前後し、モリモリと雪をラッセルしながらこちらに近づいてきます。

なんということでしょう。

スタート地点を数メートル離れれば、ここからはフカフカの新雪です。埋まったレン、もがいてみますが、まったく身動きが取れません。

くそう！

レンは、己のチビを呪《のろ》いました。ＧＧＯで初めて呪いました。これでは、一番高いビルに突撃して駆《か》け上《のぼ》れないではありませんか。ヒーローになれないではありませんか。

「ぐう、歩きにくいな……」

ボス達も、必死に雪をかき分けながら、

「我らはひとまず左側にあるビルへ行くぞ！　武器は中にあるはずだ！　続けえっ！」

「ウラァ！」

一番近い――、20メートルほど左前、あるいは南東の位置にある、四階建ての建物を目指しました。

「敵はっ？」

ずぼっ。

レンはエムに雪の中から引っ張り出されながら聞いて、

「まるで人参《にんじん》の収穫《しゅうかく》だなあ」

まだスタート地点にいるクラレンスの、そんな感想を誘いました。

「もちろんいるわよー。背の高いビルの裏、300メートル向こう。変なカタチの生き物が、たぶん十二体。今、一団となってこっちから見て右のビルに向かって、モリモリウネウネとキモく移動中」

ピトフーイが、双眼鏡《そうがんきょう》を覗きながら言いました。

その双眼鏡のストラップは、隣にいるシャーリーの首に繋がっています。つまり、ストレージから取り出した彼女のアイテムを横取りしたわけで、今にも首筋に噛《か》みつきたい形相で、シャーリーが睨んでいました。

「何はともあれ、武器がないと！」

そう言ったボスを先頭にSHINCは一列になって、近くのビルへ向かっています。

「しばらく通信を切る。何かあったら呼び出しを頼む」

そのボスから、通信アイテムの一時的遮断《しゃだん》のお知らせがきました。こうして大きく別行動をしているとき、ずっと全員の会話が聞こえ続けていると不便ですので。

ほいりょーかい、とピトフーイが答えて、耳元を軽く触れました。そして、

「こっちも急ぎましょうかねえ」

チームLPFMのメンツへと声をかけました。残り時間、16分少々。ノンビリしている余裕はまったくありません。

エムは、

「捕まれ！」

レンを腕だけで高く持ち上げて、そのまま自分の体の後ろへと移動。一度、肩に両腿を載せる、つまりは肩車《かたぐるま》しました。

肩車からの景色を見るのは、何年ぶりだろう……。

思ったレンに、エムが言います。

「バッグに入れ。頭をおさえていい」

「お？　──ああ」

一瞬躊躇したレンですがすぐに理解しました。防具がスッカラカンにされたエムのバックパック、そこに両脚《りょうあし》を落としました。エムのゴツい頭に手を置いて、片足ずつずらして。

そしてバッグにしゃがんで収まると、ピッタリでした。キツくもなく、ゆるくもなく。まるでレンの運搬《うんぱん》用に誂《あつら》えたかのようなサイズ。

「よし、行くぞ」

エムはレンを背負いながら、モリモリと歩き出しました。SHINC達とは別の、40メートルほど右側にあるビルへと、除雪車のような猛突進《もうとつしん》を始めます。

視点が高いと、見晴らしがいいなあ。当たり前だけど。

レンは思いました。

現実世界ではほぼ全ての人を見下ろしている香蓮《かれん》ですが、GGO世界では、かなり低い位置

からしか見ることができません。それは、〝敵を素早く発見する〟点だけをみれば、かなり不利だったのだなあと、しみじみと思います。

「敵が見えるな？　レン。左側だ」

確かにエムの言うとおり、左側、300メートルほど向こうで、雪に半分埋まっていますがモンスターが動いています。得体の知れない気持ち悪い物体が、もさもさと。

自分達と同じく、西方向にあるビルへと向かうようです。ほぼ並行移動。

敵が見えているのに攻撃手段がないというのが口惜《くちお》しいですが、それはエネミー側も一緒なので納得しました。

レンが振り向くと、ピトフーイ以下、チームの面々が付いてきていました。

「ゆきーぃのしんぐん、こおりをふんでっ！　どーれがかわやら、みちさえしれずーうっ！」

クラレンスが楽しそうに歌い、

「なんでそんな歌を知っているんだ？　お前」

質問しながら、シャーリーが続きます。

寒い中扱《こ》き使《つか》われる兵士のぼやき節を歌った、あまり勇壮《ゆうそう》さのない一風変わった軍歌『雪の進軍』。ちなみにシャーリーは、ハンター仲間が雪中移動中によく歌っていたから知っています。獲物が逃げるから歌うなと、よくドヤされていました。

「うまーはたおれ――、なんかの漫画《まんが》で知った。アニメだったかかな？」

「さよか」

レンはその後ろを見ます。

雪が押しのけられて道ができ、一番歩きやすくなった最後尾《さいこうび》は、黒い犬を大切そうに抱いたフカ次郎《じろう》。

「よしよし。足が濡れたら冷たいよねえ」

ちょっと過保護すぎませんかね？


レンがエムのバックパックから飛び込んだビルの中は、オフィスフロアでした。

幅《はば》1メートルはある、頑丈そうな柱が天井《てんじょう》を支える、広い空間です。

大きな金属製のデスクと、鉄パイプ製の簡素なイスが、無造作に放置されています。ちゃんと置いてあるのもあれば、ひっくり返っているのもあります。床も壁も荒《あ》れ果《は》てていますが、内部に雪はありません。

灯《あか》りは皆無《かいむ》。しかし外からの光で、窓際《まどぎわ》はかなり、奥《おく》も必要十分に明るいです。

レンは入ってすぐ、

「トラップは――、ない」

足元や腰の位置に目を光らせてから報告しました。

「これで仕掛《しか》けてあったら、性悪にも程があるよー」

クラレンスが呟きました。

よじ登るようにして広く割れたガラス窓を通って、全員が入って、

「散開して急いで武器を探して、ここに集めるんだ」

エムが、デスクをずらしながら言いました。シングルベッドほどの大きさがあって、かなり重そうです。床を擦る、イヤな音がしました。

「オイラも？」

フカ次郎《じろう》が聞いて、

「当然！」

振り返ったレンの返答。

「しょうがないなあ……」

フカ次郎《じろう》はぼやきながら、黒い犬を優しく床に置きました。すぐさまちょこん、とお座りをしたスー三郎《ざぶろう》に、

「ようしよし、お前はここで、ちゃーんと〝おっちゃんこ〟して待つんだよ。勝手に遠くへ行っちゃあ、いけないよ」

その頭を撫でながら話しかけます。〝おっちゃんこ〟とは、〝床にお尻を付けて座っている〟などの意味の北海道弁。理解できたのはレンと、シャーリーくらいだったでしょう。

「先行くよ！」

足元が良くなったレンが、誰もいないビル内を高速で駆け回ります。

ビル中央付近に階段がありました。踊《おど》り場《ば》のある折り返しの階段です。下は見事に雪で埋まっていますが、上へは行けるようです。

その近くで、薄暗い廊下《ろうか》を塞ぐように、細長い銃が置いてありました。

ストックが木製で、やたらに細くて長いボルト・アクション式ライフル。それしかレンには分かりませんが、当然持ち帰ることにします。

すぐ脇に、緑色のショルダーポーチがセットで置いてありました。持ち上げると、鈍い金属音がして、それなりの重量があります。たぶん弾でしょう。

レンはポーチを肩にかけると、長いライフルを両手で縦に持って、最初に入った場所に戻ってきました。

お宝発見はレンが一番早かったようで、誰もいません。

人のいない廃《はい》オフィスで、スー三郎《ざぶろう》が床にお座りをして待っていました。

外の雪が眩しく逆光でした。黒い犬の黒い瞳は、一瞬表情が何もないように見えてレンはドキッとしましたが、近づいてじっくりと眺《なが》めると、クリッとしたカワイイ顔をしています。

「よしよし」

レンはライフルを床に置くと頭を撫でて、

「スー三郎《ざぶろう》に触《さわ》るな！　ってなんだレンか……。全身ピンクの敵モンスターかと思ったぜ」

フカ次郎《じろう》が失礼千万なことを言いながら戻ってきて、他の四人も続きました。それぞれ手には、見つけた銃器を持って。

敵側からの攻撃は、まだありません。

あの深雪《しんせつ》なら、もし向かっていたとしても、簡単にゴールのビルにたどり着いているとは思えません。とにかく今は、一刻も早く武器を握ること。

全員が持ってきた銃が、ずらりと床に並びました。長い銃、短い銃、いろいろですが——、

「なんとまあ」

ピトフーイの呆れ声が聞こえました。

「《モシン・ナガン　M1891／30》に——」

レンが持ってきたライフルで、第二次世界大戦中のソ連軍の小銃です。全長1．2メートルほど。トーマのドラグノフと同じ、7．62ミリ口径のライフル弾を撃ちます。

「《UZI》サブマシンガンが2丁に——」

イスラエル製のサブマシンガンです。傑作《けっさく》と名高いですが、1952年の銃です。凸《とつ》をひっくり返したような形の金属製のボディに、木製のストックが付いています。弾丸は9ミリパラベラム。つまり拳銃用の弾。

「《ベレッタ　M12S》サブマシンガンに——」

イタリアのベレッタ社製、同じく9ミリ口径のサブマシンガンです。1959年開発。

「《トンプソン　M1A1》に――」

アメリカ製、45口径拳銃弾を使うサブマシンガンです。木製ストックとグリップが装着されて、全長はやや長め。第二次世界大戦中の銃。

「《PPSh―41》かあ」

ソ連製、7.62ミリトカレフ拳銃弾を使うサブマシンガン。ライフルに似た木製ストックと、クッキー缶《かん》のような71連発ドラムマガジンが特徴的です。これまた大戦中の銃。

つまり、

「骨董品《こっとうひん》市かっ！」

相当に古い銃ばかりなのです。歴史モノばかりなのです。コレクションやノスタルジーに浸《ひた》るにはいいかもしれませんが、実際の戦闘になると、それは現代物の方がいいに決まっています。

「しかもサブマシンガンばかりだな……」

エムも呟かずにはいられません。

モシン・ナガン以外は、拳銃弾を使うサブマシンガン。その有効射程は、どんなに頑張っても200メートルといったところです。これでは、相手がアサルトライフルを持っていては、太刀《たち》打ちできません。

「あるもので戦うしかない！　それがルールだろ！」

シャーリーが、モシン・ナガンを引《ひ》っ摑《つか》みました、ボルトハンドルを上げて後ろへと開くと、そこに長い弾丸を上から押し込んでいきます。この手のライフルの使い方はどれもほぼ一緒で、迷う必要もありません。

弾丸を5発押し込んでボルトを前に閉じたシャーリーに、

「しばしの見張りを頼む」

エムが言って、シャーリーは小さく頷いてからオフィスを出て行きました。

シャーリーは信頼《しんらい》できるスナイパーなので、拾った銃でもかなり戦ってくれるでしょう。レンはそれを信じた上で、

「えっと、わたしはどれを……？」

使うべき銃に悩みました。

目の前に残ったサブマシンガン達。どれもこれも、性能も使い方も分かりません。GGOの初期、PK用にスコーピオンを選び出したときに少しは銃の性能を調べたのですが、さすがにもう忘れてしまいました。

「よし、レンはこれを。――フカ、これを」

エムがテキパキと決めていきました。レンはもちろん、フカ次郎《じろう》もクラレンスも異論はなかったようで、それぞれ、お年玉でも配られたかのように素直に受け取りました。

しかし、どうしろと？

レンの手の中には、黒いサブマシンガンがありました。黒い銃を使うなんて、何十年ぶりでしょうか。

引き金後ろの通常のグリップの他に、細長い弾倉を挟んで前方にも似たようなグリップがあるのが外見の特徴です。両手で構えやすいようになっています。

全長42センチ。金属の棒のようなストックは、右側に折りたたまれていました。伸ばすともっと長くなりそうですが、まあ畳《たた》んだままでいいかなとレンは思いました。

持って撃てないほど重くないのはいいことですが、一番大切なことが――、使い方が分かりません。

「レンや、ウィンドウにマニュアルあるぜー」

「ほんとっ？」

フカ次郎《じろう》の言葉に左手を振ると、目の前にポップアップしたウィンドウに銃の名前が出ました。それによると、レンが右手で触っているのは《ベレッタ・M12S》。

そして簡単な説明文がポップアップ。

『ベレッタ社のサブマシンガン。口径は9ミリパラベラム弾。オープンボルト撃発《げきはつ》で、セレクターによるセミオート・フルオート切り替え式。装弾《そうだん》数は30発。そこをしっかり握らないと撃てない、グリップセフティが特徴である』

「なるほど……」

読んだレンが空中に浮いている説明文を触ると、グラフィックと操作説明が出ました。

マガジンの脱着《だっちゃく》方法、安全装置とフルオート・セミオートの切り替えレバーの使い方、ストックの折《お》り畳《たた》み方などが出て、レンは必死に目で追いました。

読み終えて、どうにか理解したと思った瞬間、甲高い銃声が建物の中を反響して聞こえてきました。

「相手の準備はできたようだぞ！」

続いてシャーリーの鋭い声が、通信アイテム越しに耳に飛び込んできました。

シャーリーはちゃんと、敵が入ったビルを見張ってくれていました。そして、出てきた敵に向けて1発撃ってくれました。

「頭を引《ひ》っ込《こ》めた。全員急げ！」

こういうときはとても頼りになるスナイパーです。

そのシャーリーですが——、

数十秒前、彼女は薄暗い廊下を駆け抜け、入ってきたのとは反対側、つまり敵側の見えるオフィスへとたどり着いていました。中の様子は、まったく同じでした。見える景色だけが違います。左前に、近くて遠いゴールの細長いビルが見えました。

シャーリーは、太い柱の陰で双眼鏡を取り出しました。

割れたガラス窓越しに覗くのは、敵モンスターチームが隠れたであろう太いビル。

双眼鏡を構えてから僅か数秒後、その陰から、モンスターが出てきました。

距離は約３００メートル。拡大された視界の中で、形状がよく分かります。

なんとも不気味な、七色のストライプを持った蛸《たこ》のオバケのような物体でした。今までのプレイでも見たことがないモンスターです。気味が悪いです。

サイズがちょうど人間と同じくらいなのは、持っている銃との対比で気付きました。銃の名前は分かりませんが。

シャーリーは双眼鏡をモシン・ナガンに持《も》ち替《か》え、柱に銃側面を強く押しつけて安定させ、前方を窺《うかが》う素振《そぶ》りの蛸モンスターの頭に狙いを付けます。

スコープが付いていない銃なので、金属製照準器で狙います。

手前にあるリヤサイト（照門）の凹みを、銃口の上にある尖ったフロントサイト（照星）に合わせて狙う、シンプルで原始的なやり方。リヤサイトは高さの調整が可能なのですが、とっさだったのでそのまま狙《ねら》い込《こ》みました。

下から持ち上げるように銃を動かし、狙いが目標に重なった瞬間、シャーリーは躊躇なく撃ち込みました。システムの力を借りない、しかし相手に気取られない、バレット・ラインなし狙撃です。

やはり自分の銃ではないので、狙いは少しだけ外れました。弾丸は蛸モンスターの頭の横ギリギリを通り抜けていき、彼？を引っ込めました。

くそっ、素直に胴体を狙っておけばよかった。

いつもの狩猟の癖《くせ》で、首筋や頭の、当てるのが難しいが命中させられれば一撃死が狙える場所を撃ってしまったシャーリー。心の中で悪態をつきながら、

「相手の準備はできたようだぞ！　頭を引っ込めた。全員急げ！」

仲間――、今は一応仲間へと、通信アイテムで声を送りました。

そして次の瞬間、数本の赤い光の線が――、バレット・ラインが自分のいるビルへ、そしてオフィス内へ散らばるように照射されて。

「ちっ！」

シャーリーは素直に、太い柱の陰へ身を隠しました。

線を消すように銃弾が飛んできて、周囲で着弾してビシバシと賑やかな音を立てました。もちろんそれは相手の反撃で、ただし牽制《けんせい》のために当てずっぽう。

周囲のダメージも聞こえてくる銃声も軽いので、向こうもどうやら、メインの武器はサブマシンガンのようです。

普通のマシンガン、つまり6～8ミリクラスのライフル弾を撃ってくるシロモノだったら、

この程度では済みません。柱が、ガリガリと削られていたことでしょう。

賑やかな着弾音が止んでから、シャーリーはチラリと敵の陣地《じんち》を見て、

「サブマシンガンで撃たれた。向こうは出てきていない」

仲間達へと状況を説明しました。

「マジ助かるわーありがとー」

一番ムカつくヤツから感謝されるのは癪《しゃく》です。

その相手が、ピトフーイが身を低くしてオフィスに入ってきました。手には、UZIを持っています。その後ろから、レン達が続きます。

レンがM12S、エムがPPSh―41、クラレンスがトンプソン、フカ次郎《じろう》がUZIという割《わ》り振《ふ》りでした。普段使っている銃以外だと、ビジュアル的な違和感があります。特に、銃が黒いレン。

全員が柱の陰や、横倒《よこだお》しにしたデスクの裏などに身を隠して、前方を覗きます。

窓に近づきすぎると向こうから丸見えなので、そこは全員、言わなくてもキッチリ守っています。

GGOを長くプレイしていると、リアルでも〝この場所にいたら撃たれる〟、〝この位置は安全〟と認識してしまうのが恐ろしいところ。

香蓮《かれん》はかつて、交差点が見下ろせるカフェで、居心地《いごこち》の悪さを感じてしまったことがありま

す。向かいのビルから撃たれたらどうしよう？　と。

レンが南側を睨みます。

眩しい雪原の向こうに、目標にすべき棒——、ではなくビルは大変よく見えていますが、そこまでは遮蔽物《しゃへいぶつ》も掩蔽物も一切ない空間。さらには、まともに走ることのできない深雪の大地です。

「これって、ノコノコって出たら、もちろん撃たれるよねー」

クラレンスが言って、

「出たら撃ってやる」

シャーリーが言いました。

「膠着《こうちゃく》だあ……」

レンが憤《いきどお》りました。表示されている残り時間は、13分ほど。決して余裕はありません。

「もしもしエヴァっち。そっちはどう？」

ピトフーイが、向こうと自分達の通信アイテムを繋ぎ直して聞きました。

レンは、SHINCの面々が何か強力な武器を手にしていることを期待しつつ返事を待ちましたが、耳に返ってきた言葉は、

「今伝えようと思っていたのだが、こっちはダメだっ！　探しても探しても、グレネードしかない！」

「なんとー。内訳は？」

「通常タイプも、プラズマ・グレネードも、15発はある。デカネードは数え切れないほどたっぷりだ！　くそう飛び道具はゼロか！」

「あちゃー。こっちもライフルが1丁で、残りは全部サブマシンガンなのよねー。まあ、敵側も似たようなモンらしいけどね」

「それでは膠着だ」

だよねー。

レンは心の中で相槌《あいづち》を打ちました。

「こっちに来られる？　グレネードが欲しい」

ピトフーイがボスに訊ね、

「雪の中を匍匐前進で行けば、おそらくは可能だ。それより、目指すビルを陰にして、相手から見えないように行けないだろうか？」

「細いからかなりリスキーね……。最終判断は任せるけど、どうする？」

「……一度合流しよう」

「じゃあよろしく」

ＳＨＩＮＣはこっちにやってくることになりました。それは、もしビルの上に登った敵がいれば、斜め上から撃たれる可能性のある話でしたが、

「了解だっ！」

ボスは二つ返事でした。

どうか無事で。

レンは願わずにはいられません。残り12分。

「エム、何か案はあるか？」

膠着を打開すべく、シャーリーが訊ねました。モシン・ナガンを構えたままです。双眼鏡はクラレンスが持っていて、ビルを覗いています。

「ぬう」

エムの渋《しぶ》い声を聞いて、

「そうだ！　ソリは？」

なんとかしなければと考えていたレンが、提案しました。道産子《どさんこ》のひらめきでした。

「フカフカの雪の上でもソリならサッと進める！　そこにあるホワイトボードとかで！」

確かにオフィスには、薄汚《うすよご》れたホワイトボードが転がっています。

「なるほどー。でも、そのままじゃ滑らないよね？　動力は？」

クラレンスが聞いて、

「オナラとか？」

フカ次郎《じろう》が即答。場が静かになりました。

親友はスルーして、レンは考えて考えて、そして答えます。

「後ろ向きに銃を撃つとか？　反動で進めない？」

「宇宙空間なら、可能かもな」

呆れ声でシャーリーが答えました。

サブマシンガンの連射で150メートルの移動は、かなり無理がありました。

「あそこにレンちゃんさえ送り込めば、すぐにクリアなんだけどねえ」

ピトフーイも考えあぐねています。

そうこうしているうちに、向こうのビルから伸びてくるバレット・ライン。そして何発も飛んでくる銃弾。全員がすぐに頭を引っ込めたのでまたも被害はゼロですが、これでは出て行けません。

打つ手のないまま時間は流れ、

「間もなくそちらに着く」

ボスからの連絡が来ても、レン達はやるべきことを見つけられていませんでした。

無情なカウントダウンは続いて、残り10分。今、09：59に。

「敵が動いたー！」

シャーリーの観測手《スポッター》として双眼鏡を覗いていたクラレンスが、鋭い声を上げました。

レンは単眼鏡を取り出して右目に当てて、横倒しになったデスクの陰から見ました。

「うっ！」

300メートル向こうのビルから、デスクが向かってきています。

今自分が隠れているのと同じ、頑丈そうなオフィスデスク。それが横に三つ、縦に二つ並んで陣形を組んで、ゆっくりと、雪の上を進んでいます。もちろん目指すは一番細くて一番高いビル。

「アイツら机を楯にしてる！」

クラレンスの言葉通りでした。時々机の隙間から、敵モンスターらしい変な色がチラリと見えます。あの裏では、十体近いモンスターが協力して、六つのデスクを抱えて、構えて、そして押《お》し進《すす》んでいるのでしょう。

「ざけんな」

シャーリーは狙いをデスクに向けて、豪快に発砲しました。

弾丸は一瞬で飛び抜けて、デスクの天板で斜めに弾かれて空へと消えました。衝撃を受けたデスクはぐらりと揺れましたが、六枚の楯はそのままモリモリと、雪原を進み続けました。

「なんだとっ！」

撃った人の憤りの声が聞こえて、レンが、目の前にある天板を試《ため》しに叩きました。ゴン、という鈍く重い音がしました。

「これ、そんなに強いんだ……」

まさかこの距離でライフル弾を弾くほど頑丈だとは。完全に予想外でした。宇宙船の外板を使っているというエムの楯もかくやの性能です。未来のオフィス、恐《おそ》るべし。

「〝気付いたら勝ち設定〟ってヤツね。エム？　真似できる？」

「やってみる」

ピトフーイの指示でエムが、同じようにデスクを抱えます。さすがは怪力《かいりき》の持ち主。持ち上がりました。これなら目の前に構えて進むことはできそうです。もちろん深雪の中なので、かなり大変でしょうが。

「よっしゃオイラもー」

フカ次郎《じろう》が真似て、こちらもすんなり持ち上がるのが、遊び込んでいる彼女の恐ろしいところです。しかし、

「俺は無理だよー！」

クラレンスは泣き言。どうにか持ち上がるのですが、重量ペナルティでまともに進めません。

「私も無理だな」

シャーリーは持たずに分かって、こうなるとレンができるわけがありません。

「ピトさん、斬《き》って小さくできない？」

「光剣で？　〝よし、斬ってさし上げるから、その屏風《びょうぶ》の中から光剣を出してください〟」

「あ？　――ああ、忘れてた……」

武器は全部取り上げられ中です。

「じゃ、じゃあ、ボス達を待って真似する?」

レンが聞いて、

「しゃらくさーい! その前に撃ちまくれっ!」

クラレンスがトンプソンを腰で構えて、窓際まで行って撃ち始めました。

拳銃弾で300メートルは遠すぎますが、とりあえず視界に入るバレット・サークルを合わせれば弾丸の雨を降らせることはできます。ほんの少しでも相手を怯《ひる》ませられればそれでいい、という行動でしたが——、

びゅん。

「ふぎゃっ!」

すぐに飛んできた弾丸がクラレンスの左腕を射抜いて、彼女をひっくり返らせました。ちなみに10発ほどばらまいた拳銃弾は、1発くらいは、デスクに当たってノックをしたかもしれません。

「狙撃だ! 向こうもスナイパーを一人——、一体用意しているぞ!」

シャーリーが鋭く言って、同時に一瞬だけ見えたバレット・ラインの根本へと、モシン・ナガンを撃ち込みました。そして、反撃を食らわないために、すぐさま移動します。

「やった……? やっつけた?」

ヒットポイントを30パーセントも減らされたクラレンスが、被弾エフェクトで煌めく左腕を押さえながら、ジタバタと這《は》い戻ってきて、

「いや、手応えがない」

シャーリーは空薬莢を弾き出しながら答えました。

銃での戦いなのに〝手応え〟とは変ですが、GGOを遊び込んだプレイヤーは、よくこういう言い方をします。そして、不思議なことに、それは大抵《たいてい》あっています。

そうしている間にもカウントダウンタイマーは1秒ごとに1秒進み、08：40を示しました。

そして敵モンスターの作るデスクの楯も、ビルへと近づいていきます。残り120メートルくらいでしょうか。

「入られると、2、3分もすれば登り切られる」

エムの声にも、焦りが窺えます。

どどどどどうしようどうしようどうしようどうなにかわたしにできることはどうしようどどど。

レンの心には、焦りしかありません。

「まあまあ、慌てるナントカはアイデアが出ないぞ諸君」

フカ次郎《じろう》が、ノンビリと言いました。

そのフカ次郎《じろう》ですが、先ほどから床の上で何か作業をしています。鉄パイプ製のイスから、座面や背もたれの板を、強力《ごうりき》を持って引っぺがしているところまでは見ました。犬小屋でも作

っているに違いないと、レンは確信しました。

そんなとき、

「遅くなったっ!」

ボス達六人が、ドカドカとやって来ました。思ったより早いですが、

「相手の動きを見て、もう普通に立って走ってきた」

なるほどそういうことですか。それ以前の匍匐前進で全身雪まみれですが、やがて蒸発するように消えていきました。

ピトフーイが訊ねます。

「銃は、やっぱない?」

「ない……。無念だ。別のビルに行けば、あるいは……」

「まーしゃーない。こっちはあの壁を破れなくて思案中」

ボスが自分の双眼鏡で、モリモリと進み続ける六つのデスクを見ました。残り110メートル。

「ぐう、あんな手があるとは。我々もっ!」

ボスが、デスクの一つを持ち上げましたが、

「同じことをやっても、もう間に合わない。それより、拾ったデカネードを全部出して、この裏に置いて」

「わ、分かった」

ボスは言われたとおり、さっき見つけた大型プラズマ・グレネードを実体化して床に置きました。その数、なんと二十個。

もちろん、横倒しにしたデスクの天板を楯にするのは忘れません。万が一デカネードに着弾したら、全員が即死で、このビルすら倒壊《とうかい》でしょう。

カボチャの収穫のような光景を見たフカ次郎《じろう》が、

「言っておくが、すぐに食べちゃだめだぞ？　カボチャは追熟な。約束だぞ」

「あの話、続いてた？」

レンがツッコみました。確かにしっかりと追熟したカボチャは大変に美味しいですが、今はそんなことを考えている余裕は、一切ないのです。レンは〝かぼちゃだんご〟が一番好きです。

次がシチュー。

「何か策があるのか？」

ボスが、ピトフーイに訊ねました。あって欲しいと願っている口調でした。後ろに控えるＳＨＩＮＣの面々も、尊敬と期待の面持《おもも》ちで、タトゥーの刻まれた顔を見据えます。

タトゥーが歪みました。ニヤリ笑顔でした。

「あるっちゃー、ある」

「ほう！」

「でも、それには、とある人を説得しないとねえ」

言いながら、嫌《いや》らしい流し目でピトフーイが見たのは、モシン・ナガンを構えたまま敵スナイパーを探していたシャーリーの背中でした。

ＳＨＩＮＣやレンの視線をヴァーチャル空間で感じたのか、当人が、

「呼んだか？」

険しい顔で振り向きました。


「エネミー御一行様《ごいっこう》、モリモリいらっしゃってるよー！　なんでもいいから急げー！」

監視《かんし》のクラレンスの声を聞いて、

「じゃあ手短に」

ピトフーイは、策を語ります。

「まず、ライフルはトーマに持たせてビルの上に」

「そうか上から狙うのか！」

ボスが意気込んで、

「まだ終わってない」

ピトフーイから窘《たしな》められました。

「は！　すみません！」

ビシッと謝ったボスに、シャーリーが、

「いいから早く言え」

「はいはい。トーマは相手のスナイパーだけを探して狙って。迫る連中は撃たなくていい。どうせデスクを上に向けられたら射抜けないし。アイツらは、全員ビルに入れてしまっていい」

「ルール忘れたか？　負けるぞ？」

シャーリーの言葉は尤《もっと》もすぎて、聞いていたレンは、ピトフーイが勝負を諦めたのかとすら思いました。

「まあまあ。するとアイツらはビルを登っていく。頂上までは、どんなに早くても2分。最低、そこまでの余裕はある」

2分というのは――、100メートルを二十五階と仮定。折り返しの階段を1フロア分登るのに、5秒弱といった計算。とんでもない早業《はやわざ》になりますが、レンなら可能です。

「で？」

「その隙《すき》に、シャーリーがスキーでここからかっ飛ばす」

「ぐっ――！」

名指しされたシャーリーが、喉にご飯でも詰《つ》まったような声を出しました。

シャーリーは、スキーを持っています。《山スキー》、あるいは《ゾンメルスキー》と呼ばれる、後ろには滑らないように加工された板。

　SJ2で雪山をスイスイ登ったときに使ったアイテムで、大して重くないので、常にストレージに収まっています。

「なんで知っているのかは後で問《と》い詰《つ》めるとして、確かに、あのビルまで1分以内で突っ走《ぱし》れるだろう。しかし——」

「残り60メートル！」

　クラレンスの報告の後に、シャーリーは言葉を続けます。

「しかし、ビルにたどり着いてどうなる？　私一人で、敵をどうにかできるものか」

「ムリ。でも、〝ビルをどうにかする〟ことはできる」

「は？」

「エムのバックパックに、デカネードを持てるだけ入れて持ってく。で、ビルに着いたら自爆する」

「はあ？」

　あっ！　なるほど……。

　レンは気付きました。気付いてしまいました。ピトフーイの策に。

　甲高い音が近くから聞こえました。少しでも進撃速度を遅らせようと、エムがPPSh—41をフルオートで撃ちまくっています。この銃は上部に排莢《はいきょう》のための穴があるので、金色の空薬莢が噴水《ふんすい》のように湧《わ》き出《で》てきます。顔にぶつかったら痛そうです。

放った銃弾は、だいぶ近くなったデスクにかなり命中しましたが、命中しただけでした。

10発ほどばらまいたエムがすぐさま身を翻《ひるがえ》して、一瞬前までいた場所を、敵モンスターからの狙撃の弾が通り抜けていきました。バレット・ラインがたくさん出る連射は、自分の居場所を灯台のように教えるようなものです。

「残り55メートル！」

「で、私が自爆してどうなるというんだ？」

憤るシャーリーに、レンが、

「ビルがぶっ倒れる！」

答えを叫びました。

「大型プラズマ・グレネードの連続爆発なら、あの細いビルなら、ほとんどが削られる！　ビルはぶっ倒れる！　わたしが、SJ3で船をへし折ったみたいに！」

おお、と周囲の人間のどよめきが聞こえました。ただしクラレンスを除く。

「50メートル！」

「ああなるほど！　クソッタレが！」

シャーリーが、左手を勢いよく振《ふ》り回《まわ》しました。そして目の前に実体化する、裏にアザラシの皮を張り付けたスキー板二枚と、ストック二本。

「エムよろ」

「おう」

エムは空のバックパックを降ろすと、中にデカネードを押し込み始めました。5発ほど入れて、まだ余裕はありますが、バックパックの口をしっかりと閉じて、シャーリーに合わせてストラップを調整します。

「これを」

ボスがシャーリーに差し出したのは、通常タイプのプラズマ・グレネード。タイマーは〝0秒〟を表示しています。スイッチを押すと即《そく》爆発の、ブービートラップ、または自爆用設定。

「恐《おそ》れ入《い》るぜ。水杯《みずさかずき》はないのか？」

意味が分からなかったボスの代わりに、ピトフーイが答えます。

「ゲームだから後でね」

「けっ」

ピトフーイを睨んでから、シャーリーはバッグを背負い、窓に一番近い柱の陰で、スキーを足に装着しました。ブーツの爪先だけが固定されます。

「トーマ、頼む」

「ウラァ！」

モシン・ナガンと弾を持ったトーマと、スポッターとして同じくスナイパーであるアンナが、ボスの命でオフィスを駆け出ていきました。

「残り30メートル！」

シャーリーはストックを両手に握り、腰の後ろに起爆《きばく》用の1発を装着して、

「だがな、モンスターがビルに入っても、全部が登るとは限らないぞ。こっち側に来て、窓際で待《ま》ち伏《ぶ》せしていたら撃たれてお終いだ」

「それはそうだけど、私は全員で登ると踏んでる」

「理由があるんだろうな？」

「モチのロン。その方が安心できるから。登るのが一人だけだと、ビルの途中で転んだり、障害物があったりしたら止まっちゃう。行ける限り全員で行く方が、安心感が高い」

「けっ！　モンスター連中に安心もへったくれもあるかよ」

「残り20メートル！」

「あら？　まだ気付いてないの？」

「…………。何に？」

「残り15メートル！　もうビルの陰に入るよ！」

「話は後でだ。クソ、その予想、アテにするぞ！」

シャーリーは、窓の外へと飛び出すためにグッと腰を落としました。

残り時間、05：00。

「入った！」

双眼鏡から見えなくなると同時にクラレンスが叫び、

「クソがっ！」

シャーリーは汚い言葉と共に飛び出しました。

スキーは、深雪にそれなりに沈みましたが、彼女が勢いよく腕と足を前後に動かすと、文字通り、滑るように進んでいきます。

「速っ！　あれ欲しい！」

レンがM12Sを一応構えながら言って、

「人のオモチャをなんでも欲しがるんじゃありません」

フカ次郎《じろう》に怒られました。さっきから、たぶん犬小屋を作っているだけのフカ次郎《じろう》に。

雪原に平行な二本線を描きながら飛ばしていくシャーリーですが、10メートル進んでも撃たれませんでした。20メートル進んでも。

エムが、敵に狙撃されるために、窓際でPPSh—41を再び撃ちまくりました。300メートル離れたビルへの乱射。

シャーリーが、30メートル進みました。

敵は、陽動に引っかかりませんでした。撃ってくるエムではなく、シャーリーを狙ったのです。レンにも、シャーリーを指し示すバレット・ラインが見えて――、

警告を発する前に、シャーリーは横にパタンと倒れました。急ターンが苦手なスキーでの歩行時に、もっとも効果的に避ける手段です。

銃声が雪原に走って、雪にほとんどが吸収されて、ビルの壁で少しだけ反響しました。

シャーリーのヒットポイントの減りは皆無。つまり避けきって、

「やった！」

レンの歓喜と共に、頭の上からの轟音。

トーマが撃ったに違いありません。相手の位置を見つけての即反撃。もう1発。さらに1発。頭を出させないための連射です。

シャーリーは、体を覆った雪を弾き飛ばしながら、ストックを介《かい》した腕の力で一気に立ち上がりました。

すごい！

深雪でのこの体捌《たいさば》きは、雪に相当に慣れている様子。道産子のレンには、大変によく分かります。シャーリーのリアルは、どこにお住まいなんでしょう？

シャーリーは、また力強く進み――、

「頑張れ相棒！」

クラレンスの、

「いっけー！」

そしてレンの声援《せいえん》を背に受けます。

ピトフーイはというと、余計なことは言わないで黙っていました。

トーマの4発目の射撃後、

「命中！　赤いエフェクトが散るのが見えた！」

上層階でスポッターをやっているアンナからの声が、全員の耳に届きます。

「やった！」

レンが喜びの声を上げましたが、

「さっきは、敵は全員で登るって言ったけど、これで戻ってくるヤツもいるかもね」

ピトフーイが、〝あら、そろそろお昼かもね〟くらいの気軽さで言って、

「クソがあ！」

シャーリーは滑りながら絶叫《ぜっきょう》しました。残りは80メートルほど。

さらに必死に足を動かし、滑っていきます。クロスカントリースキーの、ゴール直前、ラストスパートのように。

シャーリー頑張れ！　シャーリー頑張れ！　シャーリー頑張れ！　シャーリー頑張れ！　シャーリー頑張れ！

五輪中継《ちゅうけい》のようなレンの心の応援が届いたか、シャーリーは残りの距離を無事に滑り終えました。

ゴールである棒のようなビルにたどり着いて、青い爆発を生み出しました。

デカネードの爆発直径は最大20メートル。ビルの一辺を余裕で包《つつ》み込《こ》む大きさです。

それが5発。誘爆に次ぐ誘爆でモリモリと広がった青い球体が外壁をグズグズに崩していき、その膨らみは三階ほどにまで達します。

そして、爆風は周囲の雪を弾き飛ばして地吹雪《じふぶき》を生み出し、レンの視界からビルを奪いました。

数秒後、爆音がまだ響いている中で、雪がスッと晴れました。レンに見えたのは、根本をごっそりと抉《えぐ》られたビル。

建っていますが、三階部分まではアイスをスプーンで掬《すく》ったかのようにゴッソリと抉られています。一番細い箇所《かしょ》で僅か二割、つまり2メートルしか、その形を残していません。

でも倒れないのか……？

レンが危惧した瞬間、それを否定するかのように、残り二割の部分が砕け散りました。

高い高い塔《とう》は一度姿勢を落とし、それからゆっくりと傾き始め、じわりと加速度を付けて、

レンの方へと倒れてきて、

「うひっ？」

レンが後ずさって逃げようとしましたが、

「安心せー、高さ足りねーよ」

「あ、そうか」

フカ次郎《じろう》に言われて納得して、そのまま豪快な倒壊を見届けることにしました。

150メートル離れた場所から、90メートルは残っているビルが倒れてくるのは、

「うひい……」

ぶつからないと分かっていても、かなりの恐怖感でした。

「わひょよー！」

同じくクラレンスが怪しい声を上げて、

「これは怖い……」

ソフィーが漏らしました。

シャーリー以外の全員の目の前で——、ビルが横倒しになりました。

深雪への激突で、周囲は再び猛烈な地吹雪となりました。レン達が潜《ひそ》むオフィスの中にも、

今度は実際に雪の粒が吹《ふ》き込《こ》んで、

「ぶひゃあ！」

体の半分を真っ白の雪まみれにしてくれました。

雪がクッションになったとはいえ、かなりの音が響き、そして地面が揺れました。重いデスクが、音を立てて暴れました。

それら全てが10秒ほどで収まると――、

「ぶべっ！」

口から雪を吐《は》き出《だ》しながらレンが見たのは、きれいに横倒しになったビル。

全部を粉砕《ふんさい》させるとグラフィック表現や処理が大変なのか、ビルはまるで棒を倒したかのように、そのままの姿で横倒しになり、雪にめり込んでいました。リアルでは絶対にありえないですが、ここはゲームの中。縦横10メートルある屋上の、上部八割ほどが、60メートルほど先に見えています。

中にいた、そして階段をひたすらに上っていたモンスター達がどうなったか、ここからは分かりませんが――、まあ無事ではないでしょう。

「あとはあそこに行くだけ！」

レンが意気込みました。残り時間は03：50。かなりノンビリ行っても間に合いそうです。

しかし、そんなレンの希望を打ち砕く、ピトフーイの台詞《せりふ》。

「いや、ゴールは変更」

「はい？」

「だって、今はもう〝一番高いビル〟じゃないもん」

「え？　えええええっ？」

レンは驚きつつも、そんなのあり？　とピトフーイを見上げて、

「正解です。よく説明を聞いてくれて、感謝します」

スー三郎《ざぶろう》が久しぶりに口を開きました。

「次に高かった、そして今一番高いビルの屋上がゴールよ。つまりアレ！」

ピトフーイが格好よく指を差したのは、ここから200メートルほど南西に建っているビル。

パッと見で十階はありますので、その高さは40メートルほど。

「じゃあアレに行くの？　でも――」

残り時間は03：30。

「間に合わ……、ない？」

200メートル雪の中を進んで、階段を40メートル登る。

登るのは、50秒もあれば可能です。

足場さえよければ、200メートルなら30秒も必要ありません。

しかし、胸まで雪に埋まるレンが、2分半であそこまで行くのなど、絶対に無理です。たとえエムに肩車で運んでもらっても、無理なものは無理です。

「お、終わったあああ……」

レンの絶望が声になって、ボス以下ＳＨＩＮＣの面々が力の抜けた息を吐《は》いたとき、

「諦めたらそこで、ゲーム終了だよ」

フカ次郎《じろう》が、ポンとレンの背中を叩きながら言いました。

どんな文句で文句を言おうかと思いながら、レンが振り向くと、

「ほら、お前のオモチャだ」

フカ次郎《じろう》が、レンに差し出してきたのは――、
そのへんに転がっていた鉄パイプ製のイスを馬鹿力《ばかぢから》でぶっ壊して、そのパイプを怪力でひん曲げて縦長の輪っかを作り、一方に座面の板を縛《しば》り付《つ》け、中央に固定用のロープを張ったモノ。

すなわち、〝スノーシュー〟と呼ばれる海外製の〝かんじき〟。雪上歩行器具。

レンはこれを使ったことがありませんが、香蓮《かれん》ならあります。地元での雪上ウォークイベントで、何度も。

「フカっ！　愛してる！」

「知ってるぜ」

SECT.6

第六章 ドラゴン狩り ―第四の試練・前編―

第六章 「ドラゴン狩り ―第四の試練・前編―」

「皆様おめでとうございます。第三の試練――、見事にクリアです」

スー三郎《ざぶろう》の言葉を、レンは高さ40メートルの場所で聞きました。

雪原をスノーシューで高速で駆け渡り、階段を人間離《にんげんばな》れした最高速で走り登って屋上に出ると、本当に〝どこで○ドア〟のように、ぽつんとドア枠とドアだけが置いてあったので、レンが開いてくぐり抜けた瞬間でした。

時間にして、12時58分42秒。

眩しかった雪原から、暗く何もない空間へとワープさせられました。SJのときの、ゲーム開始前と死亡直後の待機エリアに似た場所です。

レンの目の前で光の粒子が形を作り、十一人の仲間達が次々に実体化しました。誰一人《だれひとり》欠けることなく。

よくやった凄い頑張ったやるじゃん最高さすレン。

ほぼ全員が口々に自分を称《たた》える中、レンはさっきまで仮死状態だったシャーリーに近づいて、

「ありがと。お疲《つか》れ様《さま》」

「そいつはどーも」

シャーリーが、少しだけ笑顔で答えました。そして、

「その場から動けなかったが、よく見えてたぞ。レン、お前――、雪国生まれだろ？」

「おっと、リアルのことはナイショだけど――、そうだよ」

「感服したぜ」

「そっちのスキーこそ」

「いやなに」

女同士の熱い友情が高まりそうな瞬間を、

「はいはい、馴《な》れ合《あ》いはそこまでー」

一言でぶち壊《こわ》せるのが、さすがピトフーイ。それはシャーリー、ムカッとしますわ無理もない。

「ワンちゃんが何か言いたげよー」

しょうがない聞こうと、レンはフカ次郎《じろう》が抱いているスー三郎《ざぶろう》を見ました。

「皆様、いよいよ第四の試練が近づいています。5分後に始まります」

レンが腕時計を見ると、13時ジャストでした。

「皆様の装備は全て戻っていますので、この間に戦闘準備を整えてください。ヒットポイントも回復しています」

「ホントだヒャッハー！」

大ダメージを受けていたクラレンス、跳《と》び上《あ》がって大喜び。

そして全員が左腕を振って、レンも当然倣います。目の前にウィンドウが立ち上がり、
あったよかった！

ピーちゃんもヴォーちゃん達もナーちゃんも、そしてマガジンポーチその他装備一式も、ちゃんとストレージに入っていました。いつもの〝一括装備〟を選択《せんたく》して、戦闘服だけだったレンの体が、戦える格好に戻りました。空中で実体化したＰ９０を手に取って、

「よしよし……。久しぶりだね、ピーちゃん……」

愛おしげに、そっと抱きしめました。グリップが創り出すなだらかな曲線を指で触れて、静かになぞりました。そんなことをしているのはレンだけでした。

ストレージから実体化したばかりの銃器は、装填されていません。全員がそれぞれの銃器にそれぞれの弾薬をそれぞれの方法でチャージする音が、ジャキンジャキンと、黒い空間に響きます。

それが収まって、全員が再び牙《きば》を取《と》り戻《もど》し、戦いの決意を固め、鋭い目を光らせて――、まだ４分以上ありました。

「座ろっか？」

ターニャが言って、

「そだね」

アンナが返します。

そして十二人と一匹が、ペタンと床に座りました。リラックスリラックス。

「おい、ピトフーイ」

足を投げ出して座り、R93タクティカル2を腿の間に立てているシャーリーが、首だけを向けて訊ねます。

「なにー？」

「時間があるから話してもらうぞ。さっきの十二体のモンスター、私は〝何に気付いていない〟っていうんだ？」

そういえば、自爆特攻直前にそんな話をしていました。答えはなんなのでしょう？

気になったレンが聞き耳を立てると、

「ええっ？　シャーリー、それマジ問い？」

意外なところから声がしました。クラレンスの口からです。

「え？」

シャーリーが口をポカンと開けて、

「お前……、気付いていると？」

それから相棒に訊ねました。

クラレンスは、イケメン顔を怪訝そうに捻って、さもなんでもないことのように答えます。

「あのモンスター達、全員プレイヤーでしょ？」


「なぬ？」「え？」

シャーリーとレンの口が揃って、

「は？」「はい？」

SHINCの六人が、三人ずつ二つの言葉を揃えました。全員驚いていていましたが、

「えーっ！　ちょっと待ってよ気付いてなかったのホントに……？」

クラレンスが一番驚いていていました。

「やるじゃんクラちゃん。どこで分かった？」

ピトフーイがそう言うということは、正解ということです。シャーリーは、クラレンスの答えを聞くことにしました。レン達も。SHINCも。

フカ次郎《じろう》はというと、長い髪をナイフ簪で整えた後は、

「よーしよしよし、ほうれほれ、かわいいかわいいかわいい」

スー三郎《ざぶろう》を撫で回しているばかりです。

「どこって、うーん、なんかいろいろと変だったからかな？　敵が普通にエネミーモンスター

だとしたら、俺達がドアをくぐるのをあれやこれやで妨害《ぼうがい》するってだけの設定でいい。それなのに、向こうも同じゴールを目指すの？　同じようにフィールドで武器を探して？　なんでそんな、面倒なシステムにしちゃうの？」

言われれば確かに……。

レンは心の中で頷きながら、クラレンスの言葉の続きを待ちます。

「あと、戦い方が全然モンスターっぽくなかったよ。同じように雪をかき分けて移動したり、同じビルに籠もったり、相手の動向を探ったり、残り10分ちょうどに、楯を使って動き出したり、スナイパーを一人残したり。なんか人間臭《くさ》かった。いや、臭《にお》いはしなかったけどね」

「なるほどねー。うんうん。そのへんか。うんうん」

「はあ……。参ったぜ」

シャーリーがシャッポを脱《ぬ》いで、

「なるほどー」

レンは感心しました。

「つまり、わたし達みたいなクエストの参加プレイヤー——、別のチームを反対側に出して、わたし達と競《きそ》わせたってことか。お互い、相手がモンスターに見えるように、視覚情報をいじって」

ここはゲームの中ですから、見える相手のグラフィックを変更するなど簡単でしょう。向こう側には、レン達が似たような化け物に見えていたに違いありません。

「だから、キッチリとスタート時間が揃えてあったのだな……」

ボスも納得。SHINCの面々も納得。ただ、

「残チーム数が奇数《きすう》だったら、どうするつもりだったんだろうね？」

ソフィーが疑問を呈《てい》して、ローザが答えます。

「どこかのフィールドだけ、三チームの競争になっていたんだと思うよ」

「なるほどー」

「にしても、レンちゃんが気付いていなかったのが、ちょっと解《げ》せぬなあ」

ピトフーイにそんな事を言われて、レンは目を丸くしました。

「え？　どして？」

今度はピトフーイが目を丸くしました。

「どして？　って言われても……、ああ、分かった！　分かった！」

「はい？」

「レンちゃん、SJ1の優勝賞品である、スポンサー作家のサイン入り小説——、読んでないでしょ？」

突然話があらぬ場所へと飛んで、レンが再びキョトンとしました。そして、

「う？　うん……。全然……」

「素直でよろしい。納得納得」

「はい？」

ＳＪ１の、そしてＳＪ３とＳＪ４の主宰者《しゅさいしゃ》である、五十代の病的なガンマニア作家。彼はＳＪの優勝賞品として、サイン入りの小説セットを用意していました。ＳＪ１の優勝後、運営団体ザスカーに登録してあった香蓮《かれん》の住所に、大きな段ボールが届きました。

香蓮《かれん》は、確かに読んでいません。サイン本を古本屋で売るのも失礼かと思い、タンスの中で肥やしになっています。まあ、いつかは廃棄《はいき》しなければと思っているのですが。

しかし勝手に納得されると、なんとも居心地が悪いです。レンは訊ねます。

「あの小説と、このクエストに何の関係が……？」

「シチュエーションがそっくりなの」

「というと？」

「あのクソ作家が自作の中で書いたバトルが、ここまでの試練に酷似《こくじ》してる。最初の弾数無制限バトルは、大通り交差点の銃砲店《じゅうほう》に立《た》て籠《こ》もった人達が、犬や猫のゾンビの群から逃げるハナシ――、『僕等《ぼくら》のクロスロード作戦　～ペッと片付けちゃいましょう～』って短編のまんまだし」

「はあ……」

読んでないから知らないよ。なんだよそのタイトル。

レンは思いましたが黙っていました。

「次の試練は、突然不老不死になっちゃった兵士達が、未来から来たロボット軍団に立ちむかって戦う、ひたすら痛い描写《びょうしゃ》ばかりのマゾ小説——『痛恨《つうこん》の極《きわ》み！　アッー！』ってハナシの設定そのもの。ジョニー・セブンは出てこないけど、〝あとがき〟で、海外オークションで落とそうとしたら〝日本に発送できません〟って書いてあって泣く泣く諦めたって話が載ってたっけ」

「はあ……」

読んでないから知らないよ。それにしても、ヒドいタイトルの小説だ……。

レンは思いましたが黙っていました。

「で、さっきのは、〝某バトロワゲームのパクリ〟とネットで散々叩かれた、未来の就活が生き残りを賭けたサバイバルバトルだったって短編——『死亡動機　～やりがいが試せる戦争～』とシチュエーションがそっくり。ちなみに、そのハナシだと〝敵役《てきやく》のロボット兵〟って言われていたのが、実は同じ就活生だったたって設定。最後は全員倒して内定ゲット」

「はあ……」

読んでないから知らないよ。しかしまったく、タイトルセンス皆無だなそいつ……。

レンは思いましたが黙っていました。

「というかピトさん、それに気付いていたのなら早く言ってよ」

「今言った」

その後ろで、金髪サングラスのアンナが、とっても納得して感心した顔をしていました。目は見えませんが、口元だけで。

「このクエストのシナリオライターは、その作家で間違いないな」

エムが言って、

「でしょーねー」

ピトフーイは肯定。そして追加します。

「自分の考えたバトルシチュエーションをどうプレイしてくれるのか、今頃見ながらニヤってるのよ」

後ろからボスが問います。

「すると、次の試練も予想できるか？」

「そりゃムリかなー。あのクソ作家、短編の数だけは、とーっても多いからね。変なシチュエーションを書くのが好きみたいだし。ただ、試練が始まったら分かるかも」

「それでも、我らの有利には運べるな」

「まーね」

「でもさあ、ピトさん――」

レンが懸念を口にします。

「どんどん厳しくなっていく以上、過酷《かこく》なバトルにはなるよね……？」

「そのとーり。レンちゃん、どう思う？　正直な感想をお一つ」

「面白い！　暴れてやる！」

「それでこそ、私のレンちゃんだ！」

「へへへ！　あ、いや、ピトさんのじゃないし」

レンが答えた瞬間、転送が始まりました。


13時05分。

レンが目を開けると、そこは荒野でした。

硬《かた》く締《し》まった茶色の大地が、平らにどこまでも広がり、高さがバラバラの岩がランダムにそびえます。

これはまたアレですね、ＳＪ１の最終バトルが行われたフィールドデータの使い回し。

「なんか懐かしい……」

思わず声がこぼれたレンです。

「だな」

思わず同意の声を漏らしてしまうボスです。この二人の友情は、ここから始まりました。

スー三郎《ざぶろう》が言います。

「皆様、第四の試練の内容を、お伝えします。あれを倒してください」

アレ？

レンが首を捻ったのと、

「あれっ！」

ソフィーが声を上げるのが同時でした。

太い腕が指さしているのは、空中。太陽の下なので南側、300メートルほど向こうでしょうか。よく晴れた赤い空の中に、実体化していく物体があります。

青みがかかった緑色の光の粒子が生まれ、緩やかにふわふわと漂《ただよ》い、やがて高速で一点に集まって形を作っていくのですが――、

「え？」

それが数秒経っても終わりません。

レンが、そして残りの十一人が見上げる中、粒子はどんどん集まって、集まって、さらに集まって、集まって、集まって、集まって、集まって、

「まだかっ！」

レンの叫びが聞こえたのかは分かりませんが、とうとう光の塊が、鈍い赤色へと変化しました。

そしてその形を現します。

それは——、ドラゴンでした。

長い首に、巨大な口を持つ大きな頭。短い四つ脚《あし》を備えた胴体に、あまり大きくない、コウモリのような翼《つばさ》。そして、蛇のような長い尻尾《しっぽ》。誰が見ても、西欧《せいおう》風の竜《りゅう》、つまりドラゴンとしか言いようがありません。

それは——、機械でした。

体は金属製で、くすんだ赤色に光っていて、側面は明らかにツルツルです。首などの可動域には鎧《よろい》のような重なりがあり、四肢《しし》では機械の関節部分が剝き出しです。

形は作りましたが、まだ成長中でした。さらに光の粒子を集めながら、膨らむように大きくなっていきます。全体を見せつけるかのように、ゆっくりと横に回転しています。

巨大なモンスターは、フィールドやクエストのラスボスとして、GGOにも多種多様に存在していますが、あれを見るのは初めてです。デザイン的にラフな部分があるので、前回のSJのように、ボツになったデザインでしょうか？

「何アレ？　メカ・ドラゴン？」

クラレンスがぽつりと言って、

「名前は特にありません」

スー三郎《ざぶろう》が真面目な口調で答えました。

これは地味に重要な事です。ボスでも雑魚《ざこ》でも敵には名前があり、自分達が認識した段階で、それが視界の中に表示されるのがＲＰＧの倣い。

その名前の下にヒットポイントゲージも出るので、あとどれくらいで倒せるか、自分達の攻撃が効いているかなどが分かります。あるいは、もうダメだと逃げ出すタイミングが。

名前を決めていないのは相当の手抜《てぬ》き感がありますが、そこに理由があるのやらないのやら。

ひょっとして、ヒットポイントも出ないいんじゃ……？　だったら超やりにくい……。

レンを含め全員が心配したのを忖度《そんたく》したのか、スー三郎《ざぶろう》は言葉を続けます。

「一度でも攻撃を与えると、残ヒットポイントが出ます」

ああよかった。

レンが小さな胸をなで下ろします。

「名前ないの？　じゃあ、あれは〝メカドラ〟で！」

クラレンスが名前を決定し、少なくともこの十二人の間では、あの敵はメカドラとなりました。とりあえず呼びやすいので、文句を言う人はいません。

しかし、でかい！

レンが、ジワジワと大きくなっていくメカドラを見ながら思いました。

「なんだありゃ。何メートルあるんだ……」

ボスの言葉に、ドラグノフのスコープを覗いていたトーマが、

「距離は分かる？」

レンはすかさず単眼鏡を取り出して、メカドラを狙いながらボタンを押しました。

相手までの距離がデジタル表示で出て、

「胴体で320メートル！」

それを伝えました。

「ハラショ！」

返したトーマは、スコープのレンズの中に刻まれている距離測定目盛りを見て3秒ほど考え、そして答えます。

「ラフな計算だけど……、胴体長で10メートル！」

すると尻尾が同じくらい。さらに首と頭が15メートルくらいはありそうです。つまり、

「全長35メートル！」

レンが呆れました。

学校のプールに浮かべても、まだ尻尾が完全に余る大きさです。胴体幅は、最大で5メートルほどでしょうか。

「でっけーなー。で、急所はどこなん？　やっぱり目とか？　それとも逆鱗《げきりん》？」

クラレンスが犬に聞いて、スー三郎《ざぶろう》は即答。

「わたくしには、その情報は与えられていません」

「って言うように言われているんだよね？」

「ご想像にお任せいたします」

固く言い放ったスー三郎《ざぶろう》と、

「やめろ、スー三郎《ざぶろう》をいじめるな！」

それを庇ったフカ次郎《じろう》です。別にいじめてはいませんが。

スー三郎《ざぶろう》の説明は続きます。

「皆様のヒットポイントが全損した場合、そこでクエストから永遠に離脱《りだつ》、グロッケンに戻されます。ご用心ください」

すなわち〝普通に死ぬ〟ということです。気を引《ひ》き締《し》めていかねばなりません。

「なお、制限時間は21分。13時30分までになります。倒せなければ、次の試練へは進めません。では、皆様のご武運をお祈りしています」

レンの視界の右上で、21：00、再びタイマーが現れました。20：59になりました。

同時にメカドラの実体化が終わったようです。集まる光の粒子がなくなり、回転が止まり、メカドラが二つの目を青白く光らせました。

浮かんでいるまま、ゆっくりと長い首を持ち上げて、大きな口をガバッと開けて、

「ぐがぁっ！」

鋭い叫び声が、1秒ほど遅れて届きました。

赤い巨体がスーッと地面に近づいて、最後は大きな岩の向こうに見えなくなりましたが、大量の土埃が舞ったのと、地面が揺れたことで着地が分かりました。

そして、ドシン、という四肢が大地を踏みしめる音が、やはり1秒ほど遅れて聞こえました。

「アレを倒すのか……。どうやって？」

「人に頼るなよ、レン。まずはお前の鍛《きた》え上《あ》げた高速とピンクを生かして、一発丁寧なご挨拶《あいさつ》ぶちかましてこい。支援してやるから」

両手にグレネード・ランチャーを持つ仲間から温かい言葉を受けて、

「フカ……」

レンは親友の名前を呼びましたが、

「そしてターゲットに認識されて、追われてずっと逃《に》げ回《まわ》れ。踏まれているその隙に十一人で仕留める。オマエの尊い犠牲は、決して忘れない。ネバー、フォーゲット、ユー。いいヤツだったぜ……」

「うん、一緒に行こうか？」

一瞬でも心が温まった自分を後で叱ってやりたい気分になりました。

「来るぞ！」

ボスの叫び声に、レンはフカ次郎《じろう》との漫才《まんざい》を止めて、メカドラの方を睨みました。

地響《じひび》きと重低音が近づいて来ます。明らかにこちらに、猛チャージしています。

「散開！」

エムの声に、全員が散らばりました。

あの巨体が突進してきたら、どこに逃げればいいのかなど分かりません。ただし、今みたいに十二人が一塊《ひとかたまり》でいたら、一撃でストライクを取られて全滅です。被害を最小限にするため、できる限り横に広がらなければなりません。

こっちに来るなー！　頼むから来るなー！

それが仲間の危険を望むと分かっていても、願わずにはいられません。

レンは願いながらも、誰よりも速い足で左へと、北側へと避けました。この場所は走り慣れています。目の前にある岩さえ認識していれば、そして早めに避ければ、ほぼ全力疾走が可能です。

そんな神速のレンをスルリと追い抜かしていく、小さな黒い影《かげ》。

さすが犬！　速い！

三角の耳を畳み、毛を風圧で後ろに倒しながら駆けるスー三郎《ざぶろう》に抜かされて、レンは必死で追いかけました。あのワンコと一緒にいれば、まあ安全でしょう。試練をもう一つ残して、ガイドが死ぬとは思えないですし。

地響きはさらに高まって、レンが右横を見ると、メカドラの巨体が、手前にある岩を粉みじんにしながら迫るのが見えました。少し左へと舵《かじ》を切ったようで、もうレンの場所は安全なの

は間違いないですが、

「ああ！　ソフィー達逃げて！」

ＳＨＩＮＣのメンバーで足の遅いソフィー、そしてローザが、その進む先にいて、間にあわ、ないっ……！

レンは二人の死を覚悟《かくご》しました。足を止めて、巨体を睨み続けます。

そして、メカドラはソフィーとローザを──、

「あれ？」

跳《と》び越《こ》えました。

大地を踏みしめる音が消えて、代わりに巨体が風を切る唸り音が鳴って、巨体が宙を舞いました。

とはいえ翼が小さいことで分かるとおり、飛べないようです。数メートルの高さでジャンプすると、ソフィーとローザを跳び越え、二人から20メートルは離れた場所に着地。大地を激しく揺らしました。

助かった……。

ひとまずホッとしたレンですが、

「ヤバいっ！　全員で追え！　全力っ！」

ピトフーイの叫び声が通信アイテム越しに耳に届いて、そして目には風景が届いて、理解し

ました。

メカドラが、逃げています。一生懸命《いっしょうけんめい》逃げています。遁走《とんそう》です。左右に揺れる太くて長い尻尾が、どんどん小さくなっていきます。

クラレンスが、

「あいつっ！〝逃げボス〟だ！」

「そんな言葉があるのか？」

シャーリーが聞いて、

「あるよ！　今作ったから！」

「そうか……」

何はともあれ、追わなければなりません。追わなければ倒せず、倒せなければクリアができません。残り時間、20:04。

レンはメカドラの揺れる尻尾を追いかけ始めながら、

「逃げるなっ！　わたしがターゲットだ！」

P90を連射しました。放たれた小さな弾丸が、100メートルほど向こうを走る巨体の方向に飛んでいき、的が大きいので着弾したのでしょう。赤い尻尾で火花を散らしました。

そして、メカドラの体の右上に、数字が緑色で〝100〟と出ました。ヒットポイントのパーセンテージでしょう。全然減っていません。まったく減っていません。ビタイチ減っていません。

「レンちゃんとターニャは、とにかく食らいついて！　絶対に見失わないようにっ！」

ピトフーイが命じて、

「了解！」

「アイサ！」

他のみんなが追いつくかはさておき、レンは自分にできることをやると決めました。

全力疾走で、巨体を追いかけます。岩の塔をぶち壊しながら進むおかげで、大地にボロボロの石が大量に転がっていますが、そんなのは全部避けるか跳び越えるかすればいいのです。転ばないようにだけ、ひたすら注意して走り続けます。

全力で駆けるレンの後ろを、やや遅れながらターニャが続きました。全速力はレンの方が速いので、ジワジワと離されてしまうのは仕方がありません。

残りの十人は、足が遅いながらも追いかけますが、

「どーすんだあれ？　あんなの追いつけるかっつーの」

クラレンスが不平を口にしました。まあ、ムリでしょう。

「おいピトフーイ！　話は思い出したか？」

シャーリーが怒鳴《どな》るように聞きました。彼女は一瞬だけ、炸裂弾を装塡したR93タクティカル2をメカドラへ向けたのですが、撃つのは止めました。弾がもったいない。

「どれかなあ……、たくさんあるからなあ……。でも、記憶にはひとまずないなあ……」

ピトフーイが見つけられずにいると、

「私！　分かる気がしますっ！」

後ろから声を上げたのは、金髪サングラスのアンナ。リアルの話をするからか、敬語になっていました。

「私も小説好きなんですけど、さっきのピトフーイさんの話を聞いて思い出しました。このシチュエーションは、あの作家さんの新作長編です！　タイトルは『ロード・オブ・ザ・ホイール』！」

「あらま？　じゃあ賞品にはなかったのか。そりゃ分からんわー」

ピトフーイが、匙《さじ》を投げて、

「実に訴《うった》えられそうなタイトルだな」

エムが正直な感想を漏らしました。だよねー、とクラレンスがポツリ。

「アンナ、どんな話だ？」

ボスは訊ねました。〝アンナ〟と〝どんな〟で、韻《いん》を踏んでいました。

こうしている間にも、メカドラはドカドカと逃げていて、自分達の足では、到底《とうてい》追いつけそうにもありません。

追いつけそうなレンとターニャが足止めをしてくれることを願うばかりですが、二人の火力では、あの巨体は絶対に倒せないでしょう。このままではただの運動会で終わります。ヒントがあるのなら、是非《ぜひ》とも欲しいところ。

アンナが、走りながら答えます。

「あらすじを言うと、〝機械のモンスターが跋扈《ばっこ》する荒野ばかりの異世界が、ニューヨークの地下道と繋がった。アメリカ政府は、極秘裏《ごくひり》に異世界に車両とガソリンと銃器を輸出、地球では取れない薬品を輸入し、巨万《きょまん》の富を得ていた。ケチな車泥棒《どろぼう》のジョシュとメアリーは、警察に追われて隠れた盗難《とうなん》車ごと、異世界に輸出されてしまう。しかしそんなことでめげる二人ではない。使い慣れた車と銃を使い、モンスター退治をしながら成り上がれ！〟って――」

「サンキュー！　アンナ！　分かったあっ！」

ピトフーイが叫んで、そして足を止めました。

「全員止まれ止まれ！　あ、レンちゃんとターニャ以外は止まれ！　今すぐ止まれ！」

全力疾走を止めた九人に、ピトフーイは命じます。

「周囲に絶対に乗り物が隠してある！　大きめの岩を、片《かた》っ端《ぱし》から調べて！」

残り時間、18：00。

2分ちかく荒野をひたすらに走って、見失わずにメカドラを追いかけていたレンは、通信ア

イテム経由で耳に飛び込んでくる、

「見つけた！」

「こっちにもー！」

「あるある！　大漁！」

「乗れる？」

「任せろ！」

などの声を聞いていました。ちなみに、ピトフーイ、フカ次郎《じろう》、ボス、クラレンス、シャーリーの順です。

仲間達が乗り物というお宝を見つけてくれているのは分かりますが、それがどんなものなのかは分かりません。

それよりもレンは、気になっていることがあります。それはメカドラの進路。

出現してからまずは真北に、つまり自分達へとめがけて走ってきたメカドラですが、追いかけ始めてからは、一直線ではありません。

右に左に、不規則に曲がるものですから、ピトフーイ達が、追いかけるべき方角を分かってくれるのか不安です。巨体とはいえ、これだけ距離が離れればもう見えないでしょう。

大地は堅《かた》く、足跡は見えません。跳ね飛ばした岩だけで、追尾《ついび》できるのでしょうか？　速度からいって、もう2キロメートルは離れているはずです。

「準備できた！　レンちゃん今どこ？」

そんな中でピトフーイに聞かれて、

「そんなの分かんないよー！」

泣き言が出てしまいました。視界の一番上に出してあるコンパスを見て、

「今は北西に走ってるけど！　その前は……、だいぶ蛇行《だこう》してたよ！」

「そりゃ困った。足跡見えないしなー」

どうしようと思ったレンは、ＳＪ３の序盤《じよばん》を思い出しました。あのときも、戻る方角が分からなくて、フカ次郎《じろう》達にガイドをしてもらったではありませんか。

「フカにプラズマ・グレネード撃ってもらって、それを空中で撃って！」

あの爆発なら、灯台のように見えるはずです。レンが見えた方位角を教えれば、１８０度引いた、あるいは足した方角が、仲間達の進む角度。

「それムリー。あのデカブツ用に、１発でも無駄にできないから」

ピトフーイに即答されて、

「ではどうしろとー？」

「道標なら任せろ！」

ボスからの頼もしい声が戻ってきました。

「ターニャ、見逃《みのが》すなよ！」

「了解！」

レンの後ろを続くターニャが答えました。

一体何を？

走る速度をぐっと抑えて振り向いたレンの目に、低い空を飛ぶ一筋の光が見えました。流れ星のようですが、違うのは綺麗な放物線を描いていることと、オレンジ色が強いこと。あれは、銃弾です。お尻を光らせる曳光弾が作る軌跡《きせき》でした。

「もちっと右をよろしくっ！」

ターニャが言いました。

そして再びの光。しかし今度はバレット・ラインです。

「そうかっ！」

テンパっていたレンは忘れていました。ゲームの性質上、どんなに遠くからのバレット・ラインも、ハッキリクッキリ見えるということが。

ラインはレンのほぼ頭の上を、低い放物線で通り抜けていきました。

「その角度！　ドンピシャ！　どうせならもう、メカドラ狙ってみよう！　ちょい遠目でー、遠目でー」

ターニャが言うと、ラインがスッと遠くへいき、走るメカドラに触れて、それを追《お》い越《こ》し、

「今っ！」

ワンテンポ遅れて、赤いラインを消しながら、オレンジの曳光弾が飛んできました。

メカドラに命中するかと思われましたが、さすがにそこまではいかず、その脇で地面に当たって土埃を立てました。

「惜しかったよっ！」

ターニャの声に、

「よっしゃ！　方位はバッチリ分かった！」

ボスの声に、レンも分かりました。

あれはSHINCの持つ〝対エム決戦兵器〟――、略して〝エム銃〟。または正式名、《PTRD1941》対戦車ライフルの発砲です。

あの銃の弾は、口径14．5ミリの化け物です。このクラスの弾丸になると、ただ飛ぶだけなら5キロメートル以上という恐ろしさ。

それを火矢よろしく目印にして飛ばして、さらにバレット・ラインを発生させ、方位を摑んだのです。超超長距離《ちょうきょり》狙撃が可能だからこその、ラインの使い方です。

「すっごーい」

レンが、追いかける足を再びトップギアに持っていきながら言って、

「なあに、SJ2のレン達の真似だよ？」

ターニャは答えました。

残り時間、16：30。

メカドラの逃げる速度がレンより遅かったのが幸いして、振《ふ》り切《き》られずにすみました。付かず離れずに追いかけていたレンの耳に、甲高いエンジン音が聞こえてきました。

「おまたー。尾行《びこう》ごくろー」

そして、後ろから砂煙《すなけむり》を上げて、一台の車両が猛スピードでやってきました。速度を落として、走るレンの左横に並びました。

「エムさん！　ピトさん！」

運転しているのはエム。右脇の席にピトフーイ。

小型で背の高い車両でした。

全長は3メートル少々。幅は1．7メートルほど。車体はとても小さく、横並びで二人分しかシートはありません。窓も屋根もなく、小さなドアと、ロールケージと呼ばれる金属パイプのガードが二人を囲むだけ。

高さは1．9メートルほどと、かなり高いです。理由は、タイヤに繋がっているサスペンションが猛烈に長いから。車体の下は、数十センチも空いています。四つ足で踏ん張っている亀《かめ》のようなシルエットです。

色は、ＧＧＯらしさを出すためにあちこちがくすんでいますが、グリーンと黒のコンビネーション。

ナンバーが取れる一般《いっぱん》車両ではなく、オフロードを高速で走ることに特化した、レジャー用の小型バギーでした。横並びのシート配置から、〝サイド・バイ・サイド・ヴィークル〟などと呼ばれています。

「後ろに荷台があるんだけど、飛び乗れる？」

「やってみる！　──たっ！」

レンは走りながら渾身《こんしん》の力でジャンプ。隣を走っていたバギーの荷台に、狭い平らなスペースに飛び乗りました。もちろん、現実ではこんなところに人を乗せて走ってはいけません。

「ほいお見事。摑まれ！」

レンが目の前にあるパイプを摑むと、エムがさらにアクセルを踏みこんで、バギーはそこからぐんぐんと加速していきます。時速にして、80キロ以上。

時折石が転がる荒れ地《あち》ですが、バギーのサスペンションストロークが猛烈に長く、しかも良く動くので、車体はふわふわと揺れるようにして安定しています。レンは、振り落とされる恐怖は感じませんでした。

速度は速いですが、前回のＳＪでのトライクに比べれば、まだマシってもんです。アレは本当に怖かった。

「凄い乗り物見つけたね！」

顔にぶつかってくる強風に負けずにレンが言って、ピトフーイが答えます。

「あちこちの岩がダミーの風船でね。割ると出てきた。ガソリン満タン！」

「カワサキの《KRX1000》だ。この場所では最高の車両だ」

エムが言って、

「名前はどーでもいい。コレだから男は」

「あはは。みんなは？」

「振り向いてみ？」

レンが言われたとおりにすると、自分の乗るバギーの立てる土埃を避けるように、横に広がって走ってくる数台が見えました。

一台はバイクです。車種は分かりませんが、四つ目のヘッドライトの付近が尖った大型のオフロードバイク。それにシャーリーが跨がり、後ろにはクラレンスという二人乗り。

「バイク！　格好いい！」

レンはバイクなどリアルでもGGOでも乗れないので、颯爽《さっそう》と乗りこなすシャーリーには憧れます。彼女の車の運転は、かなり不安ですが。

「ヤマハの《テネレ700》だ。スパルタンなビッグオフロードだ。今回……、日本車が多いな」

「名前その他はどーでもいい。コレだから男は」

「あはは」

そのバイクは、

「お先っ！」

バギーよりさらに高速を出せるようで、アッサリと追い抜いていきました。

その他の仲間達はと見ると、まずはフカ次郎《じろう》がまったく同じバギーのハンドルを握っています。助手席が空いているのが見えます。

「やほー、レン。追いついたぜ」

一応リアルで運転免許《めんきょ》を持っている、そしてカーレースゲームもやりこんでいる彼女のドライビングテクニックはなかなかのものなので、

「やほー、フカ。そっち乗っていい？」

レンは飛び移ろうとしましたが、

「わりーな！　彼氏《かれし》とデート中なんだ！　遠慮してくれや」

すぐ横に並ぶと見えました。黒い犬が、座面にちょこんと座っているのが。

「あっそう……」

さらに同じバギーが一台走っていて、ソフィーが運転し、ボスが助手席。

後部の荷台にはアンナが後ろに足を出して座り、拾い上げられたターニャがその後ろで立っ

たままパイプに掴まっています。小さな車両の狭い荷台ですので、かなり窮屈《きゅうくつ》そうです。

あまり車両の運転に慣れていそうにないソフィーですが、それでも必死にハンドルを捌いています。

ローザとトーマはどこかな？

レンが探すと、バギー以外の乗り物に乗っていました。一番後ろから付いてくるのは、一台のサイドカー。

オートバイの右脇に、人が乗る部分を取り付けた、左右非対称《ひたいしょう》の乗り物です。くすんだ臙脂《えんじ》色をしています。

丸いライトを持った、クラシカルな外見をしたバイクに跨がり、横に広いハンドルを握っているのがトーマで、〝舟《ふね》〟と呼ばれるサイドカー部分に乗っているのがローザ。ローザはＰＫＭマシンガンを舟に据《す》え付《つ》けて、座ったまま前方と右側に撃てるようにしていました。

「サイドカー！　凄い！」

運転などできないレンですが、これだけは知識として知っています。サイドカーの運転は難しい、と。

このあたりのスキルを用意してくれないはずのＧＧＯですので、トーマは全て自分の力で運転しているということに。

「ロシア製サイドカー、《ウラル》だ。戦時中のドイツ軍サイドカーのコピーから始まったが、延々とアップデートされ続け、今でも新車で買える。サイドカー側も駆動する二輪駆動車だから、日本だと普通自動車免許で運転することができる」

「名前と歴史とメカと法規はどーでもいい。コレだから男は」

三回目のお約束を果たしてから、ピトフーイは、

「さすがトーマねえ。おそロシア」

その言葉でレンも思い出しました。トーマの中の人はミラナちゃん。日本在住期間が長く日本語もペラペラですが、ブロンドが美しいバリバリのロシア人です。

しかも、車好きの父親に、広い本国ロシアで運転を仕込《しこ》まれていたという経歴の持ち主。SHINCで唯一、マニュアルミッションの車両が運転できます。

きっと恐らく、ロシアの人だからロシアのサイドカーの一台や二台、運転できなければおかしいと、パパに言われて育ったのでしょう。そうに決まってる。そうでないかもしれないけれど、とりあえず今は格好いい。

「よっしゃ！　じゃあ、逃げるだけのラスボスを倒そう！」

レンの気合い十分な声が響いて、残り15分。

「時間がないから、追いついたところからとにかく攻撃。ヒットしたときの場所と、減ったダメージをきちんと見ておくこと！　弱点は絶対にどっかある！」

ピトフーイの的確な指示が飛んで、全員から承諾の声が響きました。

「それいけシャーリー！　一番槍《いちばんやり》だっ！」

「言われなくてもなっ！」

やはり一番早かったのは、二人乗りとはいえ一番軽い、そしてライダーの技量が素晴らしいバイクのコンビ。

跳ねるように走りながら、ドカドカと逃げるメカドラの左後ろに追いつくと、僅か10メートルほどの距離を置いて併走《へいそう》を始めます。

デジタル速度計が指し示すのは、時速35マイル（約56．3キロメートル）。これがメカドラの最高速度のようです。

地面に付かずに空中で揺れる尻尾が、振られる度《たび》にバイクに迫って、

「ちょっとシャーリー！　近すぎる！　尻尾が怖い！」

「やかまし！　死ぬ気でいけ！　オラ撃て！」

「相棒使いが荒《あら》いんだからもう」

クラレンスは、左手一本でバイクに掴まりながら、右手でＡＲ―５７を突き出しました。フルオートでの発砲。甲高い連射音が、荒野に響きました。

銃弾は外れようがなく、メカドラの尻尾で次々に火花が散って――、

「尻尾撃った！　ダメ！　全然減ってない！」

最初のレンと同じく、ノーダメージでした。依然《いぜん》、表示は１００のまま。

「脚を撃てる？」

ピトフーイが聞いて、

「やってみる！」

クラレンスは再び射撃。今度は左後《うし》ろ脚《あし》です。

関節可動部分がまる見えの機械ですが、かなりの命中弾を与えても、連続で火花が散っても、ヒットポイントのパーセンテージは減りませんでした。

「全然ダメっ！　弾切れーっ！」

50発を撃ちきってクラレンスが言って、仕方なくシャーリーはメカドラから少し離れます。

バイクの速度を落として、クラレンスが両手を使うのをサポート。

「我々がやるぞっ！」

「ウラァ！」

意気込んだのはローザとトーマ。

トーマ運転のサイドカーはメカドラの真後ろに来て、土埃の中で、ローザがＰＫＭを豪快に発砲しました。

舟に据え付けられたマシンガンからの攻撃です。安定しているので命中率も高く、尻尾にボディに後ろ脚に、花火のように連続で火花が散ってそれはとても綺麗でしたが、

「これでもダメか！」

強力な7.62×54ミリR弾を100発近く叩《たた》き込《こ》んでも、まったくダメージを与えられませんでした。数字は100のまま。

「よし！　次は我らがっ！」

ボス以下、SHINCの四人が乗ったバギーが、猛烈な勢いで迫ります。

「ソフィー、前に出ろ！」

「おうっ！」

慣れない運転の緊張で目が血走っているソフィーが、それでも必死にアクセルを踏みハンドルを捌いて岩を避け、バギーはメカドラの左脇を追い越していきました。そして、凶悪《きようあく》な顔が揺れる前に出て、

「デカネードを落とすぞ！　後続車注意！」

ボスは、自分のストレージから出した大型プラズマ・グレネードを、アンナとターニャにも渡します。3発のタイマーは、4秒にセット。

「用意！　用意！　用意！　――今っ！」

さすがは新体操部。投げるタイミングが恐ろしいほど綺麗に揃いました。

三個のスイカは大地を後方に転がっていき、そこへとメカドラが走ってくるかたちになりました。4秒ドンピシャリのタイミングで、デカネードが赤い体の下に入ろうかとした、まさにその瞬間――、

ばちんっ！

メカドラが一瞬光りました。赤いボディが、電球が切れる直前のように眩い光を放って、

「むっ……？」

そしてそのまま、デカネードを踏んづけて走り続けました。ドカドカと。

「なん、だと……」

呆然《ぼうぜん》とするボス達の耳に、

「おいどしたー？　爆発せんぞー。タイマー間違ったかー？」

ピトフーイの声が届きました。

「たぶんだけど……、無効化された……」

ボスが、それ以外考えられないことを答えました。

「電磁パルスだな」

一瞬光ったところを見たエムが、言います。

「プラズマ・グレネードの電気信管を、電磁パルスで焼き切ったんだ。分かりやすいように、演出で光らせた」

「かーっ！　さーすがメカ！　日本にいる普通のドラゴンにはできないことをやってくる！」

ピトフーイが言いましたが、日本には普通のドラゴンはいません。普通ではないのもいません。

「くっっそおおおおお！」

絶対にいけると思っていたボスが、子供が泣き出しそうな怖い顔をして悪態をつきました。

しかし、まだ車両の電子機器がやられなかっただけ感謝です。そうなると、走れなくなります。

「これって……、プラズマ・グレネードはいっさい使えないってこと？」

レンが訊ねて、

「そのようだ」

そう答えるしかないエムが答えて、

「うおおおいなんじゃ！　ざっけんなコラーっ！」

ブチ切れたのはフカ次郎《じろう》。

「私の右太《みぎた》と左子《ひだりこ》があのデカブツを射止めて、ハラワタ抜いてバラして一番いいロース肉をスー三郎《ざぶろう》のご馳走《ちそう》にする長年の計画はおじゃんかっ！」

そんな計画を持っていたことを、レンは初めて知りました。知らなくてもいい情報でした。

残り時間、13：05。

ターニャが言います。

「さっきアンナが、これも作家の劇中シチュだって言ったよね？　ひょっとしてその中に、倒すヒントがあるんじゃないかニャ？」

彼女は時々ネコ語尾《ごび》が混じりますが、似合っているからいいのです。

そうだそれニャ！

レンが思って、残りの十人も期待して、その彼等をガッカリさせる、

「実は……、さっき最後まで言えなかったんだけど……」

アンナの台詞。

「その本、まだ発売されていないのっ！」

は？

レンを含めて、十一人全員が首を傾《かし》げました。

「ごめんなさいピトフーイさん。さっき、割り込んででも言うべきでした。この小説って、発売が数ヶ月も延び延びになっているんです。さっき私が言ったのは、新刊紹介《しょうかい》文です！」

なんと！

レンは驚き、ヒントがもらえないことを残念がりましたが、

「ああ、なあるほどっ！　そういうことかっ！　──あのクソ作家ぁ！」

ピトフーイはなにかに気付いたようで、怒って叫びました。

「どゆこと？」

レンが問うて、ピトフーイは全員に答えを言います。

「発売が延びているってことは、最後まで書き終えてないんでしょうよ！　ネタ切れで！　でね、このバトルを見て、それを元に小説にしようって魂胆《こんたん》だ！」

「ああ……」

レンは理解しました。ピトフーイが怒ったわけも。

エムが大きな岩を見事なハンドル捌きで避けながら言います。

「テーブルトークRPGのプレイを、そのまま小説にするようなものか。確かに、作者一人で考えるより、ずっと多彩《たさい》な反応が描けるだろうな」

「そっ！　私達の必死の行動は、ヤツの飯の種にされるって寸法よ。ここまで生き残ったチームなら腕が立つだろうから、無茶な強敵をぶつけても、ナントカしてくれるだろうってハラに決まってる！」

「それは、業腹《ごうはら》だね、ピトさん」

揺れる車の上で、レンは笑顔で言います。

「だからさ――、小説にしたら〝こんなの嘘くさい！〟って言われて評価が下がるくらい、または〝リアリティがないですね〟って編集者からボツ食《く》らうくらい、鮮やかに倒してやろうよ！」

全員の闘志《とうし》をこれ以上ないほど盛り上げることに成功したレンですが、

でも、具体的に、どうすればいいんだろうなー？

同時に思いっきり思いました。レンはとても賢《かしこ》いので、これは言わないでおきました。

この機械仕掛《じか》けのドラゴン。倒す方法はあるんでしょうか？

残り時間、11：30。

走る巨体の周囲で、バイクとバギーとサイドカーが付かず離れず併走しながら、倒す方法を全員で考えます。

先んじてアイデアを出したのは、クラレンス。

「なあシャーリー！　長いロープ持ってたよね？　足にグルグル巻きにして倒そうぜ！　古いSF映画で、それで象みたいなロボットをやっつけてた！」

「たぶん同じ映画だろうが……、あっちは飛行機だよな？　バイクでやったら引きずられておしまいだろうな。まあ、やる前から諦めるのは人としてよくないから、お前一人でやれ。このバイク、惜しいけどくれてやる。頑張ってこい」

「やだよ」

却下。

「普通のグレネードで、せめて転がせないだろうか？　足が止まったら、なんとかなるかもしれない」

ローザが思いついたことを言って、

「おうっ！　まさにやらんとす！」

ボスの武士のような声が聞こえました。再び、爆雷《ばくらい》を落とすような攻撃を仕掛けるようです。

「後方注意！　そりゃあ！」

再び三人が、今度は通常の対人破砕《はさい》手榴弾、ロシア製《RGD―5》を転がして――、

そしてレンは見ました。巨体の太い足元で起きた3発の爆発を。黒煙《こくえん》が散って、ぼぼぼん、と破裂《はれつ》音が聞こえて、

「ダメかあ……」

お話になりませんでした。人間一人を吹っ飛ばせる手榴弾も、巨体の足を止めるには、全くの威力不足の役者不足でした。

メカドラは、大地を揺らしながら、ひたすらに走り続けます。どこへ行こうというのでしょう。

「デカネードで、手前に大きな穴でも開けてみるのは？」

ソフィーの提案。

なるほどそれなら、電磁パルスで妨害されずに爆発はするかな？

レンは思いましたが、

「穴が開いても、ジャンプされるか、避けられるかだろう」

エムの言葉に、それもそうかと納得しました。

「誰か一人でも、アイツに乗り移ってみるか？」

ボスが聞いて、

「うーん、飛び移るには、ちょいと無理があるかなー」

飛び移るとしたらやるべきであろう光剣持ちのピトフーイは渋い顔をして却下。激しく動いている巨体ですので、相当にリスキーです。失敗して落ちたら、この速度に固い大地なら、簡単に死ねます。

「別に、命が惜しいわけじゃないのよ？　みんなのためなら、一つや二つは、捨ててもいいと思っているのよ？」

ピトフーイが付け足したので、ああ命が惜しいのだな、とレンは理解しました。

「機械の弱点って、なんだろう？」

サイドカーを見事に運転しながら、トーマが聞いて、

「水分……、かねえ？　パソコンに水をぶっかけたら、壊れるよね？」

隣にどっかりと座るローザが答えました。

「それはいいかもね」

ピトフーイが、今度は好印象を持って、

「でも、誰か液体なんて持ってる？」

数秒の全員の沈黙《ちんもく》のあと——、

「あ、わたし」

レンが、荷台の上で片手を上げました。

SECT.7

第七章 カニ退治 ―第四の試練・後編―

第七章「カニ退治―第四の試練・後編―」

「まったく呆れたけど、今日は褒めてあげる！」

「そりゃどうも！」

「行くわよ――、とうりゃ！」

残り時間10：00。腕時計が13時20分を指した瞬間、エムの運転のバギーの荷台で、ピトフーイが円筒形《えんとう》の物体を投げました。

レンのお茶がたっぷり入った魔法瓶です。

ピトフーイは馬鹿力で遠投すると、すぐさま左腰から短縮ショットガンのM870ブリーチャーを抜いて、散弾をぶちかましました。

空中で散弾が魔法瓶にいくつもの穴を開け、魔法瓶は、中身の紅茶を撒《ま》き散《ち》らしながらメカドラの頭へと落ちていきました。

赤い頭で、茶色い液体――、紅茶が飛沫《ひまつ》になって、

「ギャアア！」

メカドラは突然に吠えました。

頭のごく一部をほんの少し濡らされただけのメカドラは、苦しそうに長い首を左右に振ると、そのままバランスを崩して左側へ転倒《てんとう》し、

「やった！」

真横になって胴体が、グルグルと横転を始め、

「え？　——エムさん！　避けて！」

レンの乗るバギーに向かって、樽《たる》のように襲いかかってきました。

「っ！」

エムが、左に急ハンドルを切ります。バギーは車体を大きく遠心力で傾けながら、やがては後輪を滑らせながらカーブし、そこに襲いかかる、回転するメカドラの長い尻尾。

視界いっぱいに、赤い尻尾が見えて——、

あー、これ死ぬかも。

覚悟を決めたレンの頭の上を、唸りを上げて通り過ぎていきました。本当にスレスレのギリギリでした。

「おうおう、危ねえアブねえ」

後ろからその一部始終を見ていたフカ次郎《じろう》が、ゆったりとブレーキをかけながら言いました。

そうです、犬に優しい運転です。

そして見ました。回転が終わってひっくり返ったまま止まったメカドラの脇に出ている数字

を。

ヒットポイントの残り——、50。

全員がそれぞれの言葉で上げる雄叫《おたけ》びが、荒野に響《ひび》き渡《わた》りました。

メカドラは完全に仰向けになって、太い脚を空へとジタバタさせるだけ。お腹を赤く鈍く輝かしています。

「おらおらおら！」

頭の一番近くにいたサイドカー組が、ＰＫＭで攻撃を開始しました。

巨体のあちこちへと命中して火花が散って、しかしヒットポイントは減りません。

しかし、銃弾が頭部に命中したときに、動きがありました。50だった数字が、10発ほどの被弾で49になりました。

「頭だ！　効いてる！　削れるっ！」

ローザの報告に、ピトフーイの指示が飛びます。

「よっしゃ！　皆の衆！　狙いは頭だ！　太陽を背に攻撃！」

クロスファイヤ——、つまり十字砲火《じゆうじほうか》による味方への流れ弾《ながだま》を防止するためですが、ＳＨＩＮＣは既にそのために動いていました。

ソフィーが、巨体の南側50メートルの位置にバギーを持ってきて止めて、一斉射撃の開始です。

助手席のボスがヴィントレスを、荷台の上でアンナがドラグノフを、ターニャがビゾンを、そしてハンドルから手を離したソフィーは、GM―94でグレネード弾攻撃です。

大量の銃弾が赤い頭に襲いかかり、オレンジの火花で包みます。グレネードが、表面で炸裂します。撃ちきった者から弾倉を交換して、また撃って撃って撃って撃って、

「削れ削れっ！　削りまくれ！　いけるぞっ！」

ボスの言葉通り、数字がどんどん下がっていきます。45になって、43になって、40になって

――。

「分かってみると、ずいぶんとあっけないな」

バイクをSHINCのバギーの後ろで止めたシャーリーが、そう言いました。ストレージに入っている愛銃を出そうとして、出すまでもないかと止めました。

「まさかシャーリー、このままで終わると思ってる？」

後ろで抱《だ》き付《つ》いているクラレンスが言って、

「え？」

「この手のボスは、30を切ってからが本当の勝負だよ？」

「クラちゃんの言うとおり。ボス達、近すぎるから一度下がった方がいいわよ」

ピトフーイが、さらに後ろに止まったバギーから言いました。

「なあに！　我々だけで仕留めてみせる！」

ボスがそう言って、仲間達と撃ちまくっています。

仰向けのメカドラは長い首を捻って暴れますが、大きな頭ですから、命中させるのはさほど難しくありません。数字は35を切りました。

このまま、この試練は本当に終わりかな？　行けるのかな？

レンが思いました。残り時間は8分少々と、このままのペースなら削りきるのに十分な時間があって、

「むっ！　立つぞ！」

そうは問屋が卸《おろ》さなかったようです。ボス達の目の前で、巨体がごろんと回転し、いよいよ起き上がるための努力を始めました。残り31。

「ほうら俺の言ったとおり」

「下がれ！」

ソフィーがバギーのギアを、トーマがサイドカーのギアをバックに入れて、射撃を止めたチームメイトごと、スルスルと後退しました。

後ろで見ていたバイク組が、

「ほう！　あのサイドカー、バックができるんだな」

「シャーリー、感心するとこ違うよ？」

いよいよ、メカドラが本気を出すのか？　どう攻撃してくる？　わたしとピーちゃんにできることはあるか？

バギーのパイプに左手でしっかり摑まり、右手はＰ９０を握りしめるレンの目の前で、のっそりと起き上がった巨体は――、

「え？　あれ？　あれれれっ？」

また逃げ出しました。

ドスドスと大地を揺るがし、再びの遁走です。

「なんだそりゃ！　やっぱり逃げるだけかあっ！」

思わず叫んでしまったレンです。

「そうよねえ。ありとあらゆる敵の血を求めるレンちゃんには、物足りないわねえ」

「人聞きの悪い！」

ピトフーイに一応ツッコんでおきましたが、あながち外れていません。むしろあってます。

「なんてヤツだ！」

何をやっても逃げるだけの敵に呆れたのはボス達も同じで、バックギアを前進へと切り替えて、残りヒットポイントが30パーセントになったメカドラを追いかけ始めました。

「やれやれ」

シャーリーが再びバイクのギアを入れて、

「やれやれ」

フカ次郎《じろう》は踏んでいたブレーキペダルを離しました。

逃げに逃げるメカドラの足はさっきより速く、時速80キロメートルになっています。当然追いかける側も、高速道路並みの速度で走ります。

そして追跡《ついせき》を始めてから20秒ほど。突然周囲から、先ほどまで点在していた岩がなくなりました。大地の凹凸も消えました。

景色は、まるで茶色の海へと変化しました。固い大地しかない、地平線がどこまでも見える、シンプル極まりない空間です。

「なんて簡単な景色！　グラフィック、ケチりやがったか？」

ピトフーイが言って、

「まあ、走りやすくて助かる」

エムがポツリ。こうなると、どこを走っても舗装道路《ほそうどうろ》のようなものです。目を瞑《つぶ》っても走れそうです。

荷台でレンは、200メートルほど離れた斜め前で、SHINCのバギーとサイドカーが、執拗《しつよう》に巨体に襲いかかるのを見ていました。

クジラを仕留めようと、シャチの群が襲いかかるような光景です。

時折発砲の光が見えて音が聞こえて、揺れる頭に少しずつ命中していきます。そのたびにメカドラの脇の数字が、1とか2とか、ほんの少しずつ少しずつ減っていきます。

残り6分。

「あれー？　このまま終わっちゃうのかな？」

バイクの後ろに座るクラレンスですら、そんなことを口にした瞬間でした。

「おーい、なんか見えるぞー。進む地平線の先」

一番後方で、土煙《つちけむり》を避けて右端《みぎはし》を付いてきているフカ次郎《じろう》が、力の抜けた様子で言いました。

ん？

レンはP90から手を離してスリングで提げると、右手で単眼鏡を覗きました。地平線の上を少し探して、

「うげっ――！」

そしてしっかりと細部まで見えたものを認識して、絶句しました。

「なにー？」

ピトフーイが、助手席から聞いて、レンは正直に答えるしかないのです。

「メカドラ……。もう一体……。青いヤツ！　こっちに向かってくるよっ！」

「やっぱりー、簡単なボスはないよねー」

クラレンスが楽しそうに言って、

「なんだと？　どうする？」

今も攻撃を続ける、ＳＨＩＮＣのボスが聞いてきました。

「一度、散るしかないでしょうね」

ピトフーイの指示に、ＳＨＩＮＣは従いました。バギーとサイドカーが、進行方向の左側に離れていきます。

エムはハンドルを右に切り、シャーリーとフカ次郎《じろう》も、それに倣いました。

レンの視界の先で、赤いメカドラが疾走を続けます。もう形が分かるほどになった、そしてまったく同じ形状をしている青いメカドラへと、一直線。

その後ろに、青いメカドラ以外の砂埃《すなぼこり》が見えてきました。レンが単眼鏡で様子を確認する前に、スコープを覗いていたアンナの声が全員に飛びます。

「別の車両！　青いヤツの後ろに！　——同じバギーが……、五台！」

「ええ？　どういうこと？」

レンは混乱し、ピトフーイは冷静に判断しました。

「そりゃあもちろん——」

答える前に、

「試練のクリア条件のアップデートを行います」

スー三郎《ざぶろう》が久しぶりに声を発しました。

「皆様、第四の試練は第二段階に入りました。制限時間は一度リセットされます」

レンの視界の右上で、05：14まで進んでいたカウントダウンが止まりました。

それは大変に助かることなのですが、

「必要な行動は変わりません。皆様が先ほどから〝メカドラ〟と呼ぶ目標を倒してください」

「ってもう一体は？」

レンが聞いて、

「目標以外は倒す必要はございません。わたくしからは、以上です。ご武運を」

「なるほど。でも、向こうから来るのは何？　そして誰？」

顔中に疑問符《ぎもんふ》を浮かべるレンに、ピトフーイはさっき言いたかったことを言います。

「別のメカドラを倒す〝試練〟中の、このクエスト参加の別チームよ。ここでもまたリンクしているってこと」

「ああ、なるほど……」

赤と青、二体のメカドラは高速で近づきます。

向こうも同じくらいの速度を出しているらしく、実際には等速でも、近づくほど速度が速くなるような錯覚《さっかく》を生じさせます。

巨体は、ぶつからん勢いで急接近して、まさかぶつかるのかと思われた瞬間――、そのままぶつかりました。

赤と青、ドラゴン同士のぶつかり合いは、相撲《すもう》の立ち合いを思い起こさせました。

巨体は胸でぶつかった勢いを上へと持ち上げ、二頭は空中へと跳んで、高さ数十メートルまで持ち上がっていきます。

そして登り切ったところで一瞬眩く光って、

「まぶしっ！」

全員の目を閉じさせました。

再び瞼を開いたレンが、そして仲間達が見たのは――、

空中で合体したメカドラの姿でした。

「え？　カニ……？」

尻尾を絡《から》めるようにして、お尻とお尻でくっついたメカドラは、右側が青、左側が赤のまま、胴体が結合していました。

後ろ脚は、相手と同化してしまって見えません。そして頭は斜め上にぬるりと伸びて、左右に高くそびえ、大きく口を開いたそのシルエットが、まるでカニの爪《つめ》のように見えました。

それまでの前脚《まえあし》が、ちょこんと左右に飛び出しています。それが、まるでカニの足になって

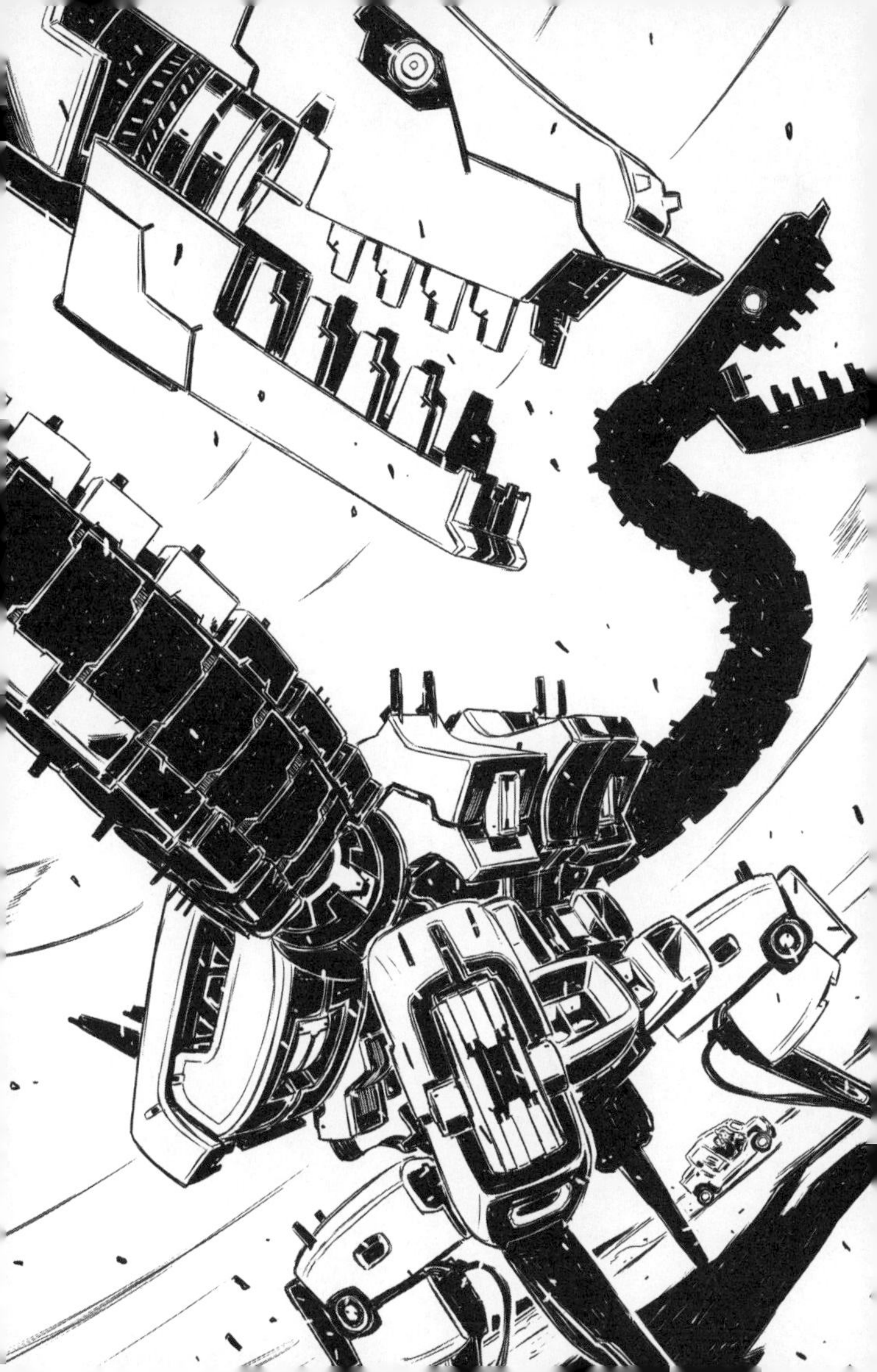

いました。左右二本ずつ少ないですが。

「強《し》いて言うのなら、カニだなー」

フカ次郎《じろう》が同意して、

「今決めるとしたら、カニねー」

ピトフーイも同じ意見でした。

「まあ、カニだな」

エムも賛同しました。

「じゃあどうする？　メカドラやめて、〝メカカニ〟にする？　でも呼びにくいよ？」

クラレンスが聞いて、

「それよりも！　他のチームどうする？」

ボスが、やや強い調子で聞いてきました。ひとまずカニは忘れろと言わんばかりに。

同じバギー五台に乗った、クエスト参加中の他チーム。彼等は真っ直ぐ、こちらに向かってきます。

「一度すれ違《ちが》う。速度緩めるなよー。撃たれるかもだぞー」

ピトフーイが言って、ボスから指示を請《こ》う声が戻ってきます。

「こっちから撃つか？」

「向こうが撃ってきてから、で」

「了解！」

ボスは素直に従いました。

メカドラはくっついてカニになってしまって地面に落ちてきますので、レン達はその両脇を高速で通り抜けることになります。そして、目前に迫る他チーム。

撃ってきたら撃ち返す……。

右手に握るP90に力がこもりますが、引き金に指はかけずにいました。バレット・ラインを見せるだけで、〝撃つ意志あり〟と思われるのがGGO世界。

数秒の緊張の後、エム運転のバギーの数メートル右脇を、同じバギーが高速で迫り、すれ違っていきました。向こうから、撃ってはきませんでした。

すれ違う一瞬に、レンは乗っているプレイヤーを見ました。

「あっ！」

それは、見覚えのある顔でした。

「ふっ、やっぱりか！」

レンとすれ違ったバギーの助手席で、直線で緑色を塗り分けたスウェーデン軍の迷彩服を着た男が、獰猛《どうもう》な笑顔を見せました。その上腕《じょうわん》に見えるのは、ナイフを銜《くわ》えたドクロのエンブレム。

シュタイヤー社製の5．56ミリ自動小銃、《STM―556》グレネード・ランチャー付きを持った男は、

「みんな、見たか？」

通信アイテムで仲間達へと話しかけます。嬉しそうに。とても嬉しそうに。

「やっぱりピトフーイ達だぞ！」

そして耳に戻る、弾んだ女性の声。

「こっちも確認したわ。組んでいるのは、あのアマゾネスチームだった」

「なるほど予想通りだ！　ではどうする？　〝リーダー〟」

「そうねえ、まずは、ピトフーイとノンビリお話でもしてみようかしら。いろいろ情報を仕入れたいし」

「了解だ。――全員、撃たれるまでは撃つなよ。つまり、撃たれたら撃ちまくれ」

ボスからの声が、レン達に届きます。

「すれ違った見えた！　アイツらだ！　全日本マシンガンラバーズ！」

「こっちのも見えたよ！　ＭＭＴＭだよ！　二人ずつ、三台に分乗！　あの人達が手を組んだんだ……」

返事をしたレンを含めて、全員がかなり驚いていました。

まさかまさか、チーム力ナンバーワンのMMTMが、あのZEMALと組むとは……。

両方とも、強豪《きようごう》チームなのは間違いありません。MMTMはSJで何度も何度もレンを苦しめてくれました。その分レンも、MMTMを苦しめていますが。

ZEMALの方は、火力だけはピカイチだったので、回を重ねるごとに強くなり、とうとうSJ4でぶっちぎりの優勝をしてしまいました。

ビービーという謎の女プレイヤーが、見事な手綱《たづな》捌《さば》きを見せたのがその理由。

フカ次郎《じろう》とALOで知り合いだったという彼女ですが、相当の廃ゲーマーで、凄腕《すごうで》なのは疑う余地がないでしょう。なにせあのZEMALを優勝させた女です。なにせあのZEMALを。

「おう！　ビービーのヤツは、いたか？」

フカ次郎《じろう》が、ドスの利いた声で聞いて、

「いたよ！」

遺恨《いこん》を知るローザが答えました。

「〝びいびい〟？　誰さん？」

クラレンスが聞いたのも無理はありません。彼女はSJ4で、ご対面の前にど派手に爆死《ばくし》していましたから。

その現場にいたシャーリーが、実はなSJ4で云々《うんぬん》かんぬん、と説明を始めました。

「カニの動きはないわね？　向こうも情報収集くらいはしたいでしょう。みんな待っててくれる？　とりあえず発砲はナシで。カニとは大きく距離を取ってね。何してくるか分からないカニよ」

「了解だ。交渉《こうしょう》は任せる。我々は、カニを見張っていよう」

あれ、カニで決定なんだ……。

レンは思いましたが黙っていました。

他チームのリーダーと話をする、というピトフーイの案にも賛成です。問題はそれが誰かということですが。

やがて一台のバギーが、止まったエムのバギーの脇へとやって来ました。やはりカワサキのＫＲＸ１０００。色と形がまったく同じなので、見分けが付きにくいです。

番号でも書いておいてくれればいいのに。

レンはそう思いながら、攻撃意志がない事を見せるため、Ｐ９０をスリングで体に提げたまま見守りました。まあ、その気になれば恐ろしい素早さで瞬時《しゅんじ》に構えて撃てますが。

左側からゆっくりと近づくバギーの運転席には、ＺＥＭＡＬのバンダナ男、トムトムが座っていました。

服装は彼等のユニフォームで、弾薬ベルトで∞のマークが右胸に描かれた緑色のフリースジャケット。下は黒いコンバットパンツ。

愛用のマシンガン《ＦＮ・ＭＡＧ》と、１０００発まで連続で撃てる〝チート装備〟バックパック型給弾システムは、運転に邪魔なのでしょう、ストレージにしまっているようです。

今までとちょっと違うのは、トムトムがクリアレンズのサングラスをかけていること。

これはGGOのアイテムで、〝スマートグラス〟の一種です。

目の前に、通常の視界で見られるものより複雑な情報を映し出したり、暗い所でよりハッキリ見られる暗視機能が付いていたりするものです。もちろん現実ではまだそこまでの性能のものは（少なくとも公表はされて）ないので、SF世界のGGOならではのアイテム。

後部の荷台には、ZEMALの一員、マックスが乗っています。

アメリカのゲームならではの逞しい黒人アバターで、左右の頭を刈《か》り上《あ》げた髪型《かみがた》。やはりスマートグラス装備。

腰のベルトにロープが結《ゆ》わかれて、ロールケージのパイプに繋がっていました。バギーが揺れても、体が倒れないようにしています。

彼の右腰には、ナイロン樹脂《じゅし》製の拳銃ホルスターが見えました。収まっているのは、シグ・ザウエル社の《P320》の米軍制式採用バージョン、《M17》9ミリ口径自動式拳銃です。米軍御用達《ごようたし》ということで、GGOでも大量に出回っている拳銃です。フィールドでの発見率が高く、そのため値段も安く、性能も悪くないという、〝拳銃として間違いのないチョイス〟。

SJ4の拳銃マストエリア用に、チームで揃えたのでしょう。

マックスも当然、愛用のマシンガンを持っていましたが、少し変化がありました。

そこまで銃に詳しくないレンには、全然まったく、つまりちっとも分かりませんでしたが、

「む……」

「ほう」

エムとピトフーイは、一瞥《いちべつ》で気付きました。

それまでマックスが使っていた《ミニミ》、5．56ミリ口径軽機関銃が、地味にバージョンアップされていることに。

これまでの〝マーク2〟と呼ばれていたベーシックなものから、特殊《とくしゅ》部隊用にカスタムされた、《Mk46》というモデルになっています。Mk46にもいくつかタイプがあるのですが、〝Mod．0〟と呼ばれる最初期のタイプ。

マーク2との違いは、短縮された銃身、キャリングハンドルの省略、アクセサリーを取り付けられるように銃前方四面に金属製同一規格レールの装着などなど。

トリガーハッピーのZEMALを輝かせるバックパック型給弾システムを使わず、通常の100連発箱形マガジンを銃の下に装備しているのは、取り回しを優先したからでしょう。システムがあると金属レールが背中と銃に繋がるので、銃口の向きに制限がかかります。

Mk46の左サイドのレールに、レーザー照準器が付いています。これは可視光の、そして不可視のIR（赤外線）レーザーを数百メートルほど先まで照射して、狙いを定められるもの。実際の軍隊では、特に金持ちの米軍でよく使われるデバイスですが、GGOではほとんど使

っている人を見ません。

理由はもちろん、バレット・サークルのおかげで必要ないから。それを付けているということは、何か理由があるのでしょう。

そして、いよいよ近づいて来たバギーの助手席には、

「やあ皆さん。楽しんでる？」

いました、謎の女――、その名もビービーが。

白い肌《はだ》に灰色の瞳、そしてワインレッドの赤毛を持つ、二十歳そこそこの美女アバターです。女性だから形を違えたのでしょう。スリムなデザインのスマートグラスがお似合いです。知的なレディといった雰囲気《ふんいき》を醸《かも》し出《だ》しています。

紺色《こんいろ》のニット帽《ぼう》を被り、黒いジャンパーにタイガーストライプ迷彩の装備ベストと、コンバットパンツ姿。

体の前で抱く愛銃は、お菓子《かし》缶のようなドラムマガジンを付けた、ソビエト製マシンガン《RPD》の銃身切断カスタムモデル。腰にはやはりM17。

ビービーは、ピトフーイに顔を向けました。

「そちらのチームのリーダーさん、少々お話いいかしら？」

まさかこの人がリーダーとは。

連合チームを指揮するのがMMTMのデヴィッドでなかったことに、レンはかなり驚きまし

た。しかし、黙っていました。

「ハーイ！　ビービー」

ピトフーイが、隣に止まったバギーへと、ニヤけ笑顔を向けました。

まず何を言うのか……？

レンもエムも、通信アイテムで繋がっているボス達も、ドキドキしながら待っていると、

「そしてZEMALの皆さん！　SJ4優勝、本当におめでとう！」

あらま。なんというスポーツマンシップ。

レンは驚きました。ピトさんも、本気を出せばやるじゃんと思いました。感心していました。

「私達が生き残りの強敵をモールにごっそりと集めて、死ぬ気で、実際死んで頑張ってほぼ全員蹴《け》散《ち》らしたからよね！　感謝してね！」

あ、いつものピトさんだ。感心撤回《てっかい》。

レンは思いましたが、黙っていました。

「それはさておき、皆さん何人が生き残ってる？　全員？」

ピトフーイが、話題を今日のゲームに戻してくれたようです。よかったです。

「もちろん。そっちもよね？」

ビービーが答えて、そして訊ねました。

「トーゼン。それにしても、まさか貴女達《あなたたち》がMMTMと組むとは思ってなかったわー」

「誰よりも早くクリアするために、一番強いチームと組んだだけの話よ」

「あちゃー！　そいつはパーティー編成に失敗したわね。一番強いチームは、私達だから」

「自信があることはとってもいいことね。実力も伴《ともな》うとなおさらいいわね」

やっぱり始まってしまいました。女同士の舌戦《ぜっせん》が。口調だけはエレガントなのが怖いです。

そんなことをしている暇はないのです。レンは割って入ります。

「二人とも！　それよりカニ！　倒すべきカニの話！」

「そうね。アレをカニって呼ぶの？　まあいいわ。カニにしましょう。――みんな、合体した〝ドラちゃん〟は、今から〝カニ〟と呼ぶからね」

ビービーが仲間達に伝えました。今までは、ドラちゃんと呼んでいたようです。

そのカニですが、横に張り出した四つの前脚で、ズシンズシンとゆっくり、それはカニらしく横向きに歩いています。一団から遠ざかっていくのですが、何せ今までとは比べものにならないほど歩みが遅いので、放っておいても、逃《に》げ切《き》られる心配はなさそうです。

巨体の周囲では、ボス達のバギーと、おそらくはＭＭＴＭのバギーが、１００メートルくらいでしょうか、遠巻きに取り囲んでいました。

シャーリーとクラレンスのバイクはというと、いつの間にかレン達の右斜め後ろに来ていました。まるでピトフーイを守るような位置ですが、レンは気付いています。

何かあったら、つまりＭＭＴＭ＆ＺＥＭＡＬチームと激しい銃撃戦になったら、その瞬間にピトフーイを暗殺するためにこんなに近くにいるのだと。その証拠《しょうこ》にシャーリーは、体の前にR93タクティカル2をスリングで提げています。

ZEMALチームが、〝あの女スナイパー、俺達を見張っているのか?〟と思わないことを願うばかりです。違いますターゲットは自分のチームのリーダーです。何を言っているかよく分からないと思いますが、気にしないでください。

「青いヤツの残りHPは? こっちは27」

ピトフーイが訊ねました。自分の情報を先に出したのは、マナーといったところでしょうか。

「16。倒せると思ったんだけどね」

さすが……。

レンは素直に舌を巻きました。

同じように逃げ出したメカドラを追いかけて、そこまで削《けず》り取《と》ったとは。間違いなく、マシンガンラバーズの持つ火力のおかげでしょう。

「プラズマ・グレネードが使えないのは知ってる?」

ピトフーイが聞いて、ビービーは頷きます。

「試した。ダメだった」

「液体はどうしたの? ウチはお茶を使ったけど」

ピトフーイの再びの問い。確かにどうしたのでしょう。

レンのように、戦闘にお茶とオヤツを持ちこんだプレイヤーがいたのかと思いましたが、ビービーの答えは違いました。

「使わなかったバギーの、エンジン冷却水《れいきゃくすい》。数台分集めて、弾薬ケースに入れて放り投げた」

「なあるほど。その段階で、そこまで読んでたんだ。さっすがー！」

ピトフーイが諸手《もろて》を挙げて褒めるのも無理はありません。レンは納得しました。

あのドラゴンが出て逃げ出して、〝追いつく手段が用意されていなければおかしい〟と気付いて車両を探したところまでは、自分達と一緒のはず。

そして即座に、攻撃手段として必要だろうと、使わない車両から冷却水を抜いたということになります。これは、相当の先読みがないとできない判断です。

「なんだよー！　作戦がずっと鮮やかじゃん！　俺達負けてるぞ！　あっちが小説にされちゃうぞ！」

話を聞いたクラレンスが、バイクの後部座席で大声で嘆いたので、

「ん？　それは、どういうこと？」

さしものビービーも、小説家のことは気付いていなかったようです。

ピトフーイはカニをチラリと見てから、実はコレコレこうですよと、このクエストのシナリオについて手短に説明しました。

「ああ、なるほど……。ありがとね。その情報は持ってなかった。このクエスト、そんなネタ

だったのかあ……」

　本気で感心、あるいは呆れているビービーを見て、レンは思いました。このチームは、気付いていないのに、ここまで楽に来たのだろうと。さすがです。

　そんななか、先ほどまでグルグルと走り回っていたフカ次郎《じろう》のバギーが、すうっと近づいて来ました。レン達に挟まれるように、ZEMALのバギーのすぐ脇に並びました。

　フカ次郎《じろう》が、

「おーいビービーさんや」

　鋭い顔を向けて聞いてきます。

「案内役のワンちゃんがどのバギーにも見えんが、どした？」

　気にするところ、そこ？

　レンは思いましたが黙っていました。そういえば、リーダーのバギーには乗っていませんね。

　フカ次郎《じろう》は、確認のために走り回っていたんですね。

「ああ、ワンちゃんなら、スタート地点に置いてきた」

「ナ！　ヌ！」

「そんな怖い顔しないでよ。安全のためよ？　ってまあ、不死属性――、倒しようがない存在だけど」

「試したのかお主っ！」

「だからそんな怖い顔しないでって。一つ前のフィールドで、敵チームの流れ弾が当たっただけよ。だから、この試練が始まった場所で待つように言ってある。どこにいたって、メッセージは頭に聞こえるしね。そもそも、お散歩みたいに戦場に連れてくる方が変じゃない？」

そういえばそうだよな。

レンは思いましたが、黙っていました。

「ふっ！　お主とは、永遠に分かり合えぬようだな……」

フカ、謎の老人やめれ。

「はいはい、皆さん仲良しはそこまで」

ピトフーイが言います。

「私達はあのカニを、それぞれの部分を倒さなくちゃいけない。でもこれは、もはや簡単じゃなくなった。説明は不要よね？」

レンにも分かります。

これだけの人数で一斉に攻撃するとなると、〝味方〟が邪魔になります。十字砲火や流れ弾によるダメージだけは、なんとしても避けたいところ。

車両が敵に殺到《さっとう》して、動きづらくなってしまうことも危惧されます。交通事故も御免《ごめん》被ります。

さらに言うと、目標はくっついています。雑に攻撃して、本来撃つべきではない方まで撃ってしまっては、〝敵〟に塩を送ることになります。

「そうね。だから一つ提案があって――」

ビービーの言葉を、

「了解。じゃあそれで」

ピトフーイが遮りました。

おいおいピトさん、まだ言えてないよ。

レンは心の中で激しくツッコみましたが、ビービーは理解したようで、

「話が早くて助かるわね。じゃあ、どっちから？」

「拳勝負で負けた方から」

ピトフーイが答えました。ジャンケンをしたいようです。

「了解。ではいくよ、ジャンケン――」

ポイ！　でビービーが出したのはグー。ピトフーイはパーでした。

「うっしゃ！」

ピトフーイ、子供のようにはしゃぎました。

むむ？　先に攻撃できる方が、よくない？

一瞬だけ思ったレンですが、

「みんなごめーん、最初に攻撃することになっちゃった。カニの反撃、重々警戒してね」

　ビービーの言葉で分かりました。相手が形状を変え、どんな動きをするか分からない今、先に攻撃する方が不利だと。

「気にしないでください、リーダー。残り16ポイントなど、あっという間に削り取ってみせますよ」

　トムトムが言いました。

　かつてはビービーを〝女神様《めがみ》〟などと呼んで崇《あが》めていたZEMALの愉快《ゆかい》な仲間達ですが、さすがに新興宗教は止めたようです。敬語なのは直っていませんが。

「――はい、了解。ピトフーイ、デヴィッドから伝言があるわ」

　MMTMからの返事を聞いたらしいビービーがそんなことを言って、

「ほう？　なんて？」

「〝そこでノンビリ見ているといい。お先に失礼する〟だって」

「はっはー！　ヤツにお返事ヨロ――、〝キャーステキー！　かっこ、ハートマーク、かっことじ。頑張ってねー！　ダ、ビ、ド！〟」

　ビービーがそのままを伝えて、恐らくデヴィッドが爆発したのでしょう、苦笑いを見せました。

　それからビービーは、スマートグラスの下で目を鋭く輝かせました。井戸端《いどばた》会議モードから、戦闘モードへと切り替えたようです。

「総員傾注《けいちゅう》！　今まで通りにマシンガン主体で行く！　確実に当てられる場合のみグレネード！　マックス、照準よろしく！」

「ラジャー！　リーダー！」

トムトムの運転で走り出したバギーで、マックスが体をロールケージのパイプに押しつけて、Ｍｋ４６を構えました。その狙いを、遠くのカニへと向けました。ただし撃ちません。

そのかわりに、銃側面のレーザー照準器のスイッチを押しました。赤色のレーザーが一直線に伸びて、カニの青い頭へと照射されました。

エムは発車させハンドルを右に切って、トムトムのバギーから離れていきます。

同時に、

「やっぱりか。考えたな」

そんなことを言いました。レンが聞き返します。

「やっぱり？」

「彼等の新戦術だ。マックスがビービーの指示で、照準レーザーで目標を指し示す。明るいところでは可視光レーザー、暗闇《くらやみ》ではＩＲレーザーとスマートグラスの暗視機能を使う」

「レーザー……。それで？」

「ＺＥＭＡＬの残りの連中が、そこへサークルを重ねて撃ちまくる。逐一《ちくいち》言葉で指示するより、齟齬《そご》がないし攻撃を集中しやすい。７ミリクラスのマシンガンの一斉射撃なら、多少狙いが外れても、相手は釘付《くぎづ》けだ。無駄弾の消費も少なくてすむ」

「そんで、その間に機動性に秀《ひい》でたダビド達が突っ込んだり裏をかいたり、グレラン撃ったり、周辺警戒やサポートをするってか。なるほどね。二チームの完璧な役割分担だわ」

ピトフーイが言葉を継いで、

「はーっ！」

レンは感心しました。二人の洞察《どうさつ》力と、ビービーの指揮力の両方に。

これはレンの勝手な予想ですが――、
あの合同チーム、第一と第二の試練では、そうやって相手を効果的に倒してきたのでしょう。自分達の得物が使えない第三の試練でどうしたかは分かりませんが、レン達のような、タイムリミットギリギリの苦戦はしなかったのではないかと。

「問題はプライドの高いダビドが、どうやってビービーの傘下《さんか》に入ったかだけど――、まあ、それより今は、連中のお手並みを拝見しましょう」

カニからたっぷりと離れてから、エムは水面のような岩の平原でバギーを止めました。ここから先は見学です。レンは単眼鏡を覗いて、ライバルの戦いっぷりを眺めます。

丸い視界の中で、五台のバギーが、カニへの攻撃を始めようとしていました。こうやって対比できると、幅が50メートルはあるカニの巨大さが、とてもよく分かります。まるで建物へと向かっていくようです。

ビービーの乗る一台の前に、マシンガンを構えた男を助手席と荷台に乗せた一台がついて、斜めに並んでカニへと接近していきます。

後ろから撃とうと回り込むのですが、察したカニがそちらへと正面を向けるので、最終的にはほぼ真っ直ぐに落ち着きました。150メートルほどの距離で、バギーを停止させます。

そのZEMALの左右に広がって、MMTMのバギーがサポートに付くようです。

エムの言うとおり、マックスのMk46からの赤いレーザーが、カニの右半分、青い頭へと照射されました。

そして始まる攻撃。

マシンガンの銃口が光って、連続した発砲音が、一秒以上遅れてからレンの耳に届きました。

二台のバギーから生まれた強烈《きょうれつ》な火線が、曳光弾の作るオレンジの光の線が、唯一ダメージを与えられる場所、つまり頭へと延びて次々に命中していきます。

火花が散りすぎて、頭と顔が見えなくなりました。数え切れないほどの銃弾を浴びて、カニが右のハサミ――、でなくて頭を振り回します。苦しんでいるように。必死に。

それでも、連続して放たれる銃弾は命中し続けます。さすがのマシンガンの威力。頭の動きが激しくなって、外れてしまう弾が多くても、それを補うほどの連射力。

カニはジタバタと後ずさりしますが、マシンガンの命中は止まりません。青い方のヒットポイントはレンには見えませんが、それなりに減っているはずです。

「なんだか……、もう仕留めちゃいそうな勢いだよ……？」

レンが単眼鏡を覗きながら言って、

「あちゃー、これは先にやられちゃうかな？」

ピトフーイもそんな言葉。すぐ後ろまでバギーを回してきたボスが、

「その場合はどうなるのだ……？　半分が死んだら、残りの半分は……？」

「さあねえ。一緒にくたばってくれると良《い》いんだ――」

「待って！」

アンナがピトフーイの声を遮りました。

大口径の双眼鏡を覗いていたアンナが、誰よりも先に気付きました。カニの左側、つまりレン達が追いかけていた赤い方のハサミ――、でなくて頭を、ZEMALにゆっくりと向けて、口をカパッと開いたことに。

「赤い口！　何か出す！」

その瞬間、反撃が始まりました。

「来るぞ！　避けろ！」

通信アイテムを繋げているので、ZEMALの全員の耳にデヴィッドからの声が届いて、ドライバーだったトムトムとピーターはアクセルを蹴っ飛ばしました。

ギアは最初からバックに入っているので、バギーは後ろへと急発進。

助手席と荷台でマシンガンを撃ちまくっていたシノハラとヒューイは、体を非道く揺すられ――、特にヒューイはバランスを崩して落ちそうになりましたが、

「ぐあぁ！」

どうにか馬鹿力で踏みとどまりました。

赤い口から青い物体が飛び出して、バギーが半秒前までいた地面に命中しました。

「レーザー？」

レンを含めて、全員がそう思いました。

猛烈な速さで放たれた青い光が、地面に突《つ》き刺《さ》さった――、ように見えたからです。

しかし、

「あれ？」

土埃がサッと晴れてみると、その青いものは、まだ大地に突き刺さったままです。

直径数十センチ、長さが3メートルはあろうかというそれは、

「氷……？」

縦長の氷柱でした。

青白く美しい氷の塊が、地面に斜めに突き刺さっていました。

「うひっ、今のは！　マジで！　危なかった！」

ピーターは叫びました。

あとワンテンポアクセルを踏むのが遅れれば、バギーごと氷の串刺《くしざ》しになっていたでしょう。

鼻にテープを貼っているのがトレードマークの、ZEMALでは一番小柄な男は、高速でバックさせながら同乗中の仲間達に問います。

「わりーな安全運転できなくて！　無事か？」

助手席で《M60E3》を構える黒髪のシノハラが、

「どーにか！」

左手で胸を押さえながら答えました。急なバック発進で、ダッシュボード近くにあるグリップハンドルに強《したた》かにぶつけたようです。ヒットポイント、若干の低減。

「おう！　生きてるよ！」

荷台から、茶髪《ちゃぱつ》オールバックのマッチョ、ヒューイも叫びました。

彼は荷台でものの見事にひっくり返っていて、長い足が二本とも空を向いていました。しかし、背中のバックパックとレールで繋がっている《M240B》マシンガンからは、手を離しませんでした。

全速後退を始めた二台に向け、再び赤い口が開かれて――、放たれたのは、巨大な氷柱ではありませんでした。

小さな氷の礫《つぶて》です。しかし、大量の。

散弾銃のように、直径10センチほどの丸い氷の塊を、一斉に吐き出したのです。先ほどの氷柱を、口の中で砕いて吐き出したに違いありません。

「うげっ？」

ハンドルを握るピーターは、自分の目の前に広がりながら飛んでくる数百発の氷を見て、広範囲すぎてもはや避けようがないことを悟《さと》って――、

「こなろ！」

フルアクセルでバック中に、強烈な右ハンドルを切りました。


散弾銃の着弾は、ほぼ一斉に弾けます。

氷礫のそれもまた同じようで、茶色の大地の数百箇所で、半径数十メートルの範囲で、土埃が一瞬で舞いました。固い地面に当たって砕けた氷が、キラキラと太陽に輝きました。

レンは、その瞬間をしっかりと見ました。

「ああっ！」

トムトム達のバギーは攻撃の範囲外にいましたが、ピーター達の一台はほぼど真ん中にいて、土埃で見えなくなって、

「やられたっ！」

レンは、まるで仲間がやられたかのような悲鳴を上げました。

そして茶色い靄《もや》が3秒ほどで晴れて、単眼鏡のレンズに映ったのは――、

「えっ？　あっ！　すごいっ！　生きてるっ！」

真横にひっくり返ったバギーの脇から、ＺＥＭＡＬの三人が走り出している様子です。遁走です。ひたすらに逃げています。

体に多少のダメージ光が見えますが、死者はいません。大きく重いマシンガンを片手に、必死に走っています。

横倒しのバギーはというと、右側のタイヤが二つとも吹き飛んでいて、ボディも大きく歪んでいました。消滅《しょうめつ》していないということは直せば使えるのでしょうが、すぐには無理でしょう。

「ラッキーだった……？」

レンが呟くと、

「いや違う」

エムが答えます。

「あのドライバー、ワザとバギーを横転させたんだ。普通なら絶対にやってはいけないほどの急ハンドルを切った。横転したから車体の下面に氷が当たったが――、銃弾と違って氷は硬く

ない。全て砕け散って、貫通《かんつう》はしなかった」

「はー！」

仲間と自分の命を救ったとっさの判断力に感嘆《かんたん》しましたが、バギーはこれで一台使用不可能になりました。この場所での戦闘を考えると、かなりの戦力ダウン。

ＺＥＭＡＬの一台とＭＭＴＭの三台は、攻撃を止めて距離を取っていきます。三人は、カニに背を向けて、とにかく逃走《とうそう》。全力逃走。

幸いにも、追撃《ついげき》はありませんでした。

カニはまた、何を考えているのか分からない様子で、ドスドスとノロマに歩きながら、大地にそびえていました。赤い方の頭の脇には、相変わらず見える27の数字。

1分にも満たない戦闘が終わって、

「ふむふむ。大変よく分かった。ありがたきありがたき」

ピトフーイは楽しそうに言いました。荷台にいるレンからは見えませんが、絶対に凶悪な笑顔を作っているに違いありません。

「攻撃をすると、もう一方の口から激しく攻撃されるってことか……」

ボスの声が聞こえました。その認識で間違いないようです。

ならば、取るべき手段は一つしかありません。

「よしレン、一度降りろ」

エムの声が聞こえて、レンは言われたとおり荷台からジャンプしました。レンの身長よりずっと高い位置からの飛び降りですが、跳び乗ったのだから、なんの問題もなく着地します。

エムは運転席から降りると、ストレージに入れておいたバックパックを実体化しました。

中身の楯を素早く取り出します。八枚の組み合わせで扇形《おうぎがた》を作るのですが、それを分解しました。高さ50センチ、幅30センチの宇宙船の外板。それを一枚ずつ、バギーの運転席を囲むパイプへと押しつけて、

「そりゃ！」

ピトフーイが出した、なんでも貼《は》り付《つ》けてしまう魔法のテープ、アメリカ人の心の友、ダクトテープでグルグル巻きにしていくのです。

こうしてできあがったのが、運転席の周囲に装甲板《そうこうばん》を貼り付けたバギー。左右に二枚ずつ、フロントに二枚、そして頭の上に二枚です。

ラフですが、装甲車《そうこうしゃ》ができあがりました。少なくとも、前方と上方からの氷の礫は防いでくれるはず。板と板との間は、５センチほど空いています。銃口を出して撃てるようにするために。

「いいね！　これでバリバリ攻撃？」

レンが声を弾ませて、

「そうだが、ここは、ここにいる中で攻撃力が一番高い人を乗せたい」

「すると？」

PKMマシンガンのローザかな？　とレンは思いましたが違いました。

「ZEMALの一人、だ」

「ちょいとシャーリーちゃん、ビービー呼んできてくれる？」

ちゃん付けのみならず、伝令代わりに使われてムカッときたシャーリーですが、言われた通りにしました。

戦場から戻ってきたトムトム運転のバギーへと近づいて、助手席のビービーに言づてをします。

やがて、彼女のバギーがピトフーイの脇にやって来て、苦い顔で言います。

「ジャンケンで負けて、あわやメンバーを失うところだったわ」

「おやおや、それは運が悪い」

ピトフーイはいつものニヤけ顔。

アレは作り笑顔じゃなくて、予想通り事が運んで嬉しいんだろうなあ……。

レンは思いましたが、黙っていました。

「この先言わんとすることは分かるから、言わなくていいわよ。どうせそっち単体での攻撃なんてしないでしょ？　こうなっては仕方がない。今回は、全員で共同で事に当たりましょう」

ビービーの言質《げんち》を取って、よしきた、とピトフーイは笑顔を作りました。

次はお前達の順番だ！　いっちょ死んでこい！　って言われなくてよかったなあ……。

レンは思いましたが、黙っていました。

ピトフーイは、

「たらーん！」

擬音《ぎおん》を発して、エムの装甲板を貼り付けたバギーをビービーに見せました。

「これなら、氷の散弾に楽に耐えられる。これで、一番近くでちょこまかして被害を引き受けて、なおかつ攻撃もする。――というわけで、そちらから、一人マシンガナーを貸していただけるかしら？」

最後は隣の家に醬油《しょうゆ》を借りるような気軽な口調でしたが、

「…………」

それはつまり、死亡率が高い囮《おとり》部隊にそっちからも一人参加しろというわけで、ビービーは一瞬逡巡《しゅんじゅん》しました。

しかし、それ以上の手は浮かばなかったのでしょう。

「トムトム、お願いできる？」

「はい喜んで！　リーダー！」

運転席のトムトムが、居酒屋の店員のようなことを言いながら素早く降りました。すぐさま左腕を振って、自身の得物《FN・MAG》7．62ミリ口径マシンガンとバックパック型給弾システムを実体化しました。

ＭＭＴＭのバギーが三台、ピトフーイ達の脇にやって来ました。ＳＪ1のホバークラフトの時と同じように、二人ずつで乗っています。

一台の運転手が、黒髪で小柄な、《G36K》を持つケンタ。助手席に、《SCAR—L》アサルトライフルを構えた大柄《おおがら》男のサモン。二人とも、当然のようにスマートグラスを装備しています。

もう一台の運転席には、サングラスがトレードマークのラックス。彼の場合、スマートグラス機能はサングラスに内蔵しているのでしょう。

彼は先日のＳＪ4で、自動式狙撃銃《ＭＳＧ90》を失いました。理由は高速運転中の交通事故。そうですフカ次郎《じろう》のせいです。

今回手にしているのは、5．56ミリ口径のアサルトライフル。それも自衛隊が2020年から使っている、《20式小銃》でした。

数が少ないレアアイテムです。彼はチーム一のガンマニアなので、コレクションから持ってきたに違いありません。ショートスコープが付いているので、デヴィッド共々、近距離狙撃手としての役目も担うようです。

その助手席には、

「結局そうなるか。まあ、仕方ない」

開口一番そう言ったデヴィッド。

最後の一台は、ハンドルを握るのがドレッドヘアでベレッタ製アサルトライフルの《ARX160》使いのボルド。そして、荷台で7．62ミリ口径のマシンガン、《HK21》を構えるジェイクです。

MMTMの六人、前回からの拳銃装備は引き継いでいるようで、全員が腰にベレッタ《APX》9ミリ口径拳銃を提げていました。デヴィッドだけは、シュタイヤーの《M9―A1》も持っていますが。あと光剣も。

「ハーイ。こないだは相打ちね！」

ピトフーイが、因縁《いんねん》浅からぬデヴィッドに笑顔を向けて、

「でもねー、あとで映像で計ったらさー、コンマ5秒ほど私の方が遅かったから、まあ実質私の勝ちで」

「…………」

ピトさんは本当に、デヴィッドさんを怒らせるのが得意なんだなあ……。

レンは思いましたが、言わないでおきました。

こめかみをピキピキさせているデヴィッドは刺激《しげき》せずに、エムが言います。

「俺が運転して矢面《やおもて》に立つ。なるべく高速で逃げ続けるつもりではあるが、同乗のマシンガナー

は、最悪命を落とすことを覚悟して欲しい」

「覚悟の上だぜ。お前達だけに、格好は付けさせないぜ?」

トムトムが答えて、ひゅう、とMMTMの面々が囃《はや》し立《た》てます。

ビービーが、

「でも、残りはどっちを攻撃すれば良いのかしらね?」

尤もな問いかけ。

当然ですが自分達のクリアがかかっていますので、それぞれの色を攻撃したいはずです。次の試練に向けて、先抜けしたいはずです。

エムが答えます。

「好きな方を、だ。自分達の色を攻撃すればヒットポイントは減らせるが、もう片方からの攻撃は苛烈になる。それを防ぐために他方を攻撃するもよし、機を見て共にゴリ押《お》しで攻《せ》めるもよし、だ。互いを攻撃しないことだけを守れば、あとは自由だ」

「なるほど。いいでしょう」

ビービーはジタバタとしているカニを遠目に見て、

「作戦会議がほしい。2分でいいかしら?」

「心得た」

これにて、共同戦線が張られることになりました。

通信アイテムを一時的に切ったエムとトムトムを一台のバギーに残して、それぞれのチームが、距離を取っていきます。

車を失ったレンはピトフーイと一緒に、フカ次郎《じろう》のバギーへと近づいて、

「フカー。乗せろー。今回は乗せろー」

ダダをこねました。

「まったくしょうがねーなー。今回だけだぞー？」

フカ次郎《じろう》は渋々《しぶしぶ》と承諾すると、スー三郎《ざぶろう》を自分の膝の上に載せました。この期に及んでも、安全な場所に降ろすという選択肢はないようです。

周囲から車と人が引いて、ぽつんと残された一台に収まるのは、エムとトムトム。

トムトムはバックパック型給弾システムを荷台に乗せて、レールだけを目の前に持ってきました。ＦＮ・ＭＡＧの銃身を、装甲板の隙間から前に出します。助手席に座ったまま撃ちまくる体勢です。

「よろしくな、エム。運転、アテにしてるぜ！」

「ああ。こちらこそ、攻撃は頼んだ」

「任せろ！　ところで、《ＭＧ４２》はまだ売ってないか？」

「ああ。最近、全然撃ってないがな」

「それは俺達に譲《ゆず》れという、マシンガンの神様からの思し召《おぼめ》しだ」

「残念だが、俺には俺の女神様がいてな。彼女が時々撃ちたいと言うから、手放すわけにはいかんのだ」

「それならしょうがない。ただ、女神様が飽きたら俺に売ってくれ」


バギー二台と、サイドカー一台、そしてバイク一台が集まって、十一人が作戦会議をします。

「聞いたとおり、被害は一切合切《いっさいがっさい》エムが引きつける。まあ、こっちに絶対に攻撃が来ない、という保証はないんだけどね。その間に、とにかく攻撃を集中してヒットポイントを削る。相手より早くできれば理想だけど、まあだいぶ差が付いているから、ムリかもね。向こうがゼロになったときこっちがどうなるか、見てみましょう」

ピトフーイが言いました。そして、

「まあ、その際は、なるべく他のチームの皆さんに流れ弾がいかないように注意してね。注意してね。あ、注意だけでいいから」

それはつまり、弾がいっちゃったらしょうがない、その時はその時、ということですね。

レンを始め、全員がそう理解しました。

レンはついでに、シャーリーのことを思いました。

ピトさんに弾がいっちゃったらしょうがない、その時はその時、ということだと思っているだろうなあと。

シャーリーの参加理由からしてそれなので、そこはまあいいのですが、そばにいる自分に流れ弾が飛んできたらイヤだなあと、レンは正直すぎる感想を胸に秘《ひ》めるのでした。

ボスが訊ねます。

「我々は、車二台にサイドカーとバイクがある。それぞれ特色というか動きが違うが、それを生かせないだろうか？」

さすが、体を動かすことにはリアルで長《た》けているボスです。レンには気付けないことに気付いていました。

「そうね。バイクのメリットは小ささと高速性だから、ちょこまかと動き回って牽制してくれると助かるけど」

「断る。こっちはちょっとでも被弾すれば転倒だ。私はスナイパーだからな、遠くから頭を狙い撃つ戦法に徹《てっ》する」

シャーリーは即答。これにはレンも納得せざるを得ません。

「私も、後方からになります」

SHINCのスナイパー、トーマが言いました。運転席から降りたソフィーが、運んでいたPTRD1941対戦車ライフルを再び実体化していました。

ソフィーが徒歩で持ち運び、その肩を借りて、トーマが射撃するという戦法になります。

必然的にサイドカーを運転できる人がいなくなってしまったので、ローザはボスの運転するバギーの荷台へと上ることになりました。ＰＫＭマシンガンを、パイプの上に載せました。

「あのウラルはどうすれば？」

ボスが聞いて、

「オッケー。じゃあ私が頑張って運転する。やったことないけど、まあなんとかなるでしょ。そして、レンちゃんを脇に乗せる」

イヤです。

レンは思いましたが、どうせ断ることなどできないのでしょう。乗った後どうするのかを訊ねます。

「分かった。で、わたし達はどうするの？」

「もちろん、カニの周囲を、あちこちを走り回って――」

「エムさんがダメージを引きつけている間に、できるだけ攻撃？」

レンがサイドカーを運転できれば、ピトフーイが攻撃できて一番いいのですが、無理なものは無理です。

あれだけの巨大モンスターです。Ｐ９０の攻撃力にあまり期待して欲しくないですが、チームの一員として、何もしないワケにもいきません。

レンはある程度の覚悟を持って訊ねましたが、

「え？　まさか。走り回ることで上手く逃げ回って、このバトルを生き残るのが作戦」

「はいい？」

　ピトフーイの言葉に、思いっきり首を傾げました。

「はいはい、みんなもよく聞いてね。先生今から、とーっても大切なこと言いまーす。――この先は、とりあえず生き残ることだけを考えて。メインの攻撃はエムと、向こうさんチームに任せてしまいましょう。ただ、あからさまに逃げていると向こうにドヤされるから、最低限の攻撃はしておく。スナイパー組はまさにうってつけね。遠くからポンポン撃っていて。当たらなくてもいいから。見せるのは熱意よ、熱意」

　ピトフーイが身も蓋《ふた》もないことを言って、ボスは大きく頷きました。

「合点《がてん》がいった。どちらにせよ向こうのカニの方がダメージが大きい。倒させてしまい、こちらはその後を狙うほうがいい」

「そっ！　ここで張り合ってもしょうがないわよ。だってまだ、試練は一つ残っているんだから。みんな、理解したわね？　作戦は――、〝いのちをがんがんだいじに〟」

「おう！」

　ＳＨＩＮＣの面々が声を揃え、

「言われなくてもそのつもりだぜ」

　また犬とのドライブに戻ったフカ次郎《じろう》が言いました。

向こうに、こっちのハラがバレていなければいいけど……。

レンは思いながら、

「ほらほらレンちゃん！　乗って乗って！　サイドカーでデート！」

ピトフーイに誘われるがままに、またも変梃な車両に乗るのです。


1分半ほど前のこと。

レン達を遠くに見ながら、ビービーとデヴィッドが話していました。

「デヴィッド。ピトフーイ達がどう出ると思う？」

「簡単だ。アイツら、絶対にちゃんと攻撃しない。怒られない程度にやりながら、こっちが倒すのを待つだろう」

「うんうん。私も同意見よ」

完全にバレていました。ピトフーイの作戦、というか思惑《おもわく》が。

「しかし、今回のキモは、被害を引き受けてくれるエムとトムトムの存在だ。その間に一気に削り取って、さっさと次の試練に行かせてもらおう」

「同感よ。よっし、では私達は時間が来たらいつも通りに」

作戦会議が終わって、ピトフーイがエムに、ビービーがトムトムに通信アイテムを繋ぎました。

「ほうれエム――、チームのオスを代表して、潔《いさぎよ》く格好良く死んでこい」

「トムトム――、キツい任務だけど、みんなのために、頑張って」

贈《おく》られた言葉はだいたい一緒の意味かもしれませんが、滲《にじ》む優しさが全然違いますね。

「了解した」

「喜んで」

それでも二人の男にみなぎる決意は、まったく同じでした。

軽く一度視線を合わせると、

「どうせなら、格好良くいくか。射撃は頼んだ」

「異議無しだ。運転頼んだぜ！」

エムはしっかりと頷いてから前を向くと、バギーのアクセルを蹴り飛ばしました。

エムさん、頑張って！　そして……、なんとなくご無事で！

覚悟を決めた人に簡単に〝無理をするな！〟とも言えないので、レンが心の中でそう願ったとき――、
カニに対する、人類の一斉攻撃が始まりました。

海のような大地の上でのそのそと歩いているのは、赤と青のメカドラがお尻で結合した異形

の、高さは20メートル以上ある巨大なカニ。

そしてそこに一直線に向かって行く、装甲バギー。

レン達は、カニの左側の赤い頭を攻撃したいので、バギー二台とサイドカー一台、そしてバイク一台が、左へと広がって迫りました。

ビービー達はその逆。バギー四台が、左右に翼が広がるような陣形です。

内訳は、MMTMの二名ずつが乗る三台のバギー、その荷台で、バックパック型給弾システムを繋げたシノハラとヒューイとピーターがマシンガンを構えます。

最後の一台は、指揮者であるビービーが自ら運転して、荷台に指示役のマックス。

「まずは股下《またした》を通り抜けるぞ！」

エムが、時速100キロメートルは出しながら叫びました。重量増からして、ほぼバギーの最高速度でしょう。

装甲板の隙間からしか前が見えませんが、カニの巨大さからして、あまり心配はありません。

「おっしゃ！」

残り100メートルほどになって、トムトムが発砲を開始しました。

防弾板の隙間に出したFN・MAGマシンガンが唸りを上げて、銃弾は青い頭に数発吸《す》い込《こ》まれ、

「ほうらこっちも！」

義理堅《ぎりがた》いトムトムの性格なのか、赤い方にも数発。

そして両方の頭が怒って下を睨んで、口を大きく開いて、

「遅い！」

エムの運転で、バギーはカニの足の下を通り抜けていきました。高さに余裕はありましたが、荷台に人がいたらかなりの恐怖を感じたことでしょう。

両方の口から放たれた氷の散弾は、誰もいない地面で派手に散って、とても綺麗でした。

カニには裏表がほとんどないので、首だけが、くぐり抜けたエムへ、つまり反対側にゆっくりと向こうとしています。

「てーっ！」

ビービーの、

「そうれ！」

そしてピトフーイの号令が同時でした。

カニの左右をゆっくりと移動するバギーから、そして背後に残されたスナイパーから、銃弾の雨霰《あめあられ》が頭へと向かいました。

サイドカーで揺られながら、レンはZEMAL達の攻撃を見ました。派手な火線が頭へと伸びて、ビシバシと命中していきます。なんという火力でしょう。

SJ1であんなのを食らって、レンはよくも助かったものです。巨木がなければ、どうなっ

ていたか。いまだにちょっとトラウマです。

仲間達も負けてはいませんでした。

「うらあ！」

あまり接近しなくてもいいと言ってあったのに、ボス達ＳＨＩＮＣの四人が乗る定員オーバーのバギーはハイスピードで近づいていきます。助手席からアンナが、後部荷台からローザとターニャが撃ちまくります。

大量の空薬莢が消える光が、キラキラと尾《お》を引いて輝いています。彗星《すいせい》のようです。

「まったくー。サボっていいって言ったばかりなのにー」

ピトフーイが呆れつつ、サイドカーのアクセルを開きました。

「ほれレンちゃんも、撃ちまくれー」

「もちろん！」

後頭部を見せている赤い頭に向けて、レンは座ったままＰ９０を構えて、フルオートで連射しました。まだ距離もあるのであんまり当たっていない気がしますが、何もしないよりはいいでしょう。

「うっほほ、始まった。シャーリー？」

「わーってる」

止めてサイドスタンドで立たせたバイク、そのシートの上にＲ９３タクティカル２を載せて、シャーリーは中腰で構えていました。腰によくない姿勢ですが、ハンターもスナイパーも、ありとあらゆる体勢から撃てなければ仕事になりません。

目標までは200メートルほど。

「そらっ！」

シャーリーは銃弾を放ってから気合いを入れました。

頭の上で弾丸が炸裂するのを双眼鏡で見たクラレンスが、

「お見事っ！」

ヒットポイント数値が、24から21へと、グッと減りました。

「シャーリーが命中させたか……。負けて、たまるか……」

呟きながらスコープの狙いを定めるのは、後方に300メートルほど離れた場所でPTRD1941を構えるトーマ。

物干し竿《ざお》のような長い銃身は、胡座座《あぐらざ》のソフィーの左肩《ひだりかた》に載っています。もちろん、今回彼女は、まだ生きています。

遠くにある、しかし巨大なので狙うのは難しくないカニの頭へ向けて、対戦車ライフルが吠えました。

周囲の土埃を巻き上げるほどの轟音と共に巨大な弾丸が飛び出し、音の二倍の速さで移動し、首筋へと命中。

21だった数字が、一気に16へと減りました。

「エムさん！　16まで減ったよ！」

レンの報告を聞いて、ハンドルを握るエムは隣の男へと質問。

「こっちは16。そっちは？」

トムトムから、ワンテンポ遅れて返事が来ます。

「見えた！　11だ！」

「よし、もう一度やるぞ！」

「おう！」

エムはブレーキを踏んで、バギーを急旋回《きゅうせんかい》させました。

もう一度、あのカニの下へと突撃して、相手の意識と攻撃をこちらに引きつける作戦です。

180度のターンを終えると、カニはまだそこにいました。右が赤、左が青と反転していました。

カニの左右では、仲間達の車両が一度距離を取っていくのが見えます。彼等が左右に広がるまで、5秒ほどアクセルを踏むのを待ってから、

「仕掛ける！」

エムは再び猛加速を始めました。

そのときでした。

離れつつあるバギーの荷台でマシンガン攻撃をしていたヒューイ、彼の放った弾丸が青い頭に命中したのは。

そして、ヒットポイント数値が、〝10〟を指したのは。


ぴぎゃああああああああああああああ！

カニの爪――、のような頭から発せられた叫び声が、大地を揺るがしました。

口を空に向けて咆哮《ほうこう》したのは、ヒットポイントを10まで減らされた青い方ですが、その直後に、赤い方も真似て首を掲げて吠えて、

「うっ！」

接近していたエムとトムトムは、黒板を引《ひ》っ掻《か》いたようなイヤな響きに顔をしかめました。

それでも、囮としての突撃は止めません。

「おらっ！」

トムトムが、今度は左側になった青い頭へと攻撃して、自分達へとその矛先《ほこさき》を向けようとしましたが――、

「なぬっ？」

向けませんでした。

天に伸びていた大きな頭が、視線左側の遠くへと、つまり仲間達へと向いて口を開いたのを見て、

「あぁヤバイ！　全員逃げてくれ！」

トムトムが絶叫したのと、その口から氷の礫が飛び出すのが同時でした。

さっきまでが散弾銃だとすると、今度は、マシンガンでした。

さっきまでが網《あみ》だとすると、今度は鞭でした。

青い頭の口から、直径10センチにも満たない氷の礫が、秒間20発以上という猛烈な連射で放たれて、大地の上を走っていたバギーへと襲いかかります。

小さな氷の粒がほとんど繋がって見えて、青い線を描きました。まるで庭にシャワーで水を撒いたようです。

青い口が動くと、その線が動いていき、大地に着弾して土煙の列を描きます。

トムトムからの警告を聞いてハンドルを切ろうとしていた四台のバギーを、氷の粒が作る着弾の線が追いかけて、

「ぐひゃ！」

そのうちの一台の荷台でM60E3を構えていたシノハラの左脇腹《わきばら》に命中し、彼をバギーか

ら転落させました。

脇腹はダメージエフェクトで真っ赤になり、ヒットポイントゲージがグッと下がっていくのが、仲間達にも見えました。残り70パーセント。

ZEMALにもMMTMにも、シノハラを拾い上げることはできませんでした。そもそも、心配する余裕がありませんでした。

高い場所から鞭のように撃ち下ろされる氷の連射が、周囲に土埃と氷の粒を撒き散らして、

「やばいやばいやばい！」

ボルドは口に出しながら、目の前に迫ってきた攻撃を、転倒ギリギリの左急ハンドルで避けようとしました。助手席のジェイクと荷台のピーターが、傾く車体と、横にかかるGと、迫る氷の列に顔を青ざめさせました。

バギーの右脇、僅か1メートルほどを、数十発の氷が列になって通り過ぎていきました。土埃の壁が、一瞬でできあがったように見えました。

「距離を取って！」

ビービーの指示で、四台は蜘蛛《くも》の子を散らすように逃げていきます。

「クソッタレ！」

デヴィッドが悪態をついたとき、彼の乗るバギーにも斜め後ろから氷の鞭が振り下ろされて、それはとても避けられるような速度ではなくて、

「ぐっ！」

デヴィッドは歯を食いしばり目を見開き、そして大ダメージを覚悟しましたが、幸運が味方をしました。

1発目の氷はバギーのパイプフレームに当たってデヴィッドの顔に冷たい破片を散らし、2発目はボディのボンネットで砕けて大きく凹ませて、3発目はラジエターを歪ませて、4発目はタイヤの端を掠《かす》めました。

バギーは散っていき、そしてポツンと取り残される形になったシノハラは、

「どりゃあああああ！」

落ちた場所で立ち上がると、目の前にそびえるカニの頭に向けて、腰で構えたM60E3を撃ち始めました。

「どうしたこっちだ！」

あちこちに氷の連打を振りまいていた頭が、自分の顎《あご》を撃つ小さな敵に気付きました。一度攻撃を止めると、ぐわっと下を睨みました。

そしてゆっくりと口を大きく開き、溜《た》めを作ったのか、大きな氷の塊を打ち出しました。

自分めがけて巨大な氷が飛んでくるのを見ながら、

「お前だけは、守るぜ……」

シノハラは撃っていたM60E3を、左側に、できるだけ遠くへと放り投げました。

太さ数十センチ、長さ3メートルの氷の柱が彼の体とバックパック型給弾システムを貫いて粉砕し、ポリゴンの欠片へと変えました。

空中にあった愛銃M60E3だけは無事で、誰もいない乾いた大地に落ちて、鈍い音を立てました。

「くっ！」

仲間の死を見届けたビービーの運転するバギーが、そしてそれに続く三台が、カニから距離を取っていきます。

カニの青い頭はそれを睥睨《へいげい》するように高々と持ち上げられましたが、それ以上の攻撃はありませんでした。シノハラが囮になってくれたおかげで、それ以外の全員は助かりました。

「くそお！」

叫ぶトムトムを乗せたエム運転の装甲バギーは、攻撃を受けることなくカニの股下を通り抜けていきました。

「うひゃあ！　向こうさん、たいへーん！」

楽しそうに言いながら、サイドカーのハンドルを左に、つまり逃げる方向へと切ったピトフーイの脇で、

「いやいや、それを見越していたんだし」

レンは口に出してツッコんでいました。

レンにもずっと見えていました。青い口から放たれた、ホースで水を撒くような攻撃が。

そして、遠目でしたがよく分かりました。バギーから落ちたZEMALの一人が、仲間を守るためにその場で踏みとどまって攻撃してカニの目標になり、やがて氷で串刺しになるのが。

「ぬっふふ」

レンには、ほくそ笑《え》んでいるピトフーイが今考えていることが、分かる気がしました。

すなわち——、ビービーは誰一人失わずにクエストをクリアすることを目標にしているはずだから、これにておじゃんだ。わっはっは。

「心優しきビービーの狙いも、これでおじゃんねえ」

ほらやっぱり。

「あれでは近づけん！」

ボスからの声が、レンの耳に届きました。彼女と三人の仲間達が乗るバギーも、同じ攻撃をこちらに食らってはたまらないので、素直に距離を取っています。

ひとまず安全な、離れた場所にいるトーマが、

「次が撃てるけど、どうする？」

そう聞いてきて、ピトフーイが即座に答えます。

「あ、止めて。シャーリーも。たぶんヒットポイントが10を下回ったから、さらに攻撃が苛烈

になったんだと思うから、狙撃チームは一休み。お茶でも飲んでて」

「ま、普通そうなるよね。お茶ある？」

クラレンスが、シャーリーとバイクの脇で双眼鏡を覗きながら言いました。自分達の目標の残りヒットポイントは、まだ16のままです。

シャーリーは、スコープから目を離して、

「ふんっ」

鼻を鳴らしました。

レンは質問します。

「あの攻撃を、どうやって避けろと……？」

高い位置から叩き付けられる鞭のような、氷のマシンガン連射。そして身を隠す場所はゼロ。

レンはひとまず自分でも考えたのですが、答えは出ませんでした。とにかく逃げ回っていれば当たりにくいかも、くらいの考えしか浮かびませんでした。

「そうねえ……」

ピトフーイも答えを探しますが、それより先に、

「俺が、ヤツを倒す」

耳に飛び込んできたのは、エムの声でした。

「俺が、ヤツを倒す」

その声は、ビービーを始めとする、この場所でカニと戦っている全てのプレイヤーの耳に届きました。直前にトムトムに頼んで、通信アイテムのリンクを向こうのチームメンバーにも繋げてもらったからです。

ただし、向こうからの声は、エムやピトフーイ達には届きません。

ど、どうやって？

レンは訊ねるのをグッと堪えました。エムは、まず自分の考えを全部喋るでしょう。そしてその予想は当たりました。

「エムだ。この場にいる全員に伝える。俺は一人で、カニの股下へと接近する。そして足元に来たときに、トムトムに後ろから撃ってもらう。〝車両爆発〟を起こさせる」

なるほど、とレンは感心しました。

バギーを撃てば、GGOならではの車両大爆発は間違いなく、巨大ですが不安定そうに見えるカニはすっころぶかもしれません。

倒す——、カニをやっつけることはできなくても、倒す——、転倒させることはできて、そうなると首が低い位置におりてきますので、こちらは狙い撃ちしやすくなり、向こうは攻撃が当てにくくなるはず。

死中に活を求める、大変に優秀なアイデアです。さすがエムです。

ただし、エムは死にます。間違いなく。死中まっしぐらです。

しかし、ドライバーなしで、ベストのタイミングで足元にバギーを運ぶ方法は、ありません。

レンのみならず全員がそのことを理解して、

「やれ」

ピトフーイは、たった一言で答えました。


「というわけで、エキサイティングなドライブはここまでだ」

エムはカニの正面、200メートルほどの位置でバギーを止めました。攻撃していないとき、カニはおとなしく突《つ》っ立《た》っています。まるで、〝来るなら来い〟と言わんばかりに。

エムは助手席のトムトムへと顔を向けて、

「タイミングが重要だ。頼んだぞ」

「頼まれたぜ」

そして男達は、バギーの外と中に別れました。

トムトムは固い大地に立ったまま、重いマシンガンを軽々と肩で構えました。

エムはアクセルを蹴《け》り込《こ》んで、装甲バギーを急加速させました。

トムトムは、普段はあまり使わない照準器を覗いて、そのバギーの後部へと合わせました。

カニが気付いて、青い首をゆたりと持ち上げます。そして口から放たれる、氷の散弾攻撃。数百の礫は、狙い違わずエムのバギーをその網に捕らえました。土埃と氷の欠片の中に入ったバギーは——、

それが晴れる前に、そこから飛び出してきました。

装甲板は氷からエムを守り切り、ボディはボコボコになりながらも形を保ちました。ダクトテープが耐えきれずに千切れたのか、一枚、また一枚と装甲板が落ちていきますが、

「うおおおおお！」

エムの熱意と速度は緩みませんでした。

「やっぱり、俺達のスコードロンに入れよ。強者は、いつでも歓迎《かんげい》するぜ」

トムトムは呟きながら、ＦＮ・ＭＡＧを連射しました。

カニの右側の足元にぶつかろうとしていたバギーに、後ろから銃弾が追いついて、見事に命中しました。

ハリウッド映画を思わせる派手な火炎《かえん》の爆発が、世界を揺るがせました。

そしてカニも。

右側の青い脚二本を蹴飛《けと》ばされるように払われたカニは、ぐらりと巨体を揺らすと傾き、そのまま後ろへと倒れていきました。

まだ倒れる途中の段階で、

「行けっ！」

ビービーが、

「よっしゃやっちゃえ！」

そしてピトフーイが叫び、左右から車両が殺到します。

レンは急加速をしたサイドカーに揺られながら、左上の仲間のヒットポイントゲージ、一気に減りきってゼロになったエムのそれを見ていました。

合掌《がっしょう》！

自分が死んだらエムは合掌してくれるとのことなので、レンは心の中で手の平を合わせました。実際の右手はＰ９０を握っていて、左手はサイドカーのパイプを掴んでいます。

ずどん、と大地を揺るがせて倒れたカニは、予想通り起き上がれませんでした。脚をジタバタと動かすだけ。そして首は付け根が横になってしまったので、持ち上げたとしても大した高さになりません。およそ3メートル。

最初にカニに近づいて、ゆっくりと走りながら撃ち始めたのは、ボルド運転のバギーの助手席にいるジェイク。右側に向けたＨＫ２１を撃ちまくって、シノハラの敵《かたき》討ちを始めました。

地面に横たわった頭に、銃弾がビシバシと命中し、数値を9へと減らしていきます。

その後ろに群がる、残りのバギー達。そして増える火線。運転手以外の全メンバーが、持てる火力を全て発揮していました。世界を壮絶にやかましくしていました。

レン達も、反対側にバギーとサイドカーで迫り、40メートルを残して、こちらは完全に止まりました。運転手も発砲するためです。

そして大狂乱のごとく、撃って撃って撃って撃ちまくります。

「エムさんの敵討ちだ！」

「ウラァ！」

SHINCのメンバーの持つ多種多様な銃器が、同じ目標へと黒い銃口を向けて、そこが明るく光りました。

「ヒャッハー！」

ピトフーイがKTR—09のドラムマガジンを空にする勢いで撃ちまくる隣で、レンはサイドカーのボディの上に立ちました。

そして、P90の引き金を引ききってのフルオート連射。空薬莢が銃の真下に勢いよく弾き出されて、ボディに当たって小気味よい音を立てました。

その後ろに遅れて到着《とうちゃく》したフカ次郎《じろう》が、

「おうおう、派手にやっとるなあ」

巨体に群がる人々を見ながら言いました。

「まるで、食い放題のカニの皿に群がる腹ペコ共のようだ」

「フカ！　他に例えはない？」

マガジンを交換しながらレンが聞いて、

「ないな」

「さよか」

次の瞬間でした。

倒れたカニの半分が、つまり青い方が、ポリゴンの欠片へと変化しながら、ゆっくりと消え始めたのは。

説明はなくても分かります。ＺＥＭＡＬ、ＭＭＴＭ連合チームが、自分達のターゲットを倒したのです。

レンが見ると、ノロノロと進むバギーの上でガッツポーズをする男達が見えて、運転手のビービーが小さく手を振るのが見えました。

青い欠片は、ゆっくりと天に昇《のぼ》っていきました。そしてたっぷり数秒かけてカニの半分が消えると同時に、全メンバーが一瞬で、幽霊のようにかき消えていきました。第四の試練、先んじて突破です。

「残り５！」

ボスがマガジンを交換しながら言って、その言葉が耳に届いて、

「もう、カニを撃つ必要は、ないな……」

200メートル後方で呟いたのは、シャーリー。

そしてバイクのシートに依託《いたく》しているR93タクティカル2の銃口を、スッと動かしました。

スコープの十字線を、サイドカーの手前に立つポニーテール女の背中へと向けました。

お、やる気？

脇にいるクラレンスが、口と表情で聞いてきました。

クリア直前に、やる。

シャーリーが口元の笑《え》みだけでそう答えて、

「残り3！　あと僅かだ！」

ボスのカウントダウンが、数を減らしました。

「残り2！」

シャーリーが、引き金に指を近づけました。

彼女に、バレット・サークルは必要ありません。400メートルでゼロインしてあるこの愛銃、200メートルなら弾丸の落下分は少ないので、少し下を狙って撃てば、ピトフーイの体のどこかには絶対に当たるでしょう。

そして、体のどこに当たっても、必殺の炸裂弾はいい仕事をしてくれます。

「残り1だ！　撃て撃て撃て撃ちまくれ！」

シャーリーの指先が、引き金へと音もなく伸びたとき、

「っ！」

シャーリーの目の前にあるバイクに、真っ赤な線が音もなく伸びてきました。

それはもちろんバレット・ラインで、自分の左斜め後方からで、通常のそれに比べて驚くほど太くて、そんなことができる人は一人しかいなくて、

「負けたよ」

シャーリーは、愛銃をスッと持ち上げました。


その様子を、対戦車ライフルのスコープ越しに見ていたトーマの耳に、

「これでゼロだあっ！」

ボスの野太い声が届いて、彼女は引き金から指を離しました。


砕け散って天に昇っていくカニの半身を見ながら、レンはスー三郎《ざぶろう》の声を聞きます。

「皆様、おめでとうございます。第四の試練、クリアです」

熱を持ったP90を下げて、レンは左手首内側の腕時計を見ました。13時42分を少し過ぎたところでした。

「皆様を、第五の試練へとお連れいたします」

いよいよ最後の試練か……。果たしてどんなものやら……。

思いながら、レンは白い光に包まれました。

SECT.8

第八章 リフレクション ―第五の試練―

第八章「リフレクション―第五の試練―」

レンが目を開けると、目の前にはレンが立っていました。

「うひっ？」

レンが驚いて目を丸くすると、目の前のレンも目を丸くして、

「なあんだ……、鏡か……」

自分が今、大きな鏡の前に立っていることだけは分かりました。

目の前に映るのは、自分。デザートピンクの戦闘服を着て、白いラインが入ったデザートピンクの帽子を被って、デザートピンクに塗ったＰ９０を持っています。

ただし、Ｐ９０を持っているのは彼女の左手で、帽子のラインも彼女の左側に見えます。つまりは鏡映し。

うんうん、相変わらず小さくて可愛いね。ピンクもよく似合ってるよ。手にした銃も可愛い可愛い。

レンはホッコリしました。

そして右を見て、レンがいて、

「ん？」

左を見て、レンがいて、

「あ？」

振り向いたらレンがいました。しかも、ちょっと視線をずらすとたくさん。

「ああ……、ミラーハウスだ……」

天井まで続く大きな鏡が、ランダムな角度で張《は》り巡《めぐ》らされた、遊園地によくあるアレでした。

レンは、というか香蓮《かれん》としても、入るのは初めてです。

足元はどうなっているかと思って下を見ると、真っ暗でした。何も光を反射しない、固そうなフロア。

上はどうなっているかと見ると、天井も似たようなものです。高さは3メートルほどと普通の家よりは高い位置に黒い板があって、鏡はそこで終わっていました。

壁にも床にも周囲にも、灯りはありません。

光源となるものが何もないのに、鏡に映る自分はクッキリとよく見えます。さすがヴァーチャル世界。

レンは鏡に近づきました。

自分が左手を伸ばすと、向こうのレンは右手を伸ばしてきて、やがて指先が硬く触れました。

鏡の位置と角度はまちまちで、少し動くと、自分がいろいろな角度で数人いっぺんに見える場所がありました。合わせ鏡になっていて、無限に延びて見える場所もありました。

レンは目の前の鏡を思いっきり押してみます。動きませんでした。少し歩いて、別の場所で押してみます。こちらは回転扉のように、くるりと軽々と動きました。その向こうには別の空間と鏡が広がっています。つまり、迷路《めいろ》にもなっているようです。

「迷いそうだな……。ここで何をしろと？」

レンはそこまで独りごちてから、ある事に気付きました。かなり遅かったですが。

そういえば、仲間達はどこじゃ？

通信アイテムが封じられていることも考えて大きな声を出しました。左右の鏡は声も軽く反射するようで、小さくエコーがかかりました。誰からも、返事はありませんでした。

「みんなー！　どこー？」

むう……。

レンは心の中で唸りながら、置かれた状況を確認します。

左上の仲間達のヒットポイントゲージ、非表示。今は亡きエムは、×マーク。

自分の武装、ピーちゃん、ヴォーちゃん、ナーちゃん――、全てある。

弾薬――、フル回復。

ステータス異常――、無し。

通信アイテム――、やはり使用禁止の×マークが、アイコンの上に浮かんでいました。

リザイン、つまり降参してゲームを終了するボタン――、使用可能。

「つまりここは、一人で戦えと……？」

レンが、P90のグリップを今一度握りしめ、安全装置がフルオートの位置にあることを指で確認したとき、

「皆様、第五の試練です」

スー三郎《ざぶろう》の声が、どこからともなく聞こえました。


恐らく全員が聞いているだろう声を、レンは注意深く聞きました。

その場にいないスー三郎《ざぶろう》の声が、まるで神の声のように響きます。

「皆様は今、一人ずつ孤立《こりつ》した場所にいます。互いの状況は分かりません。通信や合流はできません」

やっぱりそうか。

「そこは閉じられた空間です。クリアか死亡か降参以外で、外に出ることはできません。皆様はここで、一体の敵と戦い、これを倒してください。ヒットポイント全損で、試練脱落《だつらく》になります。敵を倒した方から、合流地点へとご案内します。生存者全員が集まった時点で、第五の試練を突破したとみなします」

つまり、このミラーハウス内で敵を一体だけ倒し、生き残りが集合しきったところでクエス

トクリアということです。

　とするると、なるべく早く倒さねばなりません。

　倒しきれない、時間がかかりすぎる、と判断すれば、仲間が既に終えていると信じて降参する、という手も取れるかもしれませんが——、もし誰もクリアしていなければ、単なるゲーム離脱でしかないので、ちょっとリスキーです。

「現在13時44分です。制限時間は6分。戦闘のご準備を行ってください」

　視界の右上に、06：00の数字が出て、すぐに05：59になりました。

　たった一体だからとはいえ、これはかなり厳しい制限時間設定です。のんびりなどできず、敵を見つけたら速攻《そっこう》が必要です。

　そう思ったレンの脳内に聞こえてくる、可愛い少年のような声。

「レンちゃん！　どんな敵でも味方でも構わないさ！　この手を離さないで！　ボクの高速連射のサビにしてやろうよ！」

　そうだね、ピーちゃん。頼りにしているよ。あ、いや、味方はダメだからね撃っちゃやね。

　しかしそれに被さってくる、別の落ち着いた声。

「あいや、しばらく。かような場所では、あっしの出番ではないでしょうかね？」

　うっ！　ナーちゃんの言う事も一理ある！

　近接戦闘になるのなら、腰の後ろにいつも装着しているコンバットナイフの方がいいかもしれません。

そこに割り込んでくる、二つのそっくりな声。

「ちょいと！　何か忘れてない？」

「ちょいと！　何か忘れてるよ！」

あ、そういえば……。

レンは一瞬だけ悩みましたが、

「よしっ！」

すぐに心を決めると、空中で左腕を振りました。そして出たウィンドウで、〝武装の一括交換〟をセレクト。

右手から、

「うーわー、ひーどーいー！」

可愛い声で悪態をつきながらP90が、両腰《りょうごし》からそのマガジンポーチが消えました。

代わりに腰に、というより腿の位置に付いたのは、二つの黒いホルスター。中には、ピンクの拳銃が収まっています。背中には、黒を基調にピンクと白のラインが入った四角いバックパック。

そう、SJ4の拳銃マストエリア用にピトフーイが拵《こしら》えてくれた、レン専用ハンドガン。

GGOオリジナルデザインの、サブコンパクト45口径自動式拳銃《AM．45》。それをレンの色に染め上げたカスタムカラーモデル《AM．45　バージョン・レン》――、愛称《あいしょう》《ヴォーパル・バニー》。

レンは両手でヴォーパル・バニーをホルスターから抜くと、

「やりましょう！」

「やっちまいましょう！」

血気盛《さか》んなヴォーちゃん達のリヤサイトの出っ張りを腰のベルトに引っかけて、腕を下に押し出しました。

スライドが引かれ切ったところで体から離すと、バネの力でスライドが戻り、どんぐりのようにずんぐりとした45口径ACP弾を薬室に送り込みました。

装填完了《かんりょう》。

弾倉には6発。背中のバックパックには予備弾倉が、自分の重量制限目一杯《めいっぱい》の計二十個。

レンが両手に牙を持った瞬間、スー三郎《ざぶろう》が戦闘開始の文句を告げるのです。

「それでは皆様――、ご武運を」

敵は……、どこだ？

そして……、どんなヤツだ？

レンは心の中で問いかけながら、両手に持ったヴォーパル・バニーを肩の高さで保持して、ゆっくりと歩きました。

腕は伸ばしません。敵に銃を掴まれる恐れがあるから。体に近い位置に保持して、しかしすぐに向けられるように筋肉を適度に緊張させて、レンは歩きます。

同じ場所にじっとしていて、敵が来てくれる保証はありません。いえ、今までの試練からして、たぶん来ないでしょう。

レンは動き続けました。

ミラーハウスは、何人ものレンを映しては、レンの動きに合わせてずらしていきました。両手に持ったヴォーパル・バニーが、音もなくスライドしていきます。

その人差し指は、まだトリガーガードの外にありました。引き金にウッカリ触れて、バレット・ラインを出してしまわないために。そして何より、転倒時に暴発させてしまわないために。

静かな、そして緊張の30秒が過ぎました。残り、05：10。

レンは、より一層、耳をすましました。この場所で敵を最初に察知できるのは、耳ではないかと。

足元の素材は謎ですが、レンのブーツの底を強く打ち付けても、まったく音がしません。それはすなわち、敵に足音を聞かれる心配はないが、敵の足音も聞こえないということ。

ならば、かすかに動く音、敵の体が風を切る音を聞き取るしかありません。

どこだ……？
静かな、恐ろしいほど静かな時間が過ぎていきます。
どんなヤツだ……？
残り、04：58。
いくつもの自分を見たレンが、自分を見飽《みあ》きたとき——、
その敵は、目の前に現れました。

一つの鏡の脇を通り抜けたときに、3メートル前に自分がいました。
鏡の密度が減って、ほぼ真っ暗な空間で、正面にある一枚の鏡が反射している自分。
自分を睨んでいる、鏡写しの自分。帽子の白いラインが、右側にある自分。
しかし、レンの鋭い目は、その違和感を見逃しませんでした。
自分は今、右手のヴォーちゃんをもう一人のレンへと向けています。
3メートル先にいるレンも、やっぱり左手のヴォーちゃんを自分に向けています。
しかし、レンは今少しだけ、銃を傾けていました。内側に。
3メートル先にいるレンは、左手のヴォーちゃんを、ほぼ垂直に持っていました。
レンは今、自分が怪訝そうな顔をしていると分かっています。
3メートル先にいるレンは、まるでマネキン人形のように、無表情でした。

ああ――、そうか。
レンの右手の人差し指が、ヴォーパル・バニーのトリガーに触れて、そして引き絞って、二人はほぼ同時に発砲しました。

「ぎゃふっ！」

やっぱりだ！

レンは悲鳴を上げながら、心の中で自分が間違っていなかったことを叫びながら、そして右《みぎ》肩《かた》に鈍い痛みを感じながら、軽い体をひっくり返しました。

右肩に赤い被弾エフェクトが煌めいて、ヒットポイントが80パーセントまで減りました。

もう謎は解けました。

敵の正体も分かりました。

アイツです。今レンの銃撃を左肩甲骨《けんこうこつ》に食らって、同じようにひっくり返ったやつ。

レンが高速で起き上がると、左手のヴォーパル・バニーの銃口を向けて、

「くっ！」

そこに敵はいませんでした。

そのかわり、敵の残存ヒットポイントが、バーグラフで視界右上に表示されるようになりました。およそ80パーセント。つまりはレンと一緒。

ここでの敵は——、自分のコピーだ！

レンは確信しました。

さっきレンが見た自分は、鏡ではありませんでした。そこにいたのです。

自分とまったく同じ格好をした、しかし左右反転しているグラフィックの敵が。

そして自分が攻撃したときに、バレたと判断して、コンマ何秒の遅れで、自分を攻撃してきたのです。結果は、４５口径弾を互いの肩にぶち込んだという痛み分け。

第五の試練の敵は、自分のコピー。

「くうっ！　悪趣味《あくしゅみ》！」

レンは叫んでしまいました。

しかし、

「アレは〝敵〟！　倒すっ！」

闘志は揺らぎませんでした。

自分そっくりの小さくて可愛いピンクの敵を、

「倒すっ！　ぶっ倒す！」

レンは獰猛に笑いながら、逃げたであろう方向へと猛ダッシュで突撃します。

黒い空間に敵が見えて、レンは猛《たけ》る闘志と共に、右手のヴォーパル・バニーを向けました。

敵も、左手のヴォーパル・バニー、ただし左右反転モデルを向けてきました。

あっ、違う！

ギリギリで気付いたのですが遅すぎました。

引き金を引き絞ってしまったヴォーパル・バニーは、

「今さらそんなことを言われてもね。機械ですからね」

そう言いながらハンマーが倒れ、銃の中のピンを叩き、ピンは弾丸のそこにある雷管《らいかん》をぶっ叩きました。つまりは意識通りに発砲して、銃弾が飛び出し、そこにあった鏡に大きな穴を開けました。

間違えて鏡写しの自分を撃ってしまったレンへと、黒い空間から弾丸が飛んできて、とっさに身を捻っていたレンの脇腹数センチのところを通り抜けていきました。

「くそう！」

レンはゴロゴロと転がりながら、発砲音が聞こえた方、つまり敵のいたであろう空間へと、片手2発ずつ発砲。

まったく手応えがありませんでした。

即座に床に伏せて丸まり、反撃の銃弾が4発、そこへと襲いかかりました。全てバックパックに命中して、

「ぐがが」

レンの体を四回押しました。エムの楯にも使われている防弾板が、弾丸の貫通を防ぎました。

ヒットポイントの低減、なし。

レンは身を捩りながら高速で起き上がると、左右に高速反復横跳《よこと》びをしながら後退。

最中に、まだ弾が残っている両手のマガジンを、潔く新しいのに交換します。

マガジンを落として、バックパックへと銃のグリップを差し出すと、新品がジャコンと差し込まれます。スライドを戻すと、両手の発射可能数は合計14発になりました。

ある程度下がって、レンは一つの鏡の後ろに隠れて止まりました。

04：14。

残り時間をチラリと見てから、静かに立ったまま考えました。

敵を見つけても、すぐに撃っちゃダメだ。

それは鏡に映っただけの自分かもしれません。

そして撃ったら、必ず敵は、同じ数だけ撃ち返してくる。だから、反射でないと見極めて、反撃を許さぬように確実に、それもできるだけ大量の弾丸を撃ち込むしかない……。

レンは駆け出しました。

足音もなく高速で走り、暗い中にピンクがちらつく場所を目指します。それはつまり、鏡が多い場所。やがて、いくつもの自分が左右を通り過ぎていきます。

目の前に自分が現れ迫り、それが鏡か敵か分からないまま、まあたぶん鏡だと思いながら、レンは右手で1発だけ発砲しました。

高速で駆け抜けながらの発砲なら、相手の弾もそうそう当たらないはず。

これで相手の位置を探る！

果たしてそれは鏡で、弾痕《だんこん》がレンの像を歪ませて、そして左脇から風音が聞こえてきました。

背筋がぞわっとしたときには、もう遅すぎました。

斜め後ろから超高速で迫って来た小さなピンクの影が、僅か2メートルの距離から自分へと片手と銃口を猛烈な素早さで突《つ》き立《た》てて、発砲。

レンは避けようと身を捩りましたが、いかんせん近すぎました。

捩る途中の脇腹を銃弾が貫いていき、

「ぎゃふっ！」

レンは転び、バックパックごとゴロゴロと転がり、やがて鏡の一枚に大激突してそれを派手に砕き散らせました。

回転中にレンは見ました。自分を撃った敵が、一瞬たりとも止まらずに駆け抜けていくのを。

ひっくり返った状態で鏡の破片を全身に浴びながら、そして、ヒットポイントが一気に30パーセント減って、ゲージが緑から黄色へと変わるのを見ながら、
速い！　素早い！　強い！

レンは、敵を褒めるしかありませんでした。

人間離れした超高速で移動して、素早い身のこなしからの一撃離脱、あるいはヒット・アン

ド・アウェイ戦法。

小さく素早い敵がこんなにも嫌なものかと、レンは身に染《し》みて分かって、同時に、今までは、みんながわたしを、こう思い、〝イヤなヤツ〟だと、思ってたのか……。

レンは、心の中で短歌を詠みました。

自分がなぜ〝ピンクの悪魔〟などという実に可愛くない二つ名で呼ばれたのか、理解しました。ちゃんと理解しました。大変に理解しました。激しく理解しました。

これまで、自分より遅くて大きな人間しか相手にしてこなかったレンには、やりにくい……。

GGO人生で一番、対処方法が分からない敵でした。

03：59。

しかし、ここで寝ているわけにはいきません。

レンは鏡の破片をばらまきながら、バネ仕掛けのように跳び上がりました。

自分のヒットポイント、残り50パーセント。敵、80パーセント。

撃たれ弱いレンは、45口径ACP弾なら、体の隅に1発食らうだけで30パーセント減ります。頭部や心臓部なら、一撃で即死でしょう。

つまり、それは敵も同じなはず。同じ性能を持つコピーなのだから、そうでないとズルいです。

ならば、頭にたった1発食らわせることができれば――、レンにも逆転のチャンスはあるのです。

速く移動できる場所は、ダメだ。

ゆっくりと歩きながら、レンは理解しました。

この場所のように鏡の密度が低い場所では、相手に高速移動を許します。

敵は、近くにいても、自ら仕掛けてはきません。レンが攻撃して、初めて反撃をしてくる戦闘スタイル。

もちろん理由は、タイムリミットがないからでしょう。自分から仕掛ける必要がないのです。

すると勝機は、先に自分が見つけ、確実に死ぬまで撃ち込むしかありません。

右手側6発、左手側7発のヴォーパル・バニーを手に、レンは歩きました。

そして、スタート地点に戻ってきたのか別の場所かは分かりませんが、鏡の密度が多い場所へとたどり着きました。

03：25。

よし、ここならいい……。

レンは、大量の自分を見ながら思いました。

どっちを向いても、自分がいます。鏡に映った自分が。

さて……、やるか……。

レンは、思ったことが思い通りにいくことだけを願いながら、
それいけヴォーパルちゃん。

左手のヴォーパル・バニーを、無造作に、狙いもせずに1発撃ちました。

撃った瞬間にレンは伏せて、その頭の上を反撃の銃弾が1発だけ飛んでいく音を聞きました。

やっぱりな。

レンの予想は的中しました。

敵は、自分が撃った分しか撃ってこない。まるで鏡のような反撃という攻撃しかしてこない。伏せているレンなど、見えていれば絶好の的なのに撃ってこない。ゲームデザイナーが、敵の設定に理由を持たせたのは間違いありません。

レンは銃弾が飛び去るのと同時に立ち上がると、見ました。

周囲を。

レンばかりが映っています。レンがたくさんいます。ぐるりと見渡します。レンがたくさんいます。あちらにもこちらにも。レンだらけ。

左右反転したレンが。

そして――、していないレンが。

まるで写真に撮《と》られたかのように、帽子のラインが左側に見えているレンが、確かにそこに

いて、真っ直ぐ目が合って、

「見つけたあっ！」

レンはその〝鏡〟に向かって全力で駆けると、最後は猛烈なスライディング。銃を落とさないように、両手に力が籠もりました。

滑っていったレンが両足で鏡を踏みつけて止まり、鏡面が向いている方へと銃口を向けました。

左右反転したレンが実体化しているのなら、鏡に映った敵は、左右が戻って見えるはず。そして、そいつとは、〝目を合わせることができる〟はず。

レンは予想し、突撃し、果たして敵はいました。

スライディングして止まった場所から4メートルほど先に。

そして、両手の拳銃の銃口を自分へと突きつけていました。

どれだけ撃たれてもいいから、とにかく撃ちまくる。

体勢の違いによっては、つまり被弾箇所によっては、自分がひょっとして勝つかもしれない。

僅かな可能性に賭けての、死中に活を求めるギリギリの作戦でした。

「たあっ！」

レンは叫びながら、両手のヴォーパル・バニーの引き金に力を込めました。

弾が、出ませんでした。

あれ？

気合い一発引き絞った引き金が、がっちりと固定されていました。

あれれ？

レンの目に、両方のヴォーパル・バニーの後部が見えて、
ああああああ……！　なんてこったあああああ！

レンは心の中で大絶叫しました。

撃てなかった理由は、大変によく分かりました。

ヴォーパル・バニーのグリップを握った親指が、そこにある安全装置をバッチリと上げてしまっています。さっきのスライディングの途中の無駄な力です。あのときに、不用意に握り込んでしまっていたのです。セフティをかけてしまったのです。

大失態！　皆さんどうも、ごめんなさい……。

レンが心の中で五・七・五を炸裂させて、自分が蜂の巣になるのを覚悟しました。

そして、静かな時間が流れました。

レンは撃てませんでしたが、敵は撃ちませんでした。

「え？」

レンの目の前で、4メートル先で、ヴォーパル・バニー、ただし左右反転モデルを両手で構

えている敵は、レンを撃たずに止まっていました。

「なんで……？」

レンが思わず訊ねて、敵は何も言いませんでした。

ただ、突っ立っています。最初に見つけたときのように。

「ああっ！」

レンの脳内に電気信号が稲妻《いなずま》のように走り、レンは理解しました。

攻撃されなければ攻撃しない敵は、攻撃が不可能なわたしを攻撃しない。

それがこの敵の行動基準。

銃口を向けて引き金に触れているとはいえ、システムが安全装置を認識してしまったのです。

弾が出ない銃を向けていると、分かってしまったのです。

これが人間相手なら、絶対にそうは思ってくれなかったでしょう。

弾が入っていようがなかろうが、銃口を向けた時点で攻撃の意志あり、射殺してオッケー、です。安全装置の位置など、そもそも前からはほとんど見えませんし。

「………」

レンは、ヴォーパル・バニーの銃口をゆっくりとずらしました。そして、そのまま、安全装置がかかったまま、

「ちょいとレンちゃん？　撃たんの？」

「ほら、セフティ外して撃てば？」

事情が分からずクレームを入れてくる2丁のヴォーちゃんを、

「ムギュ」

「むぎゅ」

そのままホルスターにズボッと差し込んでしまいました。

敵が、ゆっくりと手を動かしました。無表情な自分のコピーが、ホルスターにヴォーパル・バニー、ただし左右反転モデルをしまい入れるのを、レンは見ました。

レンは、ゆっくりと歩き出しました。敵に向かって。

攻撃したら、される……。

レンは考えます。

だから、相手の攻撃を封じる……。

レンは近づきます。

相手は自分の鏡……。左右は反転している……。

レンは、敵のすぐ目の前まで来ました。表情以外は、鏡を見ているのと変わりません。いえ、ひょっとして今自分は、まさに見えるような無表情なのかもしれません。

チャンスは一回！

上手く行くか、分からないけど！

レンは、左手を、ゆっくりと差し出しました。

「握手《あくしゅ》！」

「…………」

敵は何も言いませんでした。それが攻撃だと思ったのか、そう思わなかったのかは分かりませんが——、同じように、左手を出してきました。

相手が出したのが右手ではなく、左手だと分かった瞬間、

勝てる！

レンは思いました。

そして、自分の左手で敵の左手に触れて、しっかりと握りました。人生初の、自分との握手です。

レンは、握る手に力を込めました。

「元気？」

「…………」

敵は何も言いませんでした。それが攻撃だと思ったのか、そう思わなかったのかは分かりませんが、同じように、左手をグッと握りしめてきました。

「死んで」

レンは、右手を腰の後ろに回すと、

「そうですあっしの出番です」

ナーちゃんのグリップをしっかりと摑みました。

レンの攻撃意志に、敵が即座に反応しました。同じように空いている右手を腰の後ろに回して――、
そこで空《くう》を摑《つか》みました。

鏡写しなら、そっちにグリップは、ないよ？

レンは、ナイフを逆手で抜いた右腕を、最高の速度で振るいました。

ナイフの刃が敵の首の中を通り抜けるのと、敵の右腕がレンの首の前を通り抜けるのが、ほぼ同時でした。

首から被弾エフェクトを煌めかせながら、敵の体が後ろへと倒れていっても、レンは手を離しませんでした。敵のヒットポイントが、グイグイと減っていきます。

渾身の力を込めて引っ張ると、力の抜けた敵の体がくるりと回転して、背中が胸に当たりました。

レンは、自分と同じ大きさの体を、後ろからしっかりと抱きしめました。

「あなたは……、強かったよ……」

レンは、愛おしそうに言うと、

「だから念のため」

死ななかったらイヤなので、右手のナイフを胸にもう一度ブッ刺しました。

ヒットポイントゲージが減りきって、抱きしめていた敵がポリゴンの欠片になって消えて、
02：23でカウントダウンが止まり、

「お見事でした」

神――、ではなくスー三郎《ざぶろう》の声が聞こえたかと思うと、レンは草原にいました。

白い光に包まれることもなく、一瞬の転送です。瞬《まばた》きの間に、別の場所に来ていました。

目の前に広がるのは、とても美しい景色でした。

背の高い緑の草が、弱い風に揺られて波を描いています。なだらかな丘《おか》が十重《とえ》二十重《はたえ》に連なりながら、地平線の向こうまで続いています。その遠くの空に、うろこ雲が広がっています。

頭上の空は、綺麗に晴れています。GGOならではの赤みがかった青さですが、いつもよりクリアに、より鮮やかに見えます。昼の太陽が、高い場所で輝いていました。

GGOは、大気組成も変えてしまうほどの最終戦争で地球文明が滅《ほろ》んだ後の世界ですが、こんな綺麗な場所も残っていたのですか。

それとも、今回だけ、クリアボーナスに見せてくれた景色か。

レンが、右手にまだ握っていたナイフを腰のシースに戻すと、

「よう、遅かったな」

後ろから声がかけられました。

振り向かなくても、声で誰かは分かります。シャーリーです。振り向いたレンが見たのは、やはりシャーリーでした。

「はあ……」

レンが声を漏らしました。

振り向いた先には、大きな一軒家《いっけんや》がありました。

米国のホームドラマに出てくるような、カントリーチックで、中央にそびえる煙突《えんとつ》が素敵な切妻《きりづま》屋根のログハウスです。左右幅が30メートルくらい、奥行《おくい》きが10メートルくらいと、かなりの大きさ。

これはGGOでしょっちゅう見かけるログハウスで、それらの内部構造と家具の配置は全部同じです。外見はボロボロでグズグズですが、形はしっかりと保っています。ガラス窓も全て割れずに残っていますし、屋根に歪んだところもありません。

左右と後ろ、つまり東西と北側を、なだらかな丘に囲まれた盆地《ぼんち》にありました。家は広い柵《さく》で囲まれていて、その中の草は綺麗に刈《か》り取られ、半分は芝生《しばふ》、半分は畑になっていました。

庭には、一本の木が立っていて、太い枝に子供用のブランコが吊《つる》されていました。雨樋《あまどい》から生活用水を集める樽が置いてありました。庇《ひさし》の下に、小さな犬小屋がありました。

庭の端には灰色のレンガ組みの井戸《いど》があって、黒く大きな穴を空に開けています。転がる釣瓶《つるべ》では、まだ水滴《すいてき》が輝いていました。

そこは——、人が生きられる場所でした。

愚《おろ》かな戦争で人類がほとんど滅んだ後に、どうにか生き残って、ここでずっとずっと、自給自足の暮らしをしていた家族がいたのでは？　そう思わせる、素敵な景色でした。

そしてシャーリーは、庭の手前にある、タイヤを草に沈ませた錆びた小型トラクター——、そのシートに、ノンビリと腰掛《こしか》けていました。体の前に、異形のライフルを愛おしげに抱いて。

この赤いトラクター、スポーツカーで有名なドイツのポルシェ社製です。車体の先端がなだらかな曲線を描き、とても格好のいい一台。

絵になる女スナイパーへ、

「おめでと！　自分のコピーを倒したんだね！」

レンは腰までの高さの草をかき分けて、近づいていきました。

「ああ。なかなかに不気味だったけどな」

「どれくらい、かかった？」

レンより早いことは間違いありませんが、気になって訊ねました。

「開始30秒だよ。だから、ここでずっと暇だった。もう誰も来ないのかと思ったぜ」

「早っ！　——どうやって？」

「ん？　ミラーハウスでウロウロしていたら、何かちょっと違う自分が見えてな。ああ、コイツは鏡じゃなくて敵だと気付いて」

そこまではレンと同じですね。

「近すぎたんで、ライフルは撃たず、右手で剣鉈《けんなた》を抜いて襲いかかった。向こうもまったく同じ攻撃をしてきたんで、攻撃までコピーだと気付いて――」

ここも同じです。気付くのがだいぶ早いですが。

でも、それでは相打ちにならなかったのでしょうか？

「こっちはギリギリでサッと剣を止めて、敵の刃をあえて腿で蹴り受けた。知っているか？　腿みたいに筋肉が発達している箇所は、深々と刺さると引き締まって抜けにくくなる」

「うげ？」

そんなこと知りませんよ。というか、どうやったら知ることができるのですかね？

「相手が抜くのに手間取っている間に、こっちは両手で首筋を摑んで、後は窒息《ちっそく》させた。さほどかからなかったな」

「うげ……」

聞かなきゃよかったと、レンは思いました。

「他のみんなが、来ない……」

綺麗な景色を見ながら、錆びたトラクターに寄りかかって待つレンは、そうぼやきました。

視界の左上の仲間のヒットポイントゲージは、今隣にいるシャーリーの分だけでも復帰するのかと思いきや、そんなことはありませんでした。

ゲームクリア扱いで、もう銃も撃てなくなっているのかなと思ったら、そちらはまだ可能なようです。

「来なくても、クエスト達成はもう、間違いないだろ」

シャーリーが、なんでもないことのように言って、

「まあねー」

確かにその通りなので、力なくそう答えるしかないレンでした。

「〝最速クリア〟なら、もう無理かもな。連中に先を越された可能性が高い」

連中、すなわちZEMALとMMTM合同軍です。自分達より先に、ミラーハウスに入っていたはずです。

「だろうね」

「ピトフーイも死んだかな？　あのミラーハウスは、自分が強ければ強いほど、敵を倒し難《にく》くなるはずだ。私が楽に勝てたのは、ライフルを使わなかったからだ。撃ち合っていたら、完全に相打ちになっていた」

「うーん……」

どんな戦闘にもオールマイティに対応できるピトフーイのこと、敵にやられてしまったのでしょうか？　光剣で刺し合ってしまったとか？

草原を風がざわざわと通り抜ける様を見ながら、シャーリーが呟きます。

「素敵な景色だ。ＧＧＯにもこんな場所があったのか」

「だよねえ」

「こんな場所で戦いたくは、ないいな」

「まあね。でも、その必要はないみたいだよ。多分だけど、クリア後のボーナス景色だよ」

「ならいい」

シャーリーとレンが黄昏《たそが》れていると、

「おふっ？　ここはどこだ？」

その自然豊かな景色の中に、グレネード・ランチャーを両手に持った異物が、つまりフカ次《じ》郎《ろう》が忽然《こつぜん》と現れました。予兆の一切ない出現は、見ている方も軽くビビります。

レンが呼びかけるより早く、

「ぬ？」

ボスが、

「あっ！」

そしてトーマが突然実体化して、三人の背中が並びました。

「やっほー！　みんな！　こっちー！」

　レンの呼びかけに振り向いて、フカ次郎《じろう》が笑顔を作りました。

「いようレン！　レンをぶち殺したか！」

「もちろん。フカも、金髪のチビをやった？」

「ああ、ヤツは強かったぜ……。そして、殺すには惜しいほどのベリーキュート、アーンド、プリティだった……。生け捕《いど》りにして、みんなに紹介しようと思ったんだがな」

「いや、二人はいらん」

　どうやって倒したかは後で聞くとして、レンは三人を迎《むか》え入《い》れました。

「これだけか？　ピトフーイは？」

　ボスが聞いて、レンは首を横に振りました。トーマが、

「私のときで、残り時間僅かだった……」

　ピトさん、死んじゃったかなあ？　さすがに、ピトさん相手じゃ、キツかったかな……？

　レンが思って、

「けっ！　私に殺される前に死にやがって！」

　シャーリーが悪態をついたそのとき、ピトフーイが出現しました。

　突然の登場も驚きですが、姿も驚きです。

　ピトフーイは下着姿でした。

装備品のみならず、いつもの濃紺《のうこん》のつなぎもなく、細く引き締まった褐色《かっしょく》の体を、GGOの最小装備とも言える黒いスポーツブラとショーツで包んでいるだけ。足元も裸足《はだし》。戦闘服まで含む装備を一括解除しているのだと思いますが、

「なんで？」

レンは呟かずにはいられませんでした。

「キャー！　ピトさんセクシー！」

フカ次郎《じろう》の言葉に、ポニーテールごと振り向いたピトフーイは、

「やあ皆さん！　そちらにおいでで！　そこそこお揃《そろ》いで！」

「ピトさん！　遅刻《ちこく》ギリギリ！　でも間に合った！　よかった！」

「ありがとレンちゃん。いやー、我ながら危なかった！　さすがにコレで全員かな。いないのは、クラちゃん、ローザとソフィーとターニャとアンナか」

レンが腕時計を見ました。13時49分58秒。もう、間に合わないでしょう。

そう思ったとき、目の前にクラレンスが現れました。

「ん？　間に合った？」

クラレンスがそう言いながら振り向いて、

「やほう！　ここは天国かい？」

「違うけど、とりあえずおめでと！」

「おっと、ヒットポイントが全部戻ってる！　やったー！　よかったー！　あー、もうダメかと思ったよおおお！」

さぞかし苛烈な戦いを、自分とやってきたようです。

全員がどういったバトルをして勝ってきたか知りたいレンですが、中でも一番知りたいのは、左手を振って装備を戻しているピトフーイです。なぜにどうして下着姿に？

「ピトさん、なんで脱いだの？」

「ああ、それはね――」

元のフル装備姿に、変身のように戻りながら、ピトフーイが答えます。

「自分と戦えるのが本当にワクワクでさ、銃撃戦じゃなくて、殴り合いをしたくて」

「は？」

「こっちも相手も身一つになって、拳で楽しんできたのさ！」

「はあ……」

「でね、フェイントかませて押さえつけることに成功したんだけど、すぐに殺すのが、なんかとってももったいなくて！」

「はあ……」

「ダクトテープで手足縛ってから転がして、〝自分に対する拷問〟って貴重な体験を楽しんでいたら、手加減しすぎて時間ギリギリになっちゃったってワケ。てへっ！」

いや、てへっ！　じゃないよ……。

こいつらみんな、もれなくおかしい。

自分の喉を掻《か》き切って殺してトドメの刺突《しとつ》までしたレンが思いました。

「皆様、お疲れ様でした。第五の試練、見事に突破です」

庭に集まったレン、フカ次郎《じろう》、ピトフーイ、シャーリー、クラレンス、ボス、トーマの七人へと、スー三郎《ざぶろう》がヒョッコリ草から出てきて言いました。

それぞれが安堵《あんど》の息を吐き、あるいは亡き仲間達を想いました。

そしてフカ次郎《じろう》が、

「おお！　スー三郎《ざぶろう》うううううっ！　無事だったかアアアアア！」

絶叫と共にしゃがみ込《こ》んで撫で回しました。

「最速クリアかっ？」

ボスが聞いて、

「それは、まだ分かりません」

スー三郎《ざぶろう》は、意外な答えを返しました。

首を傾げる七人の前で、

「最後に皆様にやって頂きたい行動があります。それを行えば、この試練は本当に終わります。

クエスト、クリアです」

「なんだよ六つ目かよ！　試練は五つ――、と思ったら六つっ！」

クラレンスがおちゃらけて、

「試練と言うほどたいしたことでは、ございません。すぐに終わります」

スー三郎《ざぶろう》は冷静に言葉を紡《つむ》ぎました。

「わたくしを、殺してください」

EPILOGUE

最終章　犬の天国で

最終章「犬の天国で」

「わたくしを、殺してください」

「おっけー！　じゃあ私がサクッと！　一発で苦しませずに！」

腰からXDM拳銃を抜いたピトフーイの右手を、

「ちょいとまったあああああああああ！」

フカ次郎《じろう》のグレネード・ランチャーの太い銃口が、ぐいっと押しのけました。

「あら？　フカちゃんが自分でしたい？」

見下ろしたピトフーイの目を、フカ次郎《じろう》の目が大きなヘルメットの縁から睨んで、

「ちゃうわあ！　なーにサクッと抜いてるんじゃ！　スー三郎《ざぶろう》は殺させないぞ！　つーか、なんでそうなるんだ？　——おい、スー三郎《ざぶろう》や、なんでそうなるんだ？」

「残念ですが、わたくしにはその理由は知らされていません」

「ぐぬぬっ！　ちょっとクソ作家に聞いてきなさい！　今すぐ！　ナウ！」

「そんな事を言われましても」

「いいから聞いてきなさい！　それまで、大好きなオヤツはあげません！」

「やめろ、スー三郎《ざぶろう》をいじめるな！」

それを庇ったレンです。

「お前、不死属性じゃなかったか？」

ボスが聞いて、

「解除されました」

スー三郎《ざぶろう》がサラリと答えました。

クラレンスが、

「メッセンジャーが最後に殺されて去ることで、試練が終わるー、とかかね？　まあ、シナリオエンドとして、わりとよくある話じゃない？」

「知ったことか！　私は、誰にも、スー三郎《ざぶろう》を殺させないぞ！」

フカ次郎《じろう》が小さな体を素早く移動させ、スー三郎《ざぶろう》の前で仁王立《におうだ》ちしました。両手にＭＧＬ―140を掲げ、

「スー三郎《ざぶろう》に銃口を向けるヤツは、オイラが漏れなく撃つ！」

「じゃあ、光剣で斬るしかないかしら？」

「同じじゃあ！　撃つぞ！　ちなみに、右太《みぎた》にも左子《ひだりこ》にも、1発目はプラズマ弾頭を入れておいたからな！」

「それじゃ、ワンちゃん含めて全員死ぬってばさ」

「ぐぬ……」

レンが、スッと前に出ました。

「フカ……、考えナシかい……。まったく、フカは、いつもそうだなあ……」

そしてピンクの小さな体が、同じくらい小さな体の脇に並んで立ちました。

「わたしはフカ次郎《じろう》に賛成！　ワンちゃんを殺すのは、どうにも忍《しの》びない！」

「レン……。やっぱり持つべきものは親友だぜ……」

「いいってことよ」

「スー三郎《ざぶろう》！　聞いたか？　お前の代わりにこのレンが腹かっさばいて死ぬから、クリアにしてくれ！」

「おい待て」

「安心してくれレン。介錯《かいしゃく》は拙者《せっしゃ》が」

「いや待て」

「やだなあ軽いジョークだぜ！　――というわけで、やいやい！　スー三郎《ざぶろう》を殺そうとする悪いヤツら！　オイラ達《たち》二人が相手だ！」

「いや、待ってくれ、待ってくれ」

ボスがお下げを揺らしながら駆《か》け寄《よ》り、体と口を挟みます。

「このまま殺さなければ、クエストはどうなる？　――スー三郎《ざぶろう》、教えてくれ」

「完了しません。皆様がここから出るには、アミュスフィアの強制シャットダウンか、セーブなしの緊急《きんきゅう》ログアウトか、リザインしかなくなります」

「当然だが、クエストをクリアしたことにはならんよな？　経験値も入らんよな？」

「おっしゃる通りです」

「ダメじゃないか……」

ボスは呆れて、

「あのう、み――」

美優《みゆ》、そしてその次に香蓮《かれん》の名前を出しそうになって、ギリギリで踏みとどまりました。

シャーリーとクラレンスは、二人のリアルを知りません。

「フカ次郎《じろう》、レン……。ワンコが可愛いのは分かるが、殺すのも、このクエストの一部だ。そしてあまり言いたくないが、所詮《しょせん》はゲームの中のキャラクターだ」

「そんなことは分かっているやいっ！」

フカ次郎《じろう》が即座に返します。

「オイラが何年ＶＲゲームをやって、どれだけたくさんの生き物をこの手で殺してきたと思っているんだい！　だけどな！　オイラはな！　目の前で犬が死ぬのは！　もう二度と！　見たくないだけなんだっ！」

「…………」

困り切って巨体を引いたボスの代わりに、邪悪《じゃあく》そうな顔をした女が、つまりはピトフーイが、

「みんなで一つのことを成《な》し遂《と》げるためには、我慢も必要よ、フカちゃん、レンちゃん」

「だったらそっちが我慢しろい！」

「あらまあ、それもそうね。でも、そうしたくない。だって私は、我慢ができない女だから」

「だったら——」

「ほほう？」

「オイラは逃げる！　スー三郎《ざぶろう》を連れて逃げる！　地の果て世界の果てまでもな！　新大陸まで逃げてやる！　追ってくるヤツには、漏れなくピンクの悪魔とグレネード弾をプレゼントするぞ！」

「わたしを置いてくな」

「よろしいっ！　ならば私は、その心意気に、心と拳をもって応えることにしましょう！」

ピトフーイはXDMをホルスターに戻すと、肩に提げていたKTR—09を持ち上げました。

まあ、こうなるよねえ。

レンはもう、いろいろと諦めました。

そうです、ここはGGO。

言葉より銃弾で雄弁《ゆうべん》に語る危ねえ連中の巣窟《そうくつ》です。自分含む。

「いいだろう。いいだろう。戦って生き残った方が、決断を下す」

フカ次郎《じろう》がニヤリと笑いながら言いました。楽しそうな笑顔でした。

「そいつは楽しそうだな！」

突然大声を、言った通り楽しそうな口ぶりで出したのはシャーリーでした。

彼女は錆びたトラクターからポンと飛び降りると、R93タクティカル2を肩に載せスタスタと歩を進め、レンの脇に立ちました。

「私はこっち側に立つ。ワケは——、言わなくても分かるよな？」

ピトフーイを撃ちたいからに間違いありませんが、レンは黙っていて、フカ次郎《じろう》が、

「もちろん分かるぜ！　犬派なんだよな！」

「……………。まあ、否定はしない」

動物なら、猫だろうが犬だろうがキツネだろうがネズミだろうが全部好きな舞《まい》です。それでも、たくさんの動物を手ずから屠ってきたハンターという身ですが。

「なんとなんと！　これで一対三かあ。さすがの私も、これはちょっちツラいかなあ……」

ピトフーイが、わざとらしく、大変わざとらしく、実にわざとらしく言って、

「多勢に無勢……。それは、義に悖《もと》るな……」

もっとわざとらしく、時代劇で覚えたような台詞を言って、ボスがピトフーイの隣に巨体を持ってきました。

レンには分かります。

ボスはピトフーイと、というより、神崎《かんざき》エルザの側に立ちたいだけです。

「では、これでイコールとしましょう。お姉様方」

トーマが、ボスの隣に立って、これで三対三。

レンには分かります。トーマは、神崎《かんざき》エルザの側に立ちたいだけで以下略。

「エヴァちゃん、トーマちゃん！　ううん！　愛してる！」

ピトフーイに言われて、デレデレと鼻の下を伸ばす二人でした。

この時点で――、
サブマシンガンのレン。グレネード・ランチャー二刀流のフカ次郎《じろう》。必殺狙撃銃のシャーリー。

対するは――、
アサルトライフル他重武装のピトフーイ。消音狙撃銃、ただしアサルトライフル的使い方も可能、のボス。自動式狙撃銃のトーマ。

という、対戦バランスが取れているのか取れていないのか、よく分からない勢力図となりました。

そして、最後の一人が、

「やあれやれ、しょうがないお嬢《じょう》さん方だな……」

つまりはイケメンのクラレンスが肩をすくめて、六人の視線を集めて、

「はいはい、そんな目で見ない。俺は、どっちにも加担しないよ。せっかくの同数を崩しても

いけないし、さっきの自分殺しでちょっと疲れたからね。それに――」

それに？

全員が、舞台めいた彼女の言動に注目します。

「もし君達《きみたち》全員が相打ちしてしまったら、誰がこのクエストをクリアするのさ？　もうトップ通過なんて諦めているようだけど、トップでなくても、今までの苦労を全部無駄にはしたくないでしょ？　先に死んでしまった人に、ちょっと申し訳ない」

確かに。

五人は納得しましたが、フカ次郎《じろう》は許しません。

「ちょい待て！　するってえと、もし我らが相打ちでお主がポツンと残ったら、スー三郎《ざぶろう》を撃つというのか？」

「ま、そういうことになるね」

「実質そっち側だな！　よし、今撃っておくか」

ＭＧＬ―１４０を持ち上げようとする手を、レンが制しました。

「フカ。勝てばいい、相打ちしなければいいだけだよ。今向こう側で参加してくれないだけで、わたし達にはとても助かる。これくらいのハンデは、甘《あま》んじて受けよう」

レンは冷静でした。

「ぬう……」

フカ次郎《じろう》は、渋々でしょうが、納得しました。

レンはクラレンスに顔を向け、

「だけど、わたし達が勝って、そしてもし半死半生で生き残っていたら、追撃しないと、素直に一緒にリザインすると約束して」

「道理だね。オーライ、それは約束するよ。では、その黒くて小さな命を巡《めぐ》って、みんなは存分に殺《や》り合うといいよ。俺は……、そうだな、北側の丘の上で、ノンビリと見学させてもらおうかな。――スー三郎《ざぶろう》、そこは危ないから、こっちおいで」

クラレンスが手招きして、スー三郎《ざぶろう》は動きませんでした。フカ次郎《じろう》はしゃがむと、足元にいる小さくて黒い生き物へと、優しげな瞳を向けました。

「ここはもうすぐ戦場になる。お前はあの宝塚と一緒にいるんだよ。かならず、迎《むか》えに来るからね……」

そして撫でられたスー三郎《ざぶろう》、

「あのう、わたくしとしては困るのですが……」

「気にするな。あとで、美味しいドッグフードをあげよう」

「いや、大変に困るのですが……」

「そうか。じゃあ、本当はダメだけど、人間のご飯もちょっとだけあげよう。味が濃《こ》いからな、洗ってからな」

「そういう話ではないのですが……」

　実に困っているスー三郎《ざぶろう》をひょいと持ち上げて、クラレンスが下がっていきました。フカ次《じ》郎《ろう》はそれを、

「…………」

　黙って見送りました。

　北西に30メートルほど歩き、家の脇まで離れると、

「はいみんな、もういいよー！　第六の試練！　仲間同士の殺し合い！　レディ――、ファイト！」

　いやいやちょっと待てや！

　レンは心の中で激しくツッコみました。

「ここでいきなり決闘か？　そいつは無理だろ！　それこそ相打ちが関の山だぞ？」

　シャーリーも、

「そうだ！　一度仕切り直してからの立ち合いを所望《しょもう》する！」

　そしてボスも同意見。

「通信アイテムのつなぎ直しも必要だ」

　トーマは、肝心《かんじん》のことを忘れていませんでした。このままでは、戦う相手にも会話が筒抜《つつぬ》けです。

「でも、どこでどうやって……？」

レンは口に出して悩みました。

周囲はただの草原でしかなく、ずっと伏せる以外、身を隠すところもありません。スナイパーが有利すぎます。

「ほんじゃー、ていあーん」

ピトフーイが、相変わらず力の抜ける声を出しました。

「そこにログハウスがあるじゃない。あの家の左右に分かれて、壁に背を向けて、お互いが見えない状態で待機する。戦闘開始まで、中に入ってはダメ。東西の丘に散るのは、アリにましょうか。ただし決闘スタートまで発砲は禁じる。クラちゃんが、ズルがないか、北の丘から見張る」

「それで？」

「〝もういいよ〟までは、60秒もあればいい？　クラちゃんに一発号砲《ごうほう》を鳴らしてもらって、戦闘スタート。即座に室内戦闘に持ちこんでもよし、遠くからの狙撃やグレネードでもよし」

ピトフーイの一方的な提案でしたが、レン達は他にいいアイデアが浮かばなかったので、

「わたしは、いい」

「いいだろう、認める」

「私もだ。木の根っこ洗って待ってろよ！」

レン、シャーリー、フカ次郎《じろう》と答えました。

「フカ──、〝首根っこ〟」

「そうそれ」

「ほいほい皆さん、ほんじゃあ家の脇についたら手でも振って合図してねー。カウントすっからねー」

クラレンスの声に、通信アイテムを再設定した三人と三人は、

「勝っても負けても、恨《うら》みっこなしでね」

手を振るピトフーイと、

「へっ！　オイラ達は負けないやい！」

それを睨むフカ次郎《じろう》に率いられて、庭から家の脇へと向かいます。

特に決めてなかったのですが、立ち位置から自然と、レン達は東側へ。ピトフーイ達は西側へ。

双方《そうほう》とも、やけにノンビリした歩きです。理由はもちろん、〝もういいかい？〟の60秒以上に、作戦会議の時間を、できるだけ長くとるため。

「牛歩戦術だな、レン！」

「あってるのかな……？」

「で、何か作戦はあるのか？　レン」

過去最大級にゆっくり歩きながら、シャーリーが脇にいるピンクのチビに小声で訊ね、

「なんでオイラに聞かない？」

フカ次郎《じろう》がちょっとだけ怒りました。

「そうだね……、まず相手チームの戦力再確認だけど、とにかくピトさんはオールマイティに強い。そしてボスも弱くない。あの体で実は結構素早い。二人とも撃たれ強い。トーマの狙撃も優秀で、ドラグノフは自動連射式」

レンは、口に出しながら考えます。

自分の左側に見える大きなログハウスを見ながら、

「中の間取りは、今までフィールドで見たヤツと一緒のはず。中央に、ロフトを持つ広いリビング。その左右はベッドルーム。その間と北側に廊下。壁は丸太だから銃弾は抜けない。ただしピトさんの光剣は貫いて来る。部屋の扉は拳銃でも抜ける。廊下の床板《ゆかいた》は、歩く度に必ず大きな軋み音を立てる」

「ふむ、さすがだな。続けろ」

「家の周囲は見晴らしのいい庭。井戸とトラクターと木ぐらいしか、掩蔽物はなし。その左右は丘。草は長くて人は隠れられるけど、動いたらたぶん見つかる。スナイパーなら一撃必殺の

距離……」

　この状況で、三対三の戦いで、どうやって勝てばいいのか。

「レンや。オイラはまだ、プラズマ・グレネードを12発フルで残しているぜ？」

　フカ次郎《じろう》が右太《みぎた》と左子《ひだりこ》を持ち上げながら言いました。

　それらは恐ろしい火力を秘めていますが、同時に、もしそこに弾が1発でも命中したら、とんでもない事になります。12発の誘爆なら、家ごと吹き飛ぶかもしれません。レン達は、相打ちではダメです、ダメなのです。

「ほう……。ならば、これはどうだ？」

　それを聞いたシャーリーが、恐ろしい案を出します。

「私が60秒全力ダッシュで丘の上に潜む。二人は中に入って、常にくっついていろ。ピトフーイとエヴァが室内にいると確認できたら、即座に二人で自爆だ。家ごと吹き飛ばせ。残ったトーマは私が仕留める」

　フカ次郎《じろう》が、

「そいつは名案——、なワケあるかー！　オイラはスー三郎《ざぶろう》を抱いて、この世界で、この家でずっと生きていくんだぞ！　庭の犬小屋見ただろう！」

「無茶言うなフカ」

　レンはひとまずツッコみ、そしてシャーリーに言います。

「その作戦は、残念だけどダメ。もし二人が、あるいはどちらか一人が家に入ってこなかったら？　その間ずっと、シャーリーは三対一、二対一だよ？」

「む……」

「それに――」

「それに？」

「シャーリーは、本当はピトさんを手ずから殺りたいんじゃないの？」

ニヤリと笑って聞いてきたレンに、

「恐ろしい女だよ……」

シャーリーはシャッポを脱ぎました。三人は、そろそろ家の脇にたどり着いてしまいます。

もう、時間がありません。

ないのです。時間が。考えなければならないのです。

アイツらに勝つ方法を。

方法を――。なんでもいいから――、ホウホウを……。

回り回ったレンの頭の中で、ぱっちん、何かが弾けました。

「あ。一つ、作戦を思いついた」

「よし教えろ」

シャーリーが聞いて、レンは少し逡巡します。

「ハチャメチャだけど……、いい？」

「むしろいい」


レン達と同じように、牛の歩みで進みながら、

「さあて、どうやって倒しちゃおうかなっと。ああ、またレンちゃんと戦えると思うと、メッチャ楽しみ！　もう堪《たま》んない！」

ピトフーイはピクニック気分で言いました。相手に聞こえていても構わないほどの大声で。

「姉さん、何か作戦がおありで？」

ボスが小声で訊ね、まあね、と声を潜めてピトフーイ。

「エヴァちゃん、三対三の戦いで一番気をつけるべきは？」

「一人でも先にやられた方が、その後の数の不利で負ける。三位一体《スリーマンセル》を崩してはいけない」

「はい正解。花丸をあげましょう」

ピトフーイがボスの頭に手を伸ばしてグリグリとかき回して、

「えへへへ……」

憧れの神崎《かんざき》エルザに、アバターとは言えナデナデされたボス死ぬほど嬉しそう。トーマ、隣で悔《くや》しそう。

「だから、スナイパーを一人で丘の上に配置するのは、実はかなりリスキー。かといって、丘

に二人も三人もいてもねえ。特に向こうにはフカちゃんのプラズマ・グレネード弾頭が残っているし、シャーリーの炸裂弾もイヤだし」

「私もデカネードがたっぷりある。室内に入り、相手の数が二人と確認でき次第、自爆するという方法も取れる！　この家ごと吹き飛ばせるだろう。こちらは最悪相打ちでもいいのだ」

「まあねー。それも考えたんだけどねー。まあ単に勝つだけ、ならそれが一番いいのかもしれないけどねー。エヴァちゃんだけ入室して、ドッカン……。私が囮になっている間に、トーマちゃんがシャーリーちゃんを撃つ」

「問題でも……？」

ボスが恐《おそ》る恐《おそ》る訊ねて、

「普通の敵ならそれでもよかった。でも、今回の相手はレンちゃん。相打ちはできないと分かっているから追《お》い詰《つ》められていて、そんなときのレンちゃんは、何か突拍子《とっぴょうし》もない、ハチャメチャな手を打ってくる。そのへんも考えると——」

「考えると？」

「考えると？」

ボスとトーマに見つめられながら、ピトフーイは答えます。

「結局、作戦なんてキッチリ立てても無駄ってことなのよね！　その都度、瞬時に対応しましよ！　ただし——」

牛歩に牛歩を重ねたそれぞれのチームが、ようやくログハウスの両端《りょうたん》についたので、「はいはい皆さん、やっと到着ですかいな。日が暮れるかと思ったよ。ほんじゃ、60秒のカウント始めるよー」

北側の、風吹く丘の上で一人立って、クラレンスが言いました。その左腕にはスー三郎《ざぶろう》が抱えられています。

通信アイテムの設定で、クラレンスの声だけは誰にでも届きます。

家の両側でレンとピトフーイが大きく手を振ったので、クラレンスは右手を振ってウィンドウを出し、カウントダウン開始。視界右上に出た表示を見ました。

58、57、56――、

静かにカウントダウンは進み、

43、42、41――、

暇なクラレンスは、丘の上から、二チームの準備の様子を見ていました。そして、それぞれが、ごにょごにょと動いているのを見て、やっている内容が分かって、

へえっ！　そんな手を打ってくるかっ！

口に出して別チームにバレないように、心の中だけで叫びました。

21、20、19——、

これは、始まったら、あっという間に決着が付くだろうな。

思いながらクラレンスは、右手で腰からファイブセブン拳銃を抜いて、

11、10、9、8——、

銃口を空高く掲げ、まるで陸上競技のスターターの態勢になり、

5、4、3、2、1——、

発砲しました。

クラレンスからの号砲を聞いたピトフーイの耳に——、

ぽぽぽぽぽぽぽ！　という軽い気の抜ける連射音が続いて届いて、

「中へ！」

チームメイト二人へと叫びながら、自ら飛び込んでいきました。

ログハウスの左右には勝手口のようなドアがあり、それを蹴破《けやぶ》っての入室です。

入ってすぐの場所にあるベッドルーム、大きなベッドの間を通り抜けて、さらにドアを一つ蹴破って廊下へ出て、

「伏せて！」

後ろの二人に命令。ボスもトーマも、忠犬のようにそれに倣いました。

そして始まる爆発と衝撃。

しゃがんだまま振り向いたボスが見たのは、家の西側で炸裂するプラズマ・グレネード弾頭でした。青い奔流が凶悪な円を作り、庭をぶち壊していきます。

井戸が、畑が、木が、ブランコが——、人間が生活するのに必要な物が溶けていきます。爆風が、入ってきたドアを揺らし、周囲のガラス窓を鮮やかに割っていきます。

伏せている自分すら揺すられます。立っていたら吹っ飛ばされていたでしょう。

爆発が連続し、いつまでも収まりません。

「やってくれたなフカちゃん！」

「全弾連射か！」

ボスにもトーマにも、何が起きたのかよく分かります。

試合開始直後、建物の向こう側にいたフカ次郎《じろう》が、とんでもなく高い山なり弾道で、12発のプラズマ・グレネードを連射したのです。

風により適度に散らばりながら、弾は庭へと連続着弾。そこで十二個の青い球体を生み出しているのです。さぞかし大地を掘《ほ》っていることでしょう。

「危ない……」

トーマがぼやきました。入室をちょっとでも躊躇していたら、背中から衝撃波を食らっていたに違いありません。

爆発が続く中、

「三人とも中か？」

ボスが聞いて、

「かもね。でも、違ったらアレだから自爆はなしで」

答えたピトフーイは、もう手からアサルトライフルのＫＴＲ―０９を放り出していて、近接戦闘において最大の効果を発する凶悪武器、光剣を両手に握っていました。レンがこの隙に突っ込んで来ることを警戒して、廊下の角を睨んでいます。

ボスは、ヴィントレスを抱いたままです。室内戦ならもう必要ないスコープは外してありました。セレクターはフルオートモードで、連射できる態勢。デカネードは、ストレージから出しませんでした。被弾でチーム全滅があるからです。

そして、

「お役に立ちます！　なんなら楯になってでも！」

トーマは、手に長い愛銃を、ドラグノフ自動式狙撃銃を持っていませんでした。代わりに握るのは、短縮ショットガンのＭ８７０ブリーチャー。もちろん、ピトフーイの腰の物です。

憧れの人から借りた銃です。散弾をぶちまけながら突撃して、死んでもいいから相手の場所をあぶり出すのが、この家でのトーマの役目。

11発目の爆発が収まり、同時に12発目が炸裂する中、三人は立ち上がって突撃する準備をします。

目指すは、扉を一つ越えた先にある広いリビングルーム。ここを押さえてしまってからの掃討作戦。もしそこにレン達がいれば、もう問答無用の近接戦闘です。

先陣は、討《う》ち死《じ》に上等《じょうとう》のトーマ。新撰組《しんせんぐみ》で言うところの、〝死番〟という突撃一番乗り。

次が光剣を両手で振るう――、必要なら敵と重なったトーマごとでもぶった斬る予定のピトフーイ。

そして殿で、廊下を回り込んでくるかもしれない敵に備える――、あるいは、後方からの銃撃を、巨体によってピトフーイの楯になるためのボス。

もし飛び込んだ先に敵がいれば、さっそくの殺し合いになって、長くても10秒もあれば、全ての戦闘は終わるかもしれません。

最後の爆発が小さくなっていき、爆風がもう十分収まった瞬間、

「行け！」

「ウラァ！」

ピトフーイの指示で、トーマが起き上がりました。

そのとき――、

左右対称《たいしょう》のログハウスの、ちょうど反対側とも言える位置で、

「ラストだ！」

12発目の炸裂音を聞きながら、ピンクの戦闘服に身を包んだチビが言って、

「いつでもどうぞ！」

マルチカム迷彩のシャツを着た、そして緑色の防弾ベストは脱いだチビが叫びました。

ログハウスのリビングルームは、どんな場合でも家具の配置が同じです。

左右20メートル、幅7メートルほどの広い長方形の空間。

側面の片側は、この場合南側は、太い窓枠《まどわく》に囲まれた、天井まで続く高い広いガラス窓です。太陽の日差しを燦々《さんさん》と取り入れます。

反対側は、この場合北側は、丸太の壁と、中央に大きな暖炉《だんろ》。

暖炉は縦横1メートル以上あるレンガの立派な門構えで、火床もかなりの広さ。もちろん薪《たきぎ》や炭は、もうありません。

その奥から上へと、やはりレンガの太い煙突が真っ直ぐ延びています。その左右に、独立したロフト。

暖炉の前には、大きなリビング用ローテーブル。それを取り囲む、ソファー。

左右には、重厚《じゅうこう》そうなダイニングテーブルが一つに、それを取り囲む八つのイス。
一瞬前まで誰もいなかったその空間に、
バンッ！
左右のドアを蹴破って、人間が、同時に入ってきました。
武装している、相手を殺してやろうと思っている、剣呑《けんのん》な人間達が。

「たあああああっ！」

叫びながら飛び込んだトーマは、チームの誰よりも早く見ました。

20メートル先、反対側のドアを蹴破って出てきた、マルチカム迷彩にヘルメットを被ったチビを。

走りながらM870ブリーチャーの銃口を向けましたが、その前にヘルメットのチビはスッと右へずれて倒《たお》れ込《こ》み、ダイニングテーブルとイスの陰に隠れました。その後ろから重なるように出てきた、ピンクのP90を持ったピンクのチビ。

どごん！

発砲。しかし僅かに遅れました。撃った瞬間には、二人はもう散弾の範囲外でした。ピンクのチビは、左側へと伏せるように逃げて視界から消え、9発の鉛弾は、開け放たれたドアへと向けて飛んでいって――、トーマは、三人目がそこに当たりにくることを期待しましたが、それほど都合よくはいきませんでした。

散弾はダイニングテーブルの分厚い天板で跳ねたり、丸太にめり込んだり、あるいは開いたドアの向こうへと抜けていきました。

「右フカ左レン！」

ジャコン、と散弾の撃ち殻を排出《はいしゅつ》し、次弾装塡しながらトーマが叫び、

「よっしゃ！」

後ろからピトフーイが自分を追い抜いていきます。

どちらへと刃を向けるのか？

トーマの問いは、左側を風のように駆け抜けていった黒い肢体《したい》が教えてくれました。

ピトフーイはあくまで、レンを屠るようです。

「ボス右！」

「おうっ！」

最後尾のボスが、右側へとヴィントレスを突き出しました。

ここまで、バトル開始から、３秒。

飛び込んだ瞬間、レンは見ました。

正面にトーマ！　やっぱりピトさんのショットガン。

その後ろに、ピトフーイの黒い、邪悪なオーラを醸し出している影！

オーラが濃すぎて見えないけどたぶんその後ろにボス！

予想と大きく外れていないことを運の神様に感謝しながら、

「フカやれ！」

レンは仲間に命じました。

「おうっ！」


「レンちゃああああああん！」

叫びながら、ダイニングテーブルをひょいと跳び越え、ソファーの上を踏みしめていくピトフーイは、その先ダイニングテーブルの下から顔とP９０を出すピンクのチビを見つけて、
ぶおん！

両手のスイッチを回転させ、光剣を最大長伸ばしました。１メートル近い青白い光が、暖炉の前に飾ってあった、なにかの大会の優勝トロフィーに映りました。

P９０の銃口が自分へと向いてきて、バレット・ラインが伸び始めたのが分かりましたが、ピトフーイは突撃を止めません。

弾丸を10発食らってでも、レンを串刺しにする勢いで。

バレット・ラインは体の左脇を通り抜けていきます。撃っても当たらない角度。

P90を頬に付けて自分を狙うレンの帽子を見ながら、

「もらったあ！」

ピトフーイは自分の勝利を確信しました。

ソファーからジャンプし、ダイニングテーブルを跳び越え、斜め上から両手で刺突する勢いで空中を迫り——、

「っ！」

そして、レンの顔を見ました。

串刺し直前のくせに、ニヤリと笑ったレンの顔を。

いえ——、レンのではない顔を。

「どりゃああ！」

フカ次郎《じろう》は、後方に回転しながら、両脚で強烈な蹴りを入れました。

蹴ったのは、目の前にあったダイニングテーブル。分厚く重いそれを、力だけならエムに匹《ひっ》敵《てき》するほど鍛え上げられた肉体が蹴り上げ、テーブルが、まるでゴミ箱のように宙を舞いました。

テーブルは、空中にいたピトフーイへと迫りました。

1秒前。ピトフーイがジャンプした瞬間――、

ボスはヴィントレスの銃口を、右側に逃げたフカ次郎《じろう》に向けていました。

部屋の端にあるダイニングテーブル。その下からにょきっと現れる、緑のヘルメット。

ボスは、人生最速のエイミングで引き金を絞《しぼ》って、

シュコン！

弾丸が1発、静かに飛び出して、音より若干遅い速度で部屋を突《つ》き抜《ぬ》け、ヘルメットの中央にぶつかり、そのまま射抜きました。

やったっ！

ヘッドショットでの即死を確信したボスは、直後に見ました。

ヘルメットだけが、後方に軽々と吹っ飛んでいくのを。

そして気付きました。

そして、そこにフカ次郎《じろう》の頭がなかったことに。

あったのは、下から突き出されていた1丁の拳銃。ピンク色の。

バトル開始から、ここまで5秒。

目の前に浮《う》かび上《あ》がってきたダイニングテーブルを、

「せいっ！」

ピトフーイは腕を振るって、光剣の刃で防ごうとしました。

しかしそれは分厚い木を容易く斬《き》り込《こ》んだだけで、

「がはっ！」

体全体にぶつかるのを防ぐことはできませんでした。空中で、黒い体とダイニングテーブルが、ぶつかって静止しました。


同時に、レンは撃ちました。

左手一本での、ヴォーパル・バニーの射撃。

マルチカム迷彩のシャツとパンツを着た——、つまり、上から下までフカ次郎《じろう》の装備をしたレンが、ボスめがけての45口径の一撃。

弾丸は、音より若干遅い速度で部屋を突き抜け、SHINCのユニフォーム、ロシア迷彩のシャツを破り、着ていた人間の内部へと突き進んでいきました。

「ぐっ！」

トーマ！

目の前で自分を庇った仲間の名前を、ボスは心の中で叫びました。

横から飛び出して来た黒髪が、自分の視界を一瞬奪ったかと思うと、放たれた弾丸も奪って

いきました。

空中でダイニングテーブルと激突したピトフーイは、

「しゃあああ！」

蹴りました。

空中で、そのテーブルを。

重量物は床へと、そして自分は後ろへと飛んで——、
くるり。

ピトフーイは後方で一回転しながら、レンの服装をしているフカ次郎《じろう》を睨みました。

そのフカ次郎《じろう》が、P90を乱射し始めました。

倒れた状態からの、当たる予定のない秒間15発連射。弾丸は天井を抉っていきます。

ダイニングテーブルが、そのフカ次郎《じろう》の腹に激突して、

「ぐおふう！」

イヤな悲鳴を上げさせましたが、それでもフカ次郎《じろう》は引き金から指を離しませんでした。

衣装《いしょう》チェンジした仲間がピーちゃんをぶちまける音を聞きながら、レンは走り出しました。

欺《だま》しに欺して得たチャンスで、ボスを射抜いたはずなのに、横から出てきたトーマに防がれ

ました。偶然《ぐうぜん》ですが顔のド真ん中に命中したので即死は間違いないはずですが。

レンは、目の前のガラスに、右手のヴォーパル・バニーで2発連射して、大きくヒビが入ったガラスへと体当たりして、それを突《つ》き破《やぶ》って、ダイナミックな退出をしました。

「なろっ！」

ボスは銃口を右へとずらしながら、庭へと飛び出したマルチカム迷彩のチビへ、つまりは永遠のライバル、レンへとフルオートで撃ちまくりました。

弾丸のいくつかはガラス枠にめり込み、ガラス窓で角度を変えられ、そして残りは高速のレンの後ろを通り抜け、庭へと吸い込まれていきました。

30発を撃ちきった瞬間、レンはガラスの向こうで自分へと迫っていて、

「っ！」

ボスはヴィントレスを放り投げながら、右手でストリージ拳銃を抜いて――、
ガラスの向こうで、近づきながら自分に両手を突きつけている、いつもとは違った服装のレンに突きつけました。

ボスが発砲し、レンもまた発砲しました。

ストリージのスライドが高速で往復し、9ミリパラベラムの空薬莢を放出していきます。

「うおお！」

室内のボスが足を止めたまま、レンが走り抜けるのに合わせて体を捻りながら撃ちまくり、

「たーっ！」

庭のレンは、駆け抜けながら両手でヴォーパル・バニーを撃ちまくりました。

バトル開始から、ここまで10秒。


「ぐうっ！」

ボスは、右腿《みぎもも》と左肩に痛みを感じて唸りました。

一瞬前に視界の外に走り去ったレンの放った、45口径弾。高速移動中に、そしてガラス窓越しに、2発。それが狙ってやったものなのか、単なる偶然なのかは分かりませんが、

「しかし、この程度では死なん！」

ボスは即座に反撃するために、撃ちきったストリージのマガジンを落としながら言って、

「では、これならどうだ？」

そんな声が聞こえると同時に、背中に鋭い痛みが走りました。

「………」

持ち上げようとしていた予備マガジンが、手から落ちていきます。

「くそう……、ぬかった……」

ボスは、シャーリーに脇腹を剣鉈で刺されたまま、静かに死んでいきました。

狙いもせずにやたらめったら天井に向けて撃たれていたP90の銃声が止んで、室内は急に静かになりました。

そこに、どさっと巨体が床に落ちる音が響きました。

バトル開始から、ここまで——、12秒。


「くっそう……。やってくれたわねえ……」

暖炉の直前で唸ったのは、ピトフーイ。

両手に光の刃を伸ばす光剣を持ち、ふうっと息を吐きました。

ピトフーイを睨むは、ボスの体から、剣銃を一度捻ってから抜いたシャーリー。

長さで三倍、数で二倍の刃物《はもの》を持つ相手と、4メートルほどで対峙《たいじ》します。

トーマのそれに続いて、ボスの死体がポリゴンの欠片となって消えていきました。その光を下から受けながら、

「呆れた作戦だが、上手く行くものだな」

シャーリーは感心していました。

レンが提案した作戦は、こうです。

まずはフカ次郎《じろう》のプラズマ・グレネード砲撃で、相手をビビらす。

ピトフーイが執拗にレンを狙うと見越しての、衣装を替えての突入。三人で室内に入ってくるかどうかは、賭け。

タフだが拳銃射撃は下手なフカ次郎《じろう》。撃たれ弱いが素早さから攻撃力は高いレン。相手は、対処法を間違えて混乱するはず。

そして、その狂乱の最中に、ワンテンポ遅れてシャーリーが、足音が聞こえる廊下ではなくログハウスの外をぐるりと回って、銃撃の争乱の間に背後をとっての攻撃。

シャーリーは念のために、フカ次郎《じろう》から《M&P》拳銃も借りていたのですが、使う必要はありませんでした。レンとのバトルに全神経を研《と》ぎ澄《す》ませていたボスを、アッサリと刺殺《しさつ》しました。

「うっしゃあああ！　勝ちだ！」

部屋の端で起き上がってきたのは、レンの衣装を着た、ピトフーイが蹴っ飛ばしたダイニングテーブルに踏みつぶされていたフカ次郎《じろう》。

帽子が吹っ飛んで、アップにした金髪がよく見えて、こうなると明らかに別人だとよく分かります。

マガジンを交換したP90を突きつけて、

「武士の情けだ！　降参しろいっ！」

ピトフーイに言ったとき、

「ああ、なんとかなった……」

フカ次郎《じろう》の服を着たレンが、西側の入口から戻ってきました。両手に再装塡を終えたヴォーパル・バニーを持って。

「ちょっと待て、フカ次郎《じろう》。私はそいつを倒したい！」

シャーリーが言って、

「気持ちは分かるがな、その刃物でこの女は無理だわ。それ以上近づくなよ。間合いに入ってしまうぞ。ライフルを出して撃つのも、それは芸がなかろうて。タダの処刑《しょけい》だ」

フカ次郎《じろう》は言いました。P90は突きつけていますが、引き金に指は触れていません。

「ならば、借りたのを使おう」

シャーリーは剣鉈を腰の鞘にしまうと、ジャケットのポケットに無造作に放り込んであったM&P拳銃を取り出しました。

そして両手で握り込みます。あまり手慣れたようには見えませんが、それでも銃は銃。

「この期に及んで処刑は望まぬ。拳銃でいい。勝負しろ、ピトフーイ！」

「うーん、ちょっと一つだけ聞きたいんだけど、いいかしら？　三人全員に」

「なんだ？」

シャーリーが、

「言うてみ？」

フカ次郎《じろう》が返したとき、レンだけは別の行動をとりました。

すなわち、ヴォーパル・バニーを向けてピトフーイへとぶっ放したのです。

しかし、ワンテンポ遅かったのです。

ピトフーイは背中から倒れていき、その顔の上をレンの銃弾が通り過ぎていきました。

「逃げられると——」

思ったのか？

拳銃を手に迫ったシャーリーと、Ｐ９０を腰で構えて向けながら近づいたフカ次郎《じろう》は、
暖炉の前の床を見ました。誰もいない床を。

「え？」「え？」

「煙突に逃げた！」

レンが叫び、

「やろう！」

シャーリーがイスを弾き飛ばしながら、そしてソファーを乗り越えて暖炉へとしゃがみ込み、
拳銃を中に突《つ》き入《い》れて撃とうとして、

「だめっ！」

レンの忠告は、あと僅かで間に合いませんでした。

暖炉の奥に、煙突の下に差し入れたシャーリーの右腕が、落ちてきた光剣で串刺しになって、

「ぐがっ！」

右手からM&Pを落とし、伸ばした左手で光剣を抜き去ったシャーリーの目の前に、

「勝ったと思った？」

煙突から、逆さまに、ピトフーイの顔が出てきました。さっき言えなかった質問をしながら。

もう一本の光剣が、青白い光が下から上へと振られて、暖炉の火床を斬《き》り裂《さ》き、シャーリーの頭を縦半分に斬り裂き、暖炉そのものも半分にして、煙突の中に消えました。

「にゃろおおお！　この逆サンタめえええ！」

フカ次郎《じろう》がP90を腰だめで連射。

逆のサンタ——、すなわちサタン？　あ、違うわ。

くだらないことを思ってしまったレンの目の前で、5.7ミリ弾は全て暖炉と煙突のレンガを穿《うが》っただけで、

「あぶっ！」

跳弾《ちょうだん》がレンの方へと飛んできて、残像を見せるほどの速さでしゃがんでいなければ、射抜かれていたところでした。

「フカやめい！　もう上に向かってるよ！」

「じゃあ中から上に撃つ？」

レンは、シャーリーの死体が消えた暖炉を見ました。M&P拳銃の他に、ホルスターごと2

丁の拳銃が転がっています。それは、ピトフーイの両腿についていたXDM。

レンは理解しました。

煙突の先が狭くなっているので、邪魔だから外したのだと。ピトフーイは、狭い中で身を捩って、まるで芋虫《いもむし》のようによじ登っているはず。

「はっ！　外に逃がしたらヤバイ！」

ピトフーイは、アサルトライフルのKTR―09を持っていませんでした。外に置いてきたのかストレージにしまってあるだけなのかは分かりませんが、煙突を出て、体の自由を取り戻し手に入れられたら、もう勝てません。

レンは、ヴォーパル・バニーを持つ左手でウィンドウ操作をしながら、フカ次郎《じろう》に駆け寄ると、左肩に触れました。

その瞬間、二人の衣装が入《い》れ替《か》わっていきます。

レンの背中にはヴォーパル・バニーの弾倉を入れたバックパックが付いて、レンはすぐさま新しいマガジンへと交換します。

フカ次郎《じろう》は、両手にMGL―140を取り戻し、バックパックと防弾ベストも再装着。防弾ベストにはヴォーパル・バニーの予備弾倉が入っていたのですが、そのままフカ次郎《じろう》の元へ。

そして必然的に、P90は誰も持たないので床にごろんと転がって、

「えええええ！　ボク、おいてかれるんですかあああ！」

ピーちゃんの悲鳴が聞こえましたが、
ごめんっ！

レンは謝るしかありませんでした。もう、拾い上げて装備を変更する余裕はありません。

レンは元の姿に変身しながら、2丁のヴォーパル・バニーを目先に構えたままピトフーイ達が入ってきたドアへと走り、廊下を抜け、外に出て、

「あった！　やった！」

そこにごろんと転がっていた、ドラムマガジンを付けたKTR—09を、

「あっちいけえええええっ！」

蹴っ飛ばしました。

レン渾身の高速キックでジャストミートされた銃は、少し宙を舞ってから庭へと転がり、そこにできたばかりの、深い穴へと滑《すべ》り落《お》ちていきました。

足先の痛みに耐えながら、レンは叫びます。

「ライフル蹴っ飛ばした！　ピトさんの武装は……、もう光剣とブーツのナイフくらい、のハズ！」

「それは重畳《ちようじよう》！　勝てるな！」

フカ次郎《じろう》の時代がかった答えを聞きながら庭へと駆け出たレンは、
ぞわっ！

背中に、恐怖を感じました。

果たしてVR世界で〝感じる〟のか、長らく議論の元にはなっていますが——、そのときレンは、確かに感じたのです。

もう飛び道具を持たないはずのピトフーイが、どう攻撃できるというのか？

謎に頭を巡らしながら、それでも体は勝手に動いていました。

レンは飛び跳ねながら、空中で体を回転させました。SJ4でのボスとの決闘のときも行った、自分にできる一番早い弾丸回避法。ただし、体の面積の半分だけ。

回転中の体のすぐ前と後ろ、つまりペッタンコの胸の前とバックパックの後ろを、45口径弾が通り過ぎていきました。

回転しながら、レンは見ました。

高さ5メートルはあるログハウスの屋根の上で、ピトフーイがこちらを見下ろし、両手で拳銃を突きつけています。

それも、見たことがある拳銃を。

レンは回転しながら、さっきフカ次郎《じろう》が開けた穴へと、蹴っ飛ばしたKTR—09と同じように落ちていきます。別に落ちたくはないのですが、着地点がそこしかなかったのですから、もうどうしようもありません。

深さ10メートルほどの穴へ、お尻から後ろ向きに滑り落ちながら、

「フカぁ！　ピトさんはもう2丁持っていやがった！　隠し球だ！」

「なんと！　どんなだ？」

「わたしのと同じ！　黒いヤツ2丁！　そして同じバックパック！　だから迂闊《うかつ》に近づくな！　背中も防弾だ！」

「そうも言ってられるか！　このバトルには、スー三郎《ざぶろう》の命がかかっているんだぞ！」

「わたしのは？」

「相打ちでいいから、勝て！　勝つんだ、レン！」

「フカ、正直すぎ」

レンはツッコみつつも、もう口に無理矢理カレーを運ぶようなことはしまいと、決意しました。

「おっほう！　まだやるのかすっげー！」

北側の丘で、クラレンスが歓声《かんせい》を上げました。

ファイブセブンで号砲を鳴らしてから、30秒ほどしか経っていません。

その間クラレンスは、衣装をレンと取《と》り替《か》えたフカ次郎《じろう》がプラズマ・グレネードを撃ちまくって、西側の庭を穴だらけにした様子を見ました。

ピトフーイ達チームと、遠目ではどっちがどっちだか分からなくなったレンとフカ次郎《じろう》が建物の中に突入し、同時にシャーリーが、テクテクと北側の外側を歩いて行くのを見ました。中で鳴《な》り響《ひび》く銃声を聞きました。

静かになって、さすがに勝負が付いたかと思いきや、なんと屋根の上の煙突を光剣でぶった切って倒して、そこからピトフーイが出てくるではありませんか。

その両手に新しい拳銃が握られて、出てきたレンへと発砲。しかし、外れました。

「いやあ、見物見物」


滑って滑って滑って、背中から穴の底まで落ちたレンは、すぐさま立ち上がり、駆《か》け登《のぼ》ろうとしました。

途中で撃たれる可能性もありますが、こんなどん底にいては、円周のどこからでもいい的です。ピトフーイが庭に降りてくる前に、せめて顔を出せるくらいは登らなければ。

なあに自分の速さならできる。

そして一歩目を斜面《しゃめん》に踏《ふ》み出《だ》して——、
ずるり。

滑って登れませんでした。

「え？」

フカ次郎《じろう》がプラズマ・グレネードで開けた大きなすり鉢《ばち》状の穴、あるいはクレーターは、柔

らかい土で覆われていて、

「ええ？」

　もう一歩踏み出しても、グズグズと崩れてしまうだけなのです。体が前に倒れて、危《あや》うくヴォーパル・バニーの銃口に土を詰めるところでした。ちなみにリアルでもＧＧＯでも、多少ならそのまま撃っても大丈夫と言う人と、いやダメ銃身が吹っ飛ぶと言う人とがいます。

「えええええ！」

「どしたレン？　やったかやられたか？」

「の、登れない！　穴に落ちて登れない！」

「なぬ！　今行く！」

「いや来るなダメ！」

　レンが叫んだ瞬間、穴の上に人影《ひとかげ》が見えました。

　もうフカ次郎《じろう》が来たわけはなく、それはもちろん、

「ハーイ！」

　ピトフーイでした。

　素早すぎます。あの屋根から、足のダメージ覚悟で飛び降りてきたに違いありません。

　15メートルくらい離れた穴の縁。逆光になっているので、シルエットでしか見えませんが、細い体と揺れるポニーテールと、両手でハの字に構え持った黒い拳銃が分かって、

「たあっ！」
レンは、ヴォーパル・バニーを、まったく同じように向けました。
ピトフーイの黒いAM.45　2丁と、レンのピンクのAM.45　2丁が向き合って――、
同時に火を噴《ふ》きました。

「がふっ！」

「ぐがっ！」

レンとピトフーイの声が、同時に響きました。

レンの弾丸はピトフーイの両肩に命中し、ピトフーイの弾丸はレンの両肩に命中しました。

レンの体は後ろへと弾かれて、痺れた両手からヴォーパル・バニーが離れて飛んで、

「あーあ」

「さらば」

それぞれが別れの言葉を言いながら、3メートルほど離れた位置で、ぽとんぽとん、と土に埋まるようにして落ちました。

レンは後ろに倒れ、バックパックが土にぶつかって止まりました。腰の後ろで、ガチャンと金属音がしました。

ヒットポイント、残り四割。

ピトフーイも被弾の瞬間に後ろに倒れましたが、3秒ほどですぐに起き上がってきて、再びレンの視界へと入りました。

その両手に、AM．45を握ったまま。

ぐうっ、タフ！

同じように45口径弾を食らったというのに、こちらは手から武器を離しません。

それが筋力値の差なのか、決意の差なのかは分かりませんが、
こりゃ、勝てん。

レンはそれだけは分かりました。

もう、レンの手元に、武器はゼロ。

「諦めるのは、よくないでござる！」

ナーちゃんが言いました。

訂正《ていせい》。レンの手元に、飛び道具はゼロ。

「レンちゃあああああああああん！」

逆光にも目が慣れて、ピトフーイの表情が見えました。

楽しそうな、実にとても大変に、楽しそうな、凶悪な笑顔が。

再び、両手をハの字に突き出して、そこから伸びるバレット・ラインを、レンの額にピタリと集めて、

「覚悟おおお──、ぼふっ！」

言葉が途中で変になり、ピトフーイが空を舞いました。

穴の縁から穴の上へと、宙を舞ったのです。

そしてレンの耳にかすかに聞こえた、爆発音。

フカだっ！

レンは理解しました。フカ次郎《じろう》が、真後ろからグレネード弾をぶっ放したのだと。

それはピトフーイの背中で、バックパックの装甲板に着弾して爆発。

破片は一切貫かなくても、爆発力は伝わります。ピトフーイの体を、軽く20メートルは吹っ飛ばしたのです。

「このおおおお！」

空中で、ピトフーイが叫びました。そして、A M．45を向けてきます。

ピトフーイが落ちてきます。

ここに落ちてこい！

レンは願いましたが、それは無理だとすぐに分かりました。この勢いなら、レンを通り越します。

そして、バレット・ラインが天頂から、背中側に動きました。撃つ気です。空中で。

無理だこれ、やっぱり反撃の手が、ない……。

レンが再び諦めたとき、

「だから、投げてはダメでござるよ！」

ナーちゃんの言葉が聞こえて、レンは、一つの違和感を思い出しました。

さっき穴に落ちきったとき、バックパックから着地して、ガチャンと激しい金属音が聞こえました。

なんで？

バックパックには装甲板が入っていますが、外側はナイロンです。しかも柔らかい土。

なんで、そんな、音が……？

「摑め！　摑むのです！」

ナーちゃんの声が、答えを教えてくれました。

レンは立ち上がり、そして振り返りました。

自分の腰の下にあった、先ほどコンバットナイフの柄《つか》とぶつかって大きな音を立てたそれを、両手で力一杯《ちからいっぱい》持ち上げて、

「ピトさん！　くらえええええええええええええっ！」

KTR─09を、フルオートでぶちまけました。

ピトフーイが引き金を引ききるより早く、乱射された7．62ミリ弾が、偶然、本当に奇跡《きせき》的な偶然で、ピトフーイの胸をブン殴《なぐ》りました。

「がふっ！」

胸の防弾プレートへの衝撃で身を震わせたピトフーイは、ＡＭ．４５を撃てないまま落ちていき、縦に一回転。そして背中から、レンとは反対側の斜面に激突しました。

「がはっ！」

さらなる衝撃で、ピトフーイは一度バウンドして、両手から拳銃が離れて——、
背中のバックパックをソリのようにして、体中に被弾エフェクトを煌めかせながら、ピトフーイは滑ってきました。

底まで滑ってきて、レンの３メートルほど手前に転がって、
タフっ……。

まだ死なない。それがピトフーイという女です。

しかし残りヒットポイントはごくごく僅かなはずで、

「ふう……」

レンは、重いＫＴＲ—０９をゆっくりと持ち上げて点検——、具体的には銃の側面のボルトを少し引いて、銃の薬室の中を視認《しにん》しました。

装塡不良などがないか、つまりまだ撃てるかどうかの確認です。ＫＴＲ—０９の元になったＡＫシリーズの撃ち方を教えてくれたのは、もちろんピトフーイ。

問題ありませんでした。視界右下の〝使用銃器アイコン〟もKTR―09のそれになってい
て、残弾はたっぷりと70発。

レンがしっかりと確認したのは、もちろんSJ2のラストを忘れていないから。

このKTR―09は、愛称《ケーちゃん》は、レンの味方のようです。

「そうねアタシはね、誰かの役に立てればね、使い手はどんな人でもいいのよ」

ケーちゃんはそう言ってきました。大人の女性の口調でした。

レンは、仰向けひっくり返り状態を保持しているピトフーイに、KTR―09の銃口を向け
て、引き金に指を触れました。

バレット・サークルが、ピトフーイの腹にピタリと収まって、バレット・ラインを見ている
はずのピトフーイと目が合って、

「ふっ！　やるか？」

「やらないよ」

レンは即答しました。

「ぶじかー？」

頭の上からフカ次郎《じろう》の声が聞こえて、すぐに穴の縁の上にやって来て、下に向けてMGL―

140を構えて、

「レン！　トドメがいるか？」

「わたしごと吹っ飛ばす気か！　もう、完全に勝負は付いた！」

「どうかな？」

ピトフーイがニヤリと言い返した瞬間、爆発が起きました。

それが頭の上で起きたもので、そしてデカネードのものだとレンが気付いたときには、

「おひゃあああ！」

爆風で吹っ飛ばされたフカ次郎《じろう》が、ピトフーイと同じように宙を舞って、ピトフーイと同じような軌道《きどう》で反対側に背中から叩き付けられて、

「がふううっ！」

ズルズルズルと、ピトフーイと同じように、斜面を背中で滑ってきました。

ポカンと見守るしかなかったレンの視界の中で、ピトフーイの1メートルほど脇に、フカ次《じ》郎《ろう》の体がやってきました。

「…………」

「ふぎゅう……」

目を回しているフカ次郎《じろう》のヒットポイントは、残り6パーセント。体のあちこちが赤いので、プラズマ・グレネードの爆風をモロに食らったのでしょう。

もちろん仕掛けたのはピトフーイ。

さっき、レンにヴォーパル・バニーで撃たれて倒れたときに、視界から外れた僅かの隙に、

タイマーを仕掛けたデカネードをログハウスのどこかに隠したのです。

なんという策士。

「ああもう！　仕方がない！　撃つからね！」

レンがKTR—09を狙い直して、それを見ました。

「え……？」

仰向けにひっくり返ったままのピトフーイが、両手に持っているそれを。

おそらくは、今の一瞬の隙に、後ろ手にバックパックから取り出したのでしょう。小ぶりのスイカのような、鈍い鉛色《なまりいろ》の球体。

で、デカネード……。

レンの引き金に籠もる力が、スッと抜けました。

あれを撃ってしまったら、このクレーターが倍の深さになるほどの大爆発は間違いなく、もちろん全員死亡して、

「ま……、負けたあ……」

レン達の目的は、達成されません。

「どうしたレン！　撃っちま——」

気付いたフカ次郎《じろう》が叫びましたが、その声は途中で止まりました。

「いいわよお、撃っても」

逆さのままで笑顔を作るピトフーイの顔は、悪魔か魔王《まおう》か、それともその両方で、

「負けた。わたし達の、負け。フカ……、ゴメンね……」

「……………。くそう……。くそう……。せめて、オイラを撃って殺してくれ……」

レンは、口にカレーを何度でも運ぶと、心に誓いました。

KTR—09の安全装置をかけて、それを地面の上に放りました。

「あら撃たないの？　またね」

ケーちゃんがそう言って、以後黙りました。

「じゃあ——」

ピトフーイが、両手にデカネードを持ったまま、くるりと回転して起き上がります。

「今回は私の勝ちで」

レンは、ペタンと尻餅《しりもち》をつくと、

「負けた……。せめて、スー三郎《ざぶろう》を撃つのはどこか遠くで……」

ぐったりとうなだれました。

そして、その後にピトフーイの言った言葉に、

「ん？　ああ、殺さないわよ。ワンちゃんは」

再び顔を上げるのです。

「はいい？」

訳の分からないまま、武装を全て解除して戦闘服だけになったレンとフカ次郎《じろう》は、

「まったく手のかかる人達だー」

呼ばれてやって来たクラレンスに、ロープで引っ張り上げてもらいました。

「クラちゃん落ちないでねー。あなたが落ちたら、もう誰も登れないわよ」

「はいはい。それならもっと、周囲の足場をよくしておいてほしかったなあ。家とかボロボロだよ？　持ち主が帰ってきたら泣くよ？」

結局クラレンスは、錆びたポルシェトラクターの車軸《しやじく》にロープを引っかけて、見かけよりずっとある力で、三人を次々に引っ張り上げました。

レン達が、半壊《はんかい》したログハウスの脇に、美しい景色の中に戻ってくると、

「皆様、結論は出ましたか？」

黒くて小さな犬が、スー三郎《ざぶろう》がちょこんと座って待っていました。

「出た！」

ピトフーイが言います。

「チームとして、あなたを殺すことはしない。だから、さっさとリザインするわね」

「それは、最終決断ですか……？」

「そうよ。さっき全員の意見をまとめたから」

レンもフカ次郎《じろう》も、そして話を聞いてなかったクラレンスも、ポカンとして見つめる前で、

「おめでとうございます。クエスト——、見事にクリアです。そして、皆様が最速です」

スー三郎《ざぶろう》は、アッサリと言いました。

「では、さようなら」

立ち上がり、くるりと振り返り、小さな尻尾とお尻を見せて、

「…………」

それからもう一度振り返って戻ってきました。

脚を静かに進めて、フカ次郎《じろう》の前に。

「フカ次郎《じろう》さん。あなたが、一番わたくしを可愛がってくれました」

「スー三郎《ざぶろう》……」

フカ次郎《じろう》が膝を落として、小さな黒い体を抱いて、

「ありがとうございます。犬の天国で、あなたのことを吹聴《ふいちょう》しますね」

スー三郎《ざぶろう》はそう言うと、小さな舌で、一度だけ、フカ次郎《じろう》の唇《くちびる》を軽く舐《な》めました。

そして逃げるように飛び出すと、もう振り返りませんでした。

小さな体は草の中に紛《まぎ》れて消えて、二度と戻ってきませんでした。

〝Congratulations!〟などの文字や、最速クリアで皆が手にする、かなり景気のいい経験値の獲得数《かくとく》などが目の前にずらずらと並ぶ中で、

「どう、して……？」

レンは、ピトフーイに訊ねました。

フカ次郎《じろう》は、目から塩水をボロボロ流しながら、スー三郎《ざぶろう》が消えた草原を向いて、銅像のように立ちすくんでいて、もはや何の役にも立ちそうにありませんでした。

「ん？　何が？」

「犬を殺さなければクリアだって、ピトさん知っていたの？　それとも、土壇場《どたんば》で気が変わったの……？」

「そうだよ。俺もそれを知りたい！　というかなんだったんだよあの犬？　ＡＩ？　それともただのキャラ？　ワケわかんない！」

クラレンスも脇で唇を尖らせました。

「うん。レンちゃん、あのクソ作家の本を読んでないでしょ？」

「え？　うん、そうだけど？　第四の試練のときに言ったとおりで」

「あのクソ作家はね、かなりの犬派なの。小説の中に、何度も犬を出してるの。人間の言葉を喋る犬を」

「は、はあ……」

そんなの知らねーよ。

レンは思いましたが黙っていました。

「まあ、私は猫派《ねこは》だけど」

「それは知ってる。話を進めろ」

「で、そんなヤツが書いたシナリオで、最後に今まで役に立ってくれた犬を殺して〝さあクリアですよ〟なんてすると思う？」

「そりゃあ……、まあ……、思わ、ない……」

やはり犬が大好きなフカ次郎《じろう》が拒否したように、犬派は犬が死ぬシーンが大嫌《だいきら》いです。

海外には、『犬（を含む動物）が死ぬ映画ですか？』という検証サイトまであります。犬好きが地雷《じらい》を踏まないために、チェックができます。

「でしょ？　多分だけど、今まで全員がこれに引っかかっているわねえ。クエストだからとサクッと何も悩まずに殺しちゃったんでしょうよ。だから、こんなに時間がかかっても、私達が最速クリア！」

「おおおおおお！　なあるほどー！　第六の試練、あながち外れてなかったのかあ！」

すっかり感心した様子で叫んだクラレンスですが、
おいちょっと待てや？

レンは騙《だま》されませんでした。

「ピトさん……、すると最初から……、何もかも……、気付いていたんだよね……？」

「まあねえ。私くらいのピトフーイになると、こんくらいは、ね？」

「するってーと……、気付いていて……、殺せばクリアだなんて言い張ったんだな？」

「あらやだ、そういうことになるかしらねえ。もう私ったら、どうしちゃったのかしら？」

そしてレンは、再確認にも似た質問をするのです。

「おいテメエ――、ここで戦いたかっただけだろ？」

「いやもう怖いー。レンちゃんもう睨まないで。あと、いつまで泣いているのフカちゃん？　脱水症状《だっすいしょうじょう》で死ぬよ？」

酒場の広い部屋にピトフーイの声が聞こえて、黒い体が実体化して、

「ぬっ！」

エムが、そしてそれ以外のチームメンバーと、チームメンバー以外の面々が反応して、

「許さん！」

叫びながらレンが、

「まあまあ。結果よければ全てよし、だよ。クエストとしては最高のエンドじゃないかー」

それを宥《なだ》めながらクラレンスが、

「………」

静かに滝《たき》のように泣きながら、フカ次郎《じろう》が戻ってきました。

次の瞬間に、先に死んだ仲間達から一斉に投げかけられる、生者を称える声。

全員が一斉に喋りすぎるので落ち着く時間を待ってから、

「はいはーい！　皆さんお疲《つか》れお疲れ！　結果知ってる？」

「知ってる！　最速クリアだ！　こっちでも情報が出て、経験値もクレジットもたっぷりもらった！　というより、私達以外クリアしたスコードロンはない！　私達の名前は、ＧＧＯの歴史に未来永劫《えいごう》残ることになろう！」

ボスが言いました。最高の笑顔でした。

「でも、一体何が起きたかは分からないんだ。もちろん、シャーリーが見てきたことまでは知っているが」

エムが、実に怪訝そうに言いました。

なるほどSJと違って、中継はないのです。彼等はずっと、待っていただけなのです。あるいは後に死んだ人に話を聞いただけなのです。

そしてレンは、

「あれ？」

人が多いことに気がつきました。

自分達のチーム十二人の他に、タイガーストライプ迷彩の女を含む連中と、顔つきの悪い男を含む連中がいるではありませんか。

都合、二十四人がこの部屋にて円卓を囲んでいて、そういえば入ったときより、部屋もテーブルも大きくなっています。

「ハーイ！　なるほどなるほどなるほど！　むふふふふ」

「笑うなピトフーイ！　クソッタレっ！」

デヴィッドが、ＭＭＴＭを代表して、不機嫌の見本のような顔で、汚い言葉を言いました。

「説明してくれるわよね。だから、散々待っていたのよ」

ビービーが、彼女にしては硬い顔で言いました。脇でZEMALの皆さんが、おとなしい顔をして控えていました。

「もっちろんろん！　ぜーんぶ説明してあげるっ！　みんな聞くがよい！　まずは座れ！」

今までに見たピトフーイの中で一番楽しそうな顔の脇で、

「やれやれ……」

レンはアイスティーを頼むと、すぐに飛び出てきたそれを手にして、

「スー三郎《ざぶろう》……、お前……、頼んだぞ……」

まだ呟きながら泣いている親友の脇に来ると、

「カレーじゃないけど、まずは、飲め」

その口にストローを運ぶのでした。

（おわり）

あとがき（注・巻末文章。ネタバレを含まないものを指す）

ぷるるるるる。

『はい、電撃文庫編集部です』

『お忙しいところ失礼します。作家の時雨沢恵一《しぐさわけいいち》です。担当の×××××さん、今お手すきでしょうか？　お手すきでなければ全然いいです今すぐ切りますほら電気代の無駄だから』

『私が×××××です。分かっていて言っているでしょう？』

『あれ？　全然気付かなかったなおかしいなあ……。ひょっとして、声変わりですか？』

『そうです、よく分かりましたね。で、ご用件は？　「〝あとがき〟が間に合いません」って話以外だったら聞きますが』

『あとがきが間に合いません』

『いい度胸です』

『わあい。久々に褒められた気がします。私は褒められて伸びるタイプです』

『褒めていません。とっくに〆切りは過ぎているので、三秒さし上げるので書いて送ってください』

『メールであってもそれは無理です。例えば、隣に居る人にメールを送っても、数秒から数十秒かかりますよね？　あれって、直接PC同士をリンクした方が早い気がするんですよね。そんなことを思いながら暮らしているうららかな春の日々、皆さんどうお過ごしですか？』

『歳時記みたいに言って誤魔化そうとしてもダメです。そもそも、なんでそんなにあとがきに時間がかかっているんですかね？　あなた、自他共に認める〝あとがき作家〟でしょう？』

『前の元号の時の話です』

『改元は去年です』

『元号が変わったのに、原稿は書けていません』

『上手《うま》くないです。GGOもいよいよX巻なのだから、書くことたくさんあるでしょう？』

『ほう。例えば？』

『メモを取る気ですか？』

『何を根拠に？　ちゃんと録音しますから大丈夫です。では、私はどんなことをあとがきに書けばいいでしょうか？　さあさ！　どぞどぞ！』

『……例えば、Ⅸ巻のあとがきではX巻は短編集になる予定と書いておいたのに、一冊まるごとの長編になったこととか』

『ああ、それいいですね。採用！　まあ、そっちの方が面白くなりそうだったから、という理由なのですが！　短編集はこれからだって書けるので、機会を窺《うかが》っていることなんかも、書いてしまおうかと思います』

『あとは、2019年中に、GGOのTVアニメで神崎《かんざき》エルザの歌唱を担当してくれたReoNaさんが、〝神崎エルザ starring ReoNa〟としてニューシングル《Prologue》を出したから、そこに載せた小説が今巻にも収録されていることは、書いておくべきじゃないですか？』

『採用！　いやー、あのニューシングルは大変に素晴らしかった！　ReoNaさんの歌唱はもちろん、曲と歌詞も、神崎エルザの世界観を実に見事に表していて最高でした！　まだ聴いていない人は是非聴いてくださいって、メガホン片手に世界中に叫んで回りたいくらいです』

『たぶん通報されるので止めてください』

『いやあ、だいぶ書くことがまとまってきました。他には、今年私が新しい猟銃を買ったことなんかを書けばいいですよね？』

『え？』

『あ、言ってませんでしたっけ？』

『驚いたのはソコではないです』

『まあ、今はまだ申請中、つまり所持許可が下りていないんで、まだかまだかと、一日千秋の思いで待っているんですけどね！　ガンゲイル・オンラインの印税でガンを買うなんて、自然ですね。ナチュラルな生き方をしていますね私ってば』

『ナチュラルが何か、議論の必要があります』

『そんな時間はありませんよ？　ほら、他に何を書くべきでしょうか？』

『イラッ！　とりあえず、今回も〝ソードアート・オンライン〟という世界を使わせてくれた、原作者の川原礫《かわはられき》先生、イラストレーターのａｂｅｃ先生への感謝の気持ちじゃないですかね？　そして、ＧＧＯシリーズに素晴らしいイラストを添えてくれる黒星紅白《くろぼしこうはく》先生にも』

『ああ、それ重要ですね！　お二方には、Ｘ巻まで出せる機会をくださって、そして黒星さんには、可愛《かわい》く格好いいレン達《たち》を描いてくださって本当に感謝しているので、気持ちを歌に乗せてお三方の前で元気よく歌おうと思います！』

『〝編集部はヤメロと言った〟と、歌う前に言ってからにしてくださいね』

『了解です。踊りも付けます』

『〝編集部は何度もヤメロと言った〟と、踊る前に言ってからにしてくださいね』

『合点です。どうやら、あとがきに書くことが揃《そろ》ったようですよ。じゃあ、これらの会話は全てなかったことにして書いてみますね。あとがき作家としての実力、目に物見せてあげましょう』

『お待ちしています。会社員には守秘義務があるので、この会話のことは墓場まで持って行けるように努力はします。では、三秒後に』

『努力はします』

２０２０年４月　時雨沢恵一《しぐさわけいいち》

『銃が出てくる作品ばかり
書いている小説家』が
いるということは
ワンチャン
『半裸の女の子ばかり描く
イラストレーター』も
この世界に
存在するのでは？
黒星紅白

◉時雨沢恵一 著作リスト

「キノの旅Ⅰ～ⅩⅫ the Beautiful World」（電撃文庫）
「学園キノ①～⑥」（同）
「アリソンⅠ～Ⅲ〈上〉〈下〉」（同）
「リリアとトレイズⅠ～Ⅵ」（同）
「メグとセロンⅠ～Ⅶ」（同）
「一つの大陸の物語〈上〉〈下〉～アリソンとヴィルとリリアとトレイズとメグとセロンとその他～」（同）
「男子高校生で売れっ子ライトノベル作家をしているけれど、年下のクラスメイトで声優の女の子に首を絞められている。Ⅰ～Ⅲ」（同）
「ソードアート・オンライン オルタナティブ ガンゲイル・オンラインⅠ～Ⅹ」（同）
「お茶が運ばれてくるまでに ～A Book At Cafe～」（メディアワークス文庫）
「夜が運ばれてくるまでに ～A Book in A Bed～」（同）
「答えが運ばれてくるまでに ～A Book without Answers～」（同）

本書に対するご意見、ご感想をお寄せください。

ファンレターあて先
〒102-8177　東京都千代田区富士見2-13-3
電撃文庫編集部
「時雨沢恵一先生」係
「黒星紅白先生」係

初出 ……………………………………

第一章「彼女のステップ・ステップ」／「Prologue」神崎エルザ starring ReoNa（2019年6月26日）※CD封入ブックレット

文庫収録にあたり、加筆、訂正しています。

第二章以降は書き下ろしです。

……………………………………

電撃文庫

ソードアート・オンライン オルタナティブ

ガンゲイル・オンラインX

—ファイブ・オーディールズ—

時雨沢恵一《しぐさわけいいち》

2020年４月10日 初版発行
2024年９月20日 ５版発行

発行者 山下直久
発行 株式会社KADOKAWA
〒102-8177 東京都千代田区富士見2-13-3
0570-002-301（ナビダイヤル）
装丁者 荻窪裕司（META＋MANIERA）
印刷 株式会社暁印刷
製本 株式会社暁印刷

●お問い合わせ
https://www.kadokawa.co.jp/（「お問い合わせ」へお進みください）
※内容によっては、お答えできない場合があります。
※サポートは日本国内のみとさせていただきます。
※ Japanese text only

※定価はカバーに表示してあります。

ISBN978-4-04-913132-1 C0193 Printed in Japan

電撃文庫 https://dengekibunko.jp/

電撃文庫創刊に際して

文庫は、我が国にとどまらず、世界の書籍の流れのなかで〝小さな巨人〟としての地位を築いてきた。古今東西の名著を、廉価で手に入りやすい形で提供してきたからこそ、人は文庫を自分の師として、また青春の想い出として、語りついできたのである。

その源を、文化的にはドイツのレクラム文庫に求めるにせよ、規模の上でイギリスのペンギンブックスに求めるにせよ、いま文庫は知識人の層の多様化に従って、ますますその意義を大きくしていると言ってよい。

文庫出版の意味するものは、激動の現代のみならず将来にわたって、大きくなることはあっても、小さくなることはないだろう。

「電撃文庫」は、そのように多様化した対象に応え、歴史に耐えうる作品を収録するのはもちろん、新しい世紀を迎えるにあたって、既成の枠をこえる新鮮で強烈なアイ・オープナーたりたい。

その特異さ故に、この存在は、かつて文庫がはじめて出版世界に登場したときと、同じ戸惑いを読書人に与えるかもしれない。

しかし、〈Changing Times,Changing Publishing〉時代は変わって、出版も変わる。時を重ねるなかで、精神の糧として、心の一隅を占めるものとして、次なる文化の担い手の若者たちに確かな評価を得られると信じて、ここに「電撃文庫」を出版する。

1993年6月10日
角川歴彦

電撃文庫DIGEST　4月の新刊

発売日2020年4月10日

★第26回電撃小説大賞《銀賞》受賞作!

少女願うに、この世界は壊すべき
～桃源郷崩落～

【著】小林湖底　【イラスト】ろるあ

「世界の破壊」、それが人と妖魔に虐げられた少女かがりの願い。最強の聖仙の力を宿す彩紀は少女の願いに呼応して、千年の眠りから目を覚ます。世界にはびこる悪鬼を、悲劇を打ち砕く痛快バトルファンタジー開幕!

★第26回電撃小説大賞《選考委員奨励賞》受賞作!

オーバーライト
――ブリストルのゴースト

【著】池田明季哉　【イラスト】みれあ

ブリストルに留学中の大学生ヨシはある日バイト先の店頭に落書きを発見する。普段は気怠げ、だけど絵には詳しい同僚のブーディシアと犯人を捜索するうちに、グラフィティを巡る街の騒動に巻き込まれることに……

魔法科高校の劣等生㉛
未来編

【著】佐島 勤　【イラスト】石田可奈

水波を奪還し、日常に戻りつつある達也と深雪。しかしそれはつかの間のものでしかなかった。USNAのエドワード・クラークが、新ソ連のベゾブラゾフが、そしてもう一人の戦略級魔法師が達也を狙う!

ソードアート・オンライン オルタナティブ ガンゲイル・オンラインX
―ファイブ・オーディールズ―

【著】時雨沢恵一　【イラスト】黒星紅白
【原案・監修】川原 礫

熾烈極まる第四回スクワッド・ジャムの死闘から約一週間後。『ファイブ・オーディールズ』、すなわち“5つの試練”の意味を持つ謎のクエストに、レンたちLPFMはボス率いるSHINCとの合同チームで挑む!

娘じゃなくて私《ママ》が好きなの!?②

【著】望 公太　【イラスト】ぎうにう

歌枕綾子、3ピー歳。娘は最近、幼馴染の左沢巧くんといい感じ……かと思いきや。タッくんが好きだったのは娘じゃなくて私で……え?　デ、デート!?
まだ心の準備が――!!

ネトゲの嫁は女の子じゃないと思った? Lv.21

【著】聴猫芝居　【イラスト】Hisasi

ネトゲは終わらないと思った?……残念!　どんなものにも終わりはきます!　一年前のあの日を思い出しながら、残念美少女・アコ、そしてネトゲ部のみんなと過ごす、サービス終了直前のホワイトデーを楽しむ、第21弾!

AGI -アギ- Ver.2.0
バーチャル少女は踊りたい

【著】午鳥志季　【イラスト】神岡ちろる

記憶を引き継ぎ、新たなAIとして蘇ったバーチャル少女アギ。もうあんな悲劇は起こさない、そう誓う西機守だったが、ある少女との出会いをきっかけに、アギがVチューバーとして再デビューしたいと言い出して……?

新作

Re:スタート!転生新選組

【著】春日みかげ　【イラスト】葉山えいし

幕末に転生し、剣術『娘』だらけの新選組に入隊した俺。『死に戻り』の力を手にした俺は、新選組の、何より土方さんの運命を変えるため、死地へと向かう決意をする。圧倒的カタルシスで新選組を救う歴史改変ストーリー!

新作

急募:少年ホムンクルスへの愛がヤバい美少女錬金術師を何とかする方法

【著】三鏡一敏　【イラスト】ハル犬

罠にかかり《身体を奪われて》しまった戦士イグザス。いきつけの店の少女錬金術師・リコラが作った人造生命体(ホムンクルス)に魂を移すことで九死に一生!　だが少年の姿になった彼に注がれるリコラの視線は――!?

二月 公
イラスト／さばみぞれ
声優ラジオのウラオモテ
#01 夕陽とやすみは隠しきれない？
オモテは元気&清楚なアイドル声優／
ウラはギャル&根暗地味子な女子高生!?
プロ根性で世界をダマせ!
バレたらアウトの声優ラジオ
Now On Air!!
第26回
電撃小説大賞
大賞
受賞
電撃文庫